9클래스 소드마스터

WISHBOOKS FUSION FANTASY STORY

이형석 퓨전 판타지 장편소설

11

이형석 퓨전 판타지 장편소설

초판 1쇄 찍은 날 | 2020년 4월 13일
초판 1쇄 펴낸 날 | 2020년 4월 21일

지은이 | 이형석
펴낸이 | 예경원

기획 | 위시북스
편집책임 | 이은송
편집 | 위시북스

펴낸곳 | 예원북스
등록번호 | 제396-2012-000132호
등록일자 | 2012. 7. 25
KFN | 제1-524호

주소 | 경기도 고양시 일산동구 호수로 646-24 위너스21 II빌딩 206A호 (우)10401
전화 | 031-819-9431 팩스 | 031-817-9432
E-mail | yewonbooks@naver.com

ISBN 979-11-365-2221-4 04810
      979-11-6424-597-0 (set)

9클래스 소드 마스터

WISHBOOKS FUSION FANTASY STORY

이형석 퓨전 판타지 장편소설

11

Wish Books

CONTENTS

►Chapter 1◄

"저곳이로군."

릴리아나는 전방을 바라보며 낮은 목소리로 말했다.

'도대체 어떻게 된 놈들인지⋯⋯.'

일주일이 걸릴 것이라고 예상되었던 행군의 소요 시간은 고작 닷새밖에 걸리지 않았고 강행을 했음에도 불구하고 이민족들은 지친 기색이 보이지 않았다. 오히려 함께 말을 탔던 프란만이 엉망이 된 얼굴로 그들을 바라볼 뿐이었다.

"생각했던 것보다 훨씬 더 거대하군."

눈 앞에 펼쳐진 광대한 평야. 그리고 정면에 보이는 거성의 주위로 적군의 진입을 방해하는 울창한 산림이 마치 갑옷처럼 문 에테르를 감싸고 있었다.

"척후병의 보고로는 뒤로 보이는 산림을 통해서 우회하는 것은 어려울 듯싶습니다."

"마치 화이트 벙커를 축소해 놓은 모습이네요."

"후방을 지키는 방패로 성 하나만 둔 이유를 알겠군. 실로 왕문(王門)이라 해도 과언이 아닙니다. 저 정도의 높이라면 족히 18미터는 넘을 듯싶습니다."

삼국의 공습도 막아낼 수 있는 요새인 타투르의 성벽의 높이가 12미터라는 것을 감안했을 때 눈앞의 문 에테르는 거대한 탑과 다를 바 없었다. 제국 내에서도 저 정도의 높이로 축성을 한 성은 황도를 제외하고 좀처럼 볼 수 없었다.

"파툰, 정말 단검만으로 저 벽을 넘을 수 있겠나."

카릴이 물었다.

"다섯 자루만 주신다면 오르겠습니다."

그의 물음에 파툰은 망설임도 없이 즉각 대답했다.

"이건 시간 싸움이다. 서두른 덕분에 녀석들은 아직 우리의 존재를 눈치채지 못했어."

"확실히…… 시간을 끌게 되면 진출한 병력이 회군하여 화이트 벙커의 수비가 강화될 우려가 있겠군요."

호표 부족의 쿤타이가 고개를 끄덕이며 말했다.

"그게 아니다."

카릴의 말에 쿤타이가 그를 바라봤다.

"요만과 프라우 햇이 공략되기 전에 우리가 먼저 문 에테르의 성벽을 넘어야 한다."

그러고는 옅게 입꼬리를 올리며 말했다.

"부하들에게 선수를 빼앗길 순 없잖아. 안 그래?"

그런 그를 바라보며 네 명은 천천히 고개를 끄덕였다.

"하시르."

"네, 주군."

"내 도움이 필요한가?"

"그저 지켜봐 주십시오."

그의 물음에 하시르는 자신감 넘치는 목소리로 대답했다.

"문 에테르의 문을 열겠습니다."

다음 날 해가 뜸과 동시에 문 에테르는 귀신같이 나타난 이민족들의 모습에 혼비백산하지 않을 수 없었다.

"보, 보고 드립니다!! 성 외곽 적군 포착!!"

"그 수는 약 1만으로 추정됩니다!"

"도대체 이게 무슨 일이냐! 가……갑자기 어디서 저 많은 이민족들이 튀어나왔단 말이냐!!"

문 에테르의 성주인 자일스 자작은 부하들의 보고에 식은 땀을 닦아내며 소리쳤다.

"그게…… 파악 중이오나……."

"알아내지 못했다는 말이로군. 이런 무능한 녀석들!! 보초들은 도대체 뭘 한 거야!"

"주군, 이민족들이 남하를 한 것은 의외의 일이긴 하오나 무엇이 걱정이십니까. 이것은 기회입니다. 문 에테르는 화이트 벙커로 향하는 가장 중요한 관문이나 습격받은 적이 없기에 공을 세울 기회가 없어 불만이지 않으셨습니까."

불안에 떠는 자작과 달리 옆에 있던 기사는 갑작스러운 습격을 기꺼워하며 말했다. 자일스의 부관 길티안이었다.

"……뭐?"

"튤리 저하의 눈에 들 기회입니다."

길티안의 말에 자일스의 눈을 번뜩였다.

"현재 화이트 벙커의 주둔해 있던 부대들이 전선에 투입되었다는 것을 아실 겁니다. 수비군 대부분이 빠진 상황. 습격을 보고하더라도 당장 지원을 받을 순 없을 겁니다."

"그래서? 그럼 보고를 올리지 말라는 것인가? 지금 내게 군법을 어기란 말이더냐."

"아닙니다. 보고는 하셔야지요. 다만…… 하루만 그 보고를 늦춰주십시오."

"하루?"

자작은 기사의 말에 살짝 눈살을 찌푸렸다.

"습격 보고가 아닌 승리 보고를 올리신다면 분명 튤리 저하라면 내전이 끝난 후 주군의 공을 치하하기 위해 공작령으로 부르실 것이 틀림없습니다."

"내가…… 튤리 저하의 부름을?"

하지만 문 에테르는 지금껏 전투가 벌어지지 않은 평온 지대라 하더라도 국경은 국경이었다. 부하의 달콤한 제안에도 자작은 꺼림칙한 기분을 감출 수 없었다.

"자네 말도 일리는 있지만……. 그렇다고 보고를 늦게 한다는 건……."

"고작 이민족입니다. 마력도 없는 쓰레기들이지요. 게다가 기껏해야 1만의 병력. 하루도 충분합니다. 언제까지 이런 변방에만 계실 수는 없지 않습니까. 이제…… 저희도 정계로 나가야 하지 않겠습니까."

자작의 걱정은 마지막 한마디로 씻은 듯 사라지고 말았다.

'정계라…….'

오랜 세월 동안 바라던 일. 하지만 좀처럼 기회가 없었다. 그는 이미 공작령에 도착한 것처럼 입꼬리가 씨익, 올라갔다.

"좋……."

그는 부하를 향해 고개를 끄덕이며 대답했다. 아니, 대답하려 했다.

콰앙--!!

집무실의 문이 거칠게 열리며 병사가 황급히 무릎을 꿇으며 소리쳤다.

"보, 보고 드립니다……!! 전방의 이민족들이 성을 향해 진격하고 있습니다."

"……뭐, 뭐라고?!"

그들은 알지 못했다. 문 에테르는 지금까지 단 한 번도 공격을 받지 않았었다. 그렇기 때문에 잊고 있었던. 지금까지 그들이 영위했던 평온이 얼마나 자신들의 검을 무디게 만들었는지를 말이다.

[장관이로군.]

라미느는 자신도 모르게 낮은 탄성을 지으며 읊조렸다.

[두아트가 이걸 보지 못하는 게 아쉽군. 그 녀석 있었다면 누구보다 기뻐했을 텐데.]

그는 문 에테르의 평야를 바라보며 감상에 빠진 듯 말했다. 성을 향해 가로지르는 이민족들. 그들의 함성 소리를 들으며 그는 눈을 감았다.

[신화 시대 이후 처음이지 않은가.]

하지만 1만의 이민족들이 사이에서도 그는 단 한 곳에서 시선을 떼지 못했다.

[검은 눈이 질주하는 건.]

와아아아아아아아아-!! 와아아아아-!!

"쏴라!! 쏴!!"

"성벽으로 다가오지 못하게 해!!"

갑작스러운 습격에도 불구하고 문 에테르 병사들의 사기는 우려와 달리 꺾이지 않았다.

"고작 1만? 와라, 네놈들의 피로 성벽을 씻어주마."

성벽을 지키고 있던 지휘관이 검을 들며 소리쳤다.

"사격 준비!!"

쫘드드득……!

수천의 궁병이 일제히 시위를 당겼다.

"발사!! 더러운 이민족 새끼들을 몰살시켜라!!"

그의 외침이 들리지 않을 정도로 수많은 화살이 하늘을 뒤덮으며 쏟아지기 시작했다. 마치 검은 구름이 몰아치는 것처럼 자신들을 향해 날아오는 화살비를 보며 가장 선두에 있는 쿤타이가 기다렸다는 듯 소리쳤다.

"땅거북(Tortoise)."

투웅……!! 퉁-! 퉁-!! 투두두두둥……!!

"합!!"

쿤타이의 명령에 호표들이 일제히 두꺼운 사각 방패를 머리 위로 들어 서로 이어 붙이자 촘촘한 벽이 완성되었다. 방패에 튕겨 나가는 화살 소리가 마치 소나기가 쏟아지는 것처럼 전장에 울려 퍼졌다.

"뭐…… 저런……."

화살을 쏘던 지휘관은 다음 시위를 당기라는 명령을 하지 못한 채 자신도 모르게 넋을 놓고 그들을 바라봤다.

쿠그그그그그……!!

일반적으로 화살이나 마법을 막을 때 사용하는 방패 전술인 귀갑진은 전신을 가릴 수 있을 만큼 거대한 방패를 사용한다. 방패의 크기만큼이나 그 무게 역시 엄청나기에 기사를 제외하고 대부분의 방패병들은 이동이 어려워 그 자리에서 방어선을 만들고 궁수를 보호하는 역할을 한다.

"속도를 늦추지 마라."

하지만 호표 부족의 방패 전술은 완전히 달랐다. 그들은 거대한 방패를 한 손으로 들고 있음에도 달리는 기세를 멈추지 않았다. 반구의 형태로 마치 거대한 전차가 달리는 것처럼 성을 향해 돌진하는 방패들. 마력의 유무를 떠나 한 손으로 방패의 무게를 감당할 수 있을 힘이 없다면 절대로 불가능한 전술이었다.

"쏴…… 쏴라!!"

지휘관은 수십 개의 거대한 방패 전차가 다가오는 광경에 뒤늦게 소리쳤다.

"느리다. 느려. 북부의 산세에 비하면 이런 평지를 달리는 것은 너무나도 우습군."

쿤타이는 두 번째 공세를 바라보며 감상을 내뱉었다.

툭……! 툭! 툭! 투두두둑……!!

처음 방패를 울렸던 공세와 달리 수천의 화살비는 맥이 빠질 정도. 말발굽 소리에 묻혀 들리지도 않았다.

"달려라!!"

방패를 들고 있는 호표들의 속도가 오히려 쏟아지는 화살보다 빨라 문 에테르의 공세를 피해 질주하기 시작했다.

"수고했다."

쿤타이의 등 뒤에서 나지막한 목소리가 들렸다.

놀랍게도 거대한 덩치에 가려 보이지 않았지만 그가 타고 있던 말에는 또 한 명이 있었다. 그뿐만 아니라 모든 호표 부족의 말 위에는 그들의 등 뒤에 숨어 있던 붉은달 부족의 전사들이 있었다.

"펼쳐라!!"

파툰이 말 위에서 쿤타이의 어깨를 밟고 서자 쿤타이가 소리쳤다. 그러자 전사들이 주위를 감싸고 있던 방패들을 일제히 직각으로 돌렸다. 세로에서 가로로 혹은 가로에서 세로로 방패의 방향이 바뀌자 틈이 생겼고 붉은달 부족의 전사들이 기다렸다는 듯 그 틈 사이로 뛰어올랐다.

착……!!

방패 위에 올라서자 호표 부족들이 있는 힘껏 방패를 밀었다. 그 반동으로 튕겨 나가듯 붉은달 부족의 전사들이 공중으로 뛰어올랐다.

"뭐, 뭐야?!"

수욱……! 숙!! 쏴사사삭--!!

갑자기 나타난 붉은달의 모습에 당황하는 것도 잠시 성벽을 향해 날아오는 화살들에.

"적의 공습이다! 지금 당장 실드를 펼……!!"

지휘관이 다급한 목소리로 소리쳤다.

하지만 마지막 명령이 내려지기 전에 그의 목을 정확히 꿰뚫는 화살에 지휘관은 어리둥절한 표정으로 돌아봤다.

"쿠…… 쿨럭!"

고개를 돌리자 바닥에 박힌 한 발이 보였다. 뒤늦은 통증과 함께 목구멍에서 붉은 피가 주르륵 흘러나왔다.

"지, 지휘관님!!"

부관이 쓰러지는 그를 보며 소리쳤다.

하지만 그것도 잠시. 그의 옆에 있던 부관의 미간에 정확히 화살이 박히며 쓰고 있던 투구가 박살이 났다.

"헉……!!"

아찔한 충격과 함께 머리가 뒤로 확 젖혀진 부관은 그대로 뒤로 넘어지며 엉덩방아를 찧으며 주저앉고 말았다. 전투 도중에 꼴사나운 모습을 보이고 말았지만 그건 중요한 것이 아니었다. 어느 방향에서 화살이 날아온 것인지조차 모른다.

쏴아악……!!

정신을 차릴 틈도 없이 다시 한번 부관의 미간에 화살이 꽂혔다.

퍼억……! 콰르륵……!!

두개골이 부서지는 둔탁한 소리와 함께 쇄도하는 화살이 부관의 뒤통수를 뚫고 나가며 바닥에 박혔다. 조금 전 지휘관을 죽인 화살과 달리 바닥에 박힌 화살은 부관의 목숨으로는 부족하다는 듯 나선으로 회전하며 울부짖듯 바닥을 갉았다.

츠즈즈즉…….

부관에게서 흘러나오는 피가 바닥을 적시자 뜨겁게 달아오른 화살촉이 연기를 내뿜었다.

하시르는 다시 한번 활시위를 당겼다. 명령에 시간을 낭비하지 않았다. 마치 분신처럼 망토로 전신을 가린 수백의 늑여우들이 성벽을 향해 활을 겨누고 있었다.

화살촉이 푸른 광채를 띠고 있었다. 뒤늦게 실드를 가동시켰지만 늑여우들은 망설임 없이 화살을 쏘았다. 청린으로 된 화살은 문 에테르의 미약한 실드를 꿰뚫고 적을 꿰뚫을 것을 알기 때문이었다.

"이민족이…… 저 정도로 강했단 말인가?"

프란은 믿을 수 없다는 표정으로 문 에테르전(戰)의 공세를 바라보며 낮은 목소리로 중얼거렸다.

실로 상식을 벗어난 전투였다. 자신이 알고 있던 기존의 전략과 전술이 아닌 마치 본능에 맡긴 싸움 같았으니까.

하지만 그는 이민족들을 비난할 수 없었다. 그 혼돈 속에서도 가장 중요한 성의 공략이라는 톱니바퀴 하나만큼은 완벽하게 굴러가고 있었기 때문이었다.

"하루도 필요 없겠군."

[집중하거라.]

이마에서 보랏빛의 문양이 번뜩였다. 초대 마법이라 불리는 우월한 눈을 시전하자 그의 시야는 마치 칸이 나눠진 것처럼 처음에는 두 개로 그다음에는 네 개로 다시 여덟 개로 갈라졌다.

사아아아악-!! 사아악-!!

풍경이 빠르게 뒤로 밀려나듯 사라졌다. 아래를 내려다보자 까마득한 높이에 오금이 저리는 기분이었지만 이스라필은 시야에 보이는 풍경이 자신이 아니라 그저 자신이 함께 바라보는 것임을 상기했다. 하지만 생생하게 느껴지는 바람은 그의 몸이 떨리는 것을 막지는 못했다.

푸드득…… 푸드득……!

날갯짓을 몇 번 노를 젓듯 저으며 활공을 하기 시작하는 매는 더욱더 빠르게 하늘을 날았다.

"후우……."

이스라필은 거친 숨을 몰아쉬었다. 그가 지금 보고 있는 풍경은 대초원의 비궁족이 특별히 기른 매들의 눈을 통한 것이었다. 마법 계약을 맺은 퍼밀리어는 아니었지만 비궁족의 매들은 오히려 퍼밀리어보다 더 뛰어났다.

하지만 한 마리의 시야를 공유하는 것도 어려운 마법인 우월한 눈을 이스라필은 무려 여덟 마리나 동시에 시전하고 있었다. 마법의 집중 역시 그만큼 높을 수밖에 없었다. 가만히 앉아 있을 뿐인데 그의 이마에 땀이 송골송골 맺혔다.

[그만! 물러나라.]

옆에 서 있던 하녀가 수건을 들어 땀을 닦으려 하자 알른이 말했다.

[내가 허락할 때까지 절대로 건들지 말거라. 녀석을 죽이고 싶지 않다면 말이야. 자칫하면 마력이 역류할 수 있다.]

"……죄, 죄송합니다!"

하녀는 황급히 물러나며 마치 죽을죄를 지은 사람마냥 무릎을 꿇고 머리를 바닥에 박으며 조아렸다. 알른은 그런 하녀의 반응이 익숙하다는 듯 잠시 바라보다가 고개를 돌렸다.

"그렇게 놀라지 않으셔도 됩니다. 지금 스승님께서는 어느 때보다 부드럽게 말씀하신 것이니까요."

이스라필이 감았던 눈을 뜨고는 웃으며 말했다. 거칠었던 숨소리도 안정적이 되었다.

"그리고 말씀드렸습니다만…… 앞으로 제 시중을 드실 필요는 없습니다. 괜찮으니 다른 일을 보셔도 됩니다. 시종장께도 다시 한번 그리 전해주시기 바랍니다."

그는 조금 전 하인이 놀라 떨어뜨린 수건을 집어 땀을 닦으며 말했다. 눈을 깜빡이자 그 안에 보이는 눈동자가 마치 파충류의 그것처럼 수십 개로 갈라져 있었다. 나누어진 눈동자의 부위마다 이스라필은 다른 풍경을 보고 있었다.

[흐음, 30분도 걸리지 않아 우월한 눈을 완벽하게 시전하는

것이 가능해졌구나. 이제 제법 익숙해졌나 보군. 조금 더 능숙해진 후에 네 마력이라면 지금의 두 배까지도 운용이 가능할 게다. 쉬운 일은 아니겠지만.]

"모두 큰사부님의 가르침 덕분입니다."

이스라필은 고개를 끄덕였다. 어쩐지 큰사부라는 호칭이 아직은 조금 입에 붙지 않는 듯 몇 번 입술을 오물거렸다.

알른에게 초대 마법을 전수받은 뒤 그를 부르는 호칭을 고칠 필요가 있음을 깨달았다. 비록 그가 알른에게 마법을 배웠지만 안티훔 출신으로 태생적으로 나인 다르혼을 스승으로 모셨던 불멸회의 마법사였으니까. 나인 역시 알른을 스승이라 부르니 이스라필은 그와 같은 항렬로 있을 수 없다는 이유로 알른을 큰사부라 부르기로 하였다.

알른은 그런 속세의 규율 따위는 관심 없는 듯 아무렇게나 부르라고 했으나 이스라필의 속 깊음에 조금은 흐뭇한 듯 타투르에 온 이후 그를 대하는 태도가 확실히 부드러워진 느낌이었다.

"서운하십니까?"

이스라필은 허공에 손을 뻗어 악기를 연주하듯 이리저리 움직였다.

[뭐가?]

"저 때문에 큰사부님께서 카릴 님과 함께 가지 못하셨지 않으십니까."

[다행인 줄 알아라. 내가 육체를 가지지 못하고 예전처럼 영체에 머물러 있었다면 그 녀석과 분리될 수 없었을 테니까. 그러면 너는 지금 전장 한복판에서 마굴을 찾아야 했을지도 모른다.]

"하하……. 그러게요."

이스라필은 알른의 말에 머쓱한 듯 고개를 끄덕였다. 두아트의 힘으로 새로운 육체를 얻게 된 알른은 이제 카릴이 없어도 자유롭게 움직일 수 있었다.

물론 그의 마력 자체가 카릴과 한 영혼 계약에 기반되어 있는 것이기에 마력을 운용할 때 그의 제약을 받을 수밖에 없지만 다행히도 두아트로 인해 그 제약도 어느 정도는 자유로워졌다.

[오히려 아쉬워하는 것은 어둠의 정령왕이겠지. 그는 공국에서 보고 싶은 것이 있는 듯싶었는데 말이야.]

두아트와 계약을 한 알른은 두아트가 느끼는 감정을 어느 정도 본능적으로 알 수 있었다. 암흑력을 운용해야 하기 때문에 두아트 역시 분리된 알른의 몸 안에 내제되어 있는 상태였다. 그는 아무런 말도 하지 않았지만 어쩐지 두아트가 공국에 대한 이야기를 할 때마다 무척 그리워하는 존재를 생각하는 듯한 감정을 받았었다.

[그리고 나 역시도 이곳에서 해야 할 일이 있다. 어차피 공국에 가지 못했을 거야. 카릴 녀석이 떠나기 전에 내게 당부한

게 하나 있거든.]

알른은 가볍게 껄껄 하며 웃었다. 너무나 자연스럽게 합류를 하게 된 그였기 때문에 사람들은 간과한 사실 하나가 있었다. 그가 있음으로 지금까지 타투르에 부족했던 하나가 이제 채워졌다는 것을 말이다.

바로 대마법사의 부재.

타투르에는 뛰어난 인재들이 많았지만 마법에 관련된 부분에 있어서 만큼은 다른 왕국들에 비해 성장도가 낮았다. 물론 세리카 로렌과 미하일이 있긴 했지만 그들이 성장을 하기까지는 시간이 걸렸다. 단순히 영체였다면 불가능한 일이었지만 자유롭게 움직일 수 있는 지금, 한 명의 마법사로서 알른은 타투르의 주요한 기둥이 될 수 있었다.

[녀석이 키워놓았다는 아조르의 마법사들이 안티홈을 들러 수련을 마친 뒤 타투르로 집결할 것이다. 그리고 내가 그들을 가르칠 것이다.]

"큰사부님께서 직접 말이십니까?"

이스라필은 떨리는 목소리로 되물었다. 알른 자비우스가 어떤 존재인지는 너무나도 잘 알고 있었기에 그의 손에 키워질 마법사들이 어떤 모습일지 궁금하지 않을 수 없었다.

[나 혼자서가 아니라 너도다. 카릴 녀석은 이미 다음 전쟁을 준비하고 있는 것이니까. 그러니 어서 집중하거라. 마굴을 찾는 일을 우리가 끝내 놔야 녀석이 돌아왔을 때 다음 상대가

제국인지 우든 클라우드인지 확실히 정할 수 있을 테니 말이야. 뭐, 뭐가 되었든 짓밟아주는 것 매한가지겠지만.]

"알겠습니다."

이스라필은 알른의 말에 고개를 끄덕였다.

"……어? 저 사람이 저길……."

여덟 개의 시야 중 한 곳. 마굴 안으로 들어온 한 사람의 모습이 포착되었다. 이스라필은 자신도 모르게 살짝 목소리에 힘이 들어갔다.

"……어째서?"

하지만 그 놀람은 의문이 되어 변했고 힘이 들어갔던 목소리는 이해할 수 없다는 듯 낮게 중얼거렸다.

[흐음…….]

이스라필이 보는 광경을 함께 볼 수 있는 알른은 잠시 숨을 고르고는 묘한 표정을 짓고는 냉소를 지으며 말했다.

[이것 봐라? 이거 일이 재밌게 흘러가는데?]

"……흡!"

파툰은 성벽에 도착하자마자 허리에 차고 있던 검을 뽑았다. 미리 확인해 놓은 틈 사이로 검을 집어넣으려는 순간.

콰아아아아앙……!!

거대한 사각의 방패가 부웅~! 하는 소리와 함께 날아와 성벽에 박혔다. 육중한 무게만큼이나 성벽에 박힌 방패를 중심으로 사방에 파편들이 튕겨 나갔다. 하나가 아니었다.

쾅~! 쾅~~! 콰아앙~~!!

부메랑처럼 날아드는 연이은 방패들이 성벽에 지그재그로 박혔다.

성벽을 집고 있던 파툰의 얼굴이 구겨졌다. 조금만 엇나갔어도 거대한 방패가 파툰의 뒤통수를 아작 냈을 것이다.

"저 새끼가……."

파툰이 으르렁거리듯 뒤를 돌아보며 중얼거렸다.

"단검 가지고 언제 밟고 올라가겠냐. 선물이다."

그것은 저 멀리 뒤에 서 있는 쿤타이가 던진 방패였다.

마치 계단처럼 벽면에 박힌 방패를 보며 파툰은 살짝 이를 갈며 그 위로 올라탔다. 그의 뒤를 따라 붉은달 부족의 전사들이 재빠르게 성벽을 오르기 시작했다.

"마…… 막아라!!"

누군가의 외침. 하지만 이미 지휘관을 잃은 성벽 위에 있던 궁수들은 우왕좌왕하고 있었고 끓는 기름과 바위를 쏟아 낼 새도 없이 파툰은 가장 먼저 성벽 위에 올라섰다.

스릉……!!

그가 허리 뒤에 차고 있는 두 자루의 검을 뽑아 들었다. 붉은달 부족이 쓰는 쌍검은 특이하게도 각각의 모양이 달랐다.

한쪽은 초승달 모양으로 검날이 휘어져 있어 하르페(Harpe)의 일종으로 보였고 남은 한쪽은 둥근 원형으로 차크람과 유사했다.

대륙에도 이와 유사한 검을 쓰는 부족들은 많다. 하지만 각기 각월(却月)과 만월(滿月)이라 불리는 전혀 다른 두 자루의 쌍검을 동시에 쓰는 전사는 오직 붉은달뿐이었다.

파툰이 만월의 둥근 홈 안으로 성벽 위 병사의 머리를 집어넣고 반대쪽 각월의 손잡이를 비틀며 긋자 병사는 비명조차 내지 못한 채 그대로 목과 머리가 잘려 나갔다.

촤아아악……!!

능숙한 자세로 피가 잔뜩 묻은 만월을 있는 힘껏 던지자 일직선으로 날아간 검이 옆에 있던 네 명의 병사를 그대로 관통하고 다시 그의 손으로 돌아왔다.

사방으로 흩뿌려지는 핏물. 파툰은 조금 전 자신의 앞에 쓰러진 병사의 시체에서 흘러나와 바닥을 적신 피를 다섯 손가락에 묻혀 이마에서부터 뺨까지 사선으로 문신처럼 그려 넣었다. 악귀를 보는 듯한 모습에 병사들은 공포에 질린 듯 몸이 굳어버렸다.

"시시껄렁한 놈들뿐이로구나."

착-! 차착--!

그의 뒤로 붉은달의 전사들이 성벽을 뛰어올라 착지하며 마치 먹잇감을 보는 것처럼 병사들을 향해 혀를 내밀었다.

카아아아아……!! 크라라……!!

야수가 달려드는 것처럼 파툰이 만든 거점을 중심으로 전사들이 일제히 병사들을 유린하기 시작했다.

쾅--!! 콰아앙--!!

한곳이 무너지기 시작하자 성벽은 걷잡을 수 없는 속도로 붉은색으로 채워지기 시작했다. 전장의 긴장감은 보이지 않았다.

마치 문 에테르는 이민족들이 자신의 실력을 카릴에게 선보이는 무대 같았다.

"아직 어리군."

하지만 하시르는 그런 그들을 바라보며 못마땅한 듯 나지막하게 말했다. 모두가 부족을 이끌고 대표하는 전사들이었다. 하지만 확실히 아직 북부에 남아 있는 부족들에 비해 그들의 나이는 어렸다. 실력은 있되 경험이 부족하다는 말.

그리고 그것은 어떤 형태로든 간에 실수라는 결과로 나타날 것임을 그는 잘 알고 있었다.

"흐음."

하시르의 생각을 읽기라도 한 것처럼 날뛰는 호표와 붉은달과 달리 잔나비 부족은 아직 문 에테르를 향해 진격하지 않았다.

콰아아아앙……!!

"성문이 열렸다!!"

하지만 그 순간 호표 부족의 쿤타이의 외침이 들렸다. 그들은 마치 성문을 부수는 충차(衝車)처럼 거대한 방패를 세로로 세워 문을 공격했다.

1차, 2차, 3차……. 파도처럼 이어지는 방패 공세에 결국 성문이 흔들렸고 끝내 굳게 닫혀 있던 문 에테르의 빗장이 열리고 말았다. 그들은 정말로 예고대로 그 어떤 공성 장비도 없이 완벽하게 성을 공략하고 있었다.

"하하하!! 우리가 일착(一着)이다!! 붉은달 놈들에게 맡길 필요도 없겠어. 수장의 목을 취하는 것은 우리 호표다!!"

와아아아아아아--!! 와아아아--!!

쿤타이의 목소리가 저 멀리 본진에까지 들리는 것 같았다. 선두에서 달리는 그를 따라 호표의 전사들이 일제히 성문 안으로 들어갔다. 하시르는 문 에테르의 성문이 열리는 것을 보며 활을 거두었다.

어쩌면 그의 불안은 그저 기우일지도 모른다. 젊은 전사들은 비록 불안할지 몰라도 그 열기로 불안 요소마저 압도해 버리는 결과를 만드니까.

그가 천천히 고개를 끄덕이자.

"으아아악……!!"

"아악……!!"

성문을 통과하는 호표 부족을 향해 공격을 하려던 성루에 서 있던 병사들과 마법사들이 비명과 함께 피를 뿌리며 떨어졌다.

그림자 속에 망토를 뒤집어쓰고 있는 암살자들. 행여나 있을지 모를 위험을 최소한으로 줄이기 위해서 늑여우들은 맡은 바 임무를 수행했다.

"언제……"

쿤타이와 파툰의 눈이 흔들렸다. 그들조차 눈치채지 못할 정도로 빠르게 성루 위에 올라가 있는 늑여우 부족들을 바라보며 가장 선두에 있었던 것은 그들임을 인정하지 않을 수 없었다.

"돌진해라!!"

"선두를 빼앗기지 마라!!"

두 사람은 인상을 구기며 소리쳤다.

"너무 쉽군."

성안으로 진격하는 두 사람을 보며 카릴은 나지막한 목소리로 중얼거렸다.

"말씀대로 하루도 채 걸리지 않을 것으로 보입니다."

하시르는 황급히 고개를 끄덕이며 대답했다. 그러나 카릴은 그의 대답에 어쩐지 못마땅한 듯 고개를 저었다.

"그게 아냐."

"……네?"

"피해가 너무 없어. 과할 정도로 쉽게 성문이 열렸다는 말이지. 호표 부족의 방패술을 무시하는 건 아니지만 공국의 성문은 단단하기로 유명해. 완력으로 부숴서 열 수 있는 수준이 아니지."

하시르는 그 말에 성벽을 오르는 붉은달 부족과 성문을 통과하는 호표 부족을 황급히 바라봤다.

"설마……"

"맞아. 함정이야. 성문이 열린 게 아니라 녀석들이 일부러 연 거다. 잘 봐, 문 에테르의 성벽은 2중으로 되어 있다. 외곽이 열려도 큰 문제가 되지 않지. 오히려 녀석들은 성안을 전장으로 삼은 거야."

카릴은 담담한 목소리로 말했다.

철컥-!! 드르르륵--!!

"멍청한 이민족 새끼들……. 모조리 태워주마."

기관이 움직이는 소리와 함께 성문 안쪽에 수천의 병사들이 손잡이를 조종하자 수백 대의 검은 포신을 성문을 향해 조준되었다.

"마도 포격기……!!"

하시르는 자신이 느꼈던 불안감이 기우가 아니라는 사실을 깨달았다.

우-우우웅……!! 우웅……!!

장전된 포격기가 붉은빛을 띠며 먹잇감을 노리는 맹수의 으르렁거림처럼 마력이 충전되는 소리가 울렸다.

"위, 위험……!!"

하시르는 다급하게 성루에 있는 부족의 전투원들에게 명령을 내리려 손을 들었다. 하지만 성루에서 달려오는 그들보다 포격기가 작동하는 속도가 더 빠를 것임을 알았다.

피할 곳이 없는 호표 부족을 향해 포격이 시작되기 직전.

"잠깐."

어쩐 일인지 카릴은 담담한 표정으로 불안한 눈으로 문 에 테르를 바라보는 하시르에게 고갯짓을 했다.

"문 에테르의 공략이 하루면 충분하다는 건 지금도 달라지지 않았어. 함정을 눈치챈 건 나뿐만이 아닌 듯싶거든."

"쏴……!!"

목이 터져라 큰소리로 소리치는 포격 대장의 외침이 울리기도 전에.

서걱-

섬뜩한 소리와 함께 대장의 몸이 그대로 정수리에서부터 세로로 반으로 잘려 나갔다.

쩌적…… 쩌저적……!

자신의 죽음조차 알아채지 못한 지휘봉을 들고 있는 채로 양분된 포격 대장의 시체 사이로 보이는 눈동자.

파앗-!!

그림자처럼 순식간에 인영들이 사라지면서 마도 포격의 포격병들의 목이 일제히 잘려 나가기 시작했다.

언제부터였을까. 하시르는 늑여우들보다 더 먼저 문 에테르의 성벽을 올라 자신들을 기다리고 있었던 것일지도 모를 그들을 바라보며 낮은 탄성을 질렀다.

"검은 눈 일족……."

"이게…… 어떻게 된 일이란 말이야!!"

자일스 자작은 문 에테르의 1차 성문에서 피어오르는 불꽃을 바라보며 그의 뒤에 서 있는 길티안을 잡아먹을 듯 노려봤다.

"하루면 충분해? 이러다 오히려 우리가 당하겠어!! 자네 때문에 습격의 보고도 미뤘는데 이게 어쩔 셈이지? 이대로 놈들이 내벽까지 뚫고 쳐들어오기라도 하면……!!"

국경의 수비를 맡고 있는 기사답지 않은 발언이었다. 그도 그럴 것이 그의 가문이 수백 년 역사 동안 문 에테르를 수호해 왔지만 정작 자일스는 전쟁을 겪어 본 적이 없었다.

선조의 위대함은 그저 과거의 유물일 뿐이었다. 평온한 영지 안에서 안락한 생활만을 영위했던 자일스에게 폭음과 화염, 병사들의 외침 소리는 고양이 아니라 두려움을 줄 뿐이었다.

"진정하십시오, 영주님. 마도 포격기도 모두 잃은 것이 아니고 성문을 연 건 녀석들의 공세가 아니라 저희가 한 것이지 않습니까. 아직 저희 군의 손실도 크지 않습니다."

"하지만 이미 놈들이 성안으로 들어오지 않았느냐! 지금 당장 공작령에 보고를 올리게!"

길티안의 말에도 불구하고 자일스는 몰아세우기 바빴다.

"한 번만 더 기회를 주시기 바랍니다. 2성문을 여실 필요 없습니다. 제가 직접 가겠습니다."

불안에 떠는 유약한 자신의 주군을 보며 그는 호기롭게 말했다.

"문 에테르의 병사들은 들어라!! 지금 저 밖에 공국의 영토를 침입하려는 이민족의 무리들이 있다."

길티안은 제2성벽 위에 올라 소리쳤다.

"공국은 지금 치열한 내전 중이다. 놈들은 바로 이 틈을 노리고 온 것이다! 저속한 쓰레기들에게 튤리 저하가 계시는 화이트 벙커가 위험에 빠지게 놔둘 수 없다!!"

와아아아아아아-!! 와아아아-!!

제1성벽 안쪽에서 전투가 벌어지고 있었지만 문 에테르 병사들의 사기는 처음과 다르지 않았다. 성벽 양쪽으로 마도 포격기가 배치되고 후퇴한 궁병들이 이민족을 향해 포진되기 시작했다.

"모두 검을 들어라!!"

척-! 처척-!

100명의 기사가 길티안을 향해 가슴에 검을 얹었다. 그들은 비록 공국의 정통 기사단에는 비하지 못하겠지만, 길티안은 그가 손수 키워온 만큼 그들의 실력을 누구보다 믿을 수 있었다.

"그 누구도 문 에테르의 성벽을 넘지 못하게 할 것이다! 지금부터 우리는 공국에 이민족의 피를 제물로 바치리라!"

와아아아아아아-!!

'할 수 있다.'

그는 환호성을 내지르는 병사들의 열기를 느끼며 확신했다. 그의 생각대로 제1성벽이 열렸기는 하지만 여전히 적을 압도할 수 있는 병력이 남아 있었다.

"공격하라!!"

길티안은 검을 뽑아 휘두르며 소리쳤다.

슈욱! 슈우욱-!! 촤아아악-!!

그의 외침과 동시에 궁병 부대의 화살들이 일제히 성벽 아래에 있는 호표 부족들을 향해 쏟아졌다.

"아악!! 으아아악……!!"

"사, 살려줘!!"

오히려 제2성벽을 열지 못한 그들은 두 개의 성문 사이에 끼어 도망치지도 못한 채 우왕좌왕하면서 그대로 궁병들의 제물이 되었다.

"기름을 부어라!!"

성벽 위에 있는 병사들이 펄펄 끓는 기름을 쏟아 내자 아래에 있던 이민족들이 얼굴을 부여잡으며 비명을 지르기 시작했다.

"아아악……!!"

고통에 찬 몸부림과 함께 붉은달 부족의 전사들이 더 이상 성벽 가까이에 갈 엄두를 내지 못한 채 바닥에 쓰러져 바둥거렸다.

"포격 준비!!"

하지만 비명 소리를 들으면서도 문 에테르의 공세는 멈추지 않았다.

우-우-우-웅……!

마법사들이 포격기의 마력을 집중시키자 포격기의 포신이 빨갛게 달아오르기 시작했다.

콰앙……! 콰강!! 쾅……!!

처음에 실패했던 마도 포격기가 연신 불을 뿜어내기 시작했다. 굉음과 함께 바닥이 폭죽이 터지는 것처럼 사방으로 터져나갔다.

"크아악!!"

"아악!"

흙무더기들이 쓰러진 이민족들의 머리 위로 떨어졌다.

압도적인 싸움. 실로 장관이었다.

길티안은 모든 것이 자신의 예상대로라 생각했다. 제1성문을 연 것은 실수이나 진열을 가다듬고 다시 반격을 하니 역시나 마력도 없는 이민족들은 자신의 상대가 되지 않았다.

"후…… 후퇴하라!!"

쏟아지는 포격 사이에서 커다란 덩치의 남자가 두려운 듯 소리쳤다.

'저놈이로군.'

길티안은 그가 공세의 우두머리라는 것을 단번에 알았다.

"저놈을 잡아야겠다. 성문을 열어라."

"네? 괜찮으시겠습니까?"

그의 말에 부관이 살짝 떨리는 목소리로 말했다. 하지만 어쩐지 길티안은 지금이라면 충분히 녀석의 목을 벨 수 있을 것 같았다. 고양되는 기분.

길티안은 왠지 들뜬 목소리로 말했다.

"가소로운 녀석들!! 저 모습을 봐라! 녀석들이 반항조차 하지 못한 채 우리에게 쓰러지는 꼴을 말이다!"

쿠그그그……

성문이 열리자 길티안은 말의 배를 힘껏 차며 소리쳤다.

"우리의 힘을 보여주어라! 이민족들을 모조리 문 에테르에서 몰아내자!!"

와아아아아아-!! 와아아아아-!!

길티안은 뜨거운 함성을 받으며 검을 뽑으며 달리기 시작했다.

"홉……!!"

도망치던 쿤타이가 있는 힘껏 도끼를 휘둘렀다. 하지만 길티안은 허리를 숙이며 그의 공격을 피하고는 그대로 속도를 죽이지 않고 몸을 회전시켰다.

스으윽-!!

왼발을 한 발자국 더 앞으로 내밀며 쿤타이가 도끼를 회수하는 것보다 더 빠르게 그의 허리를 베고는 등 뒤로 돌아서며 다시 한번 발목을 그었다.

"크악!!"

양쪽의 아킬레스건이 잘려 나가자 거대한 쿤타이의 몸이 중심을 잡지 못하고 고통에 비명과 함께 쓰러졌다.

"끝이다!!"

길티안은 바닥에 쓰러진 쿤타이의 목을 있는 힘껏 검으로 내려쳤다. 둔탁한 뼈가 부서지는 소리와 함께 두꺼운 그의 목이 분질러지며 바닥을 굴렀다.

"하아, 하아……."

몸이 가벼웠다. 적의 공격은 눈에 선명하게 보였고 자신의 몸은 상상대로 움직였다. 길티안은 자신도 모르게 입꼬리를 올리며 피식거리듯 웃었다.

"크…… 크하하하!!"

그는 바닥에 나뒹구는 쿤타이의 머리를 잡았다.

"잘 봐라! 이민족들아!"

그러고는 잘린 머리를 하늘 위로 치켜세우며 소리쳤다.

"나, 문 에테르의 길티안이 더러운 네놈들 수장의 목을 치고 공국의 위상을 세웠다!!"

와아아아아아-! 와아아아-!

환호성이 들렸다. 호표 부족의 전사들은 쿤타이의 목을 바라보며 공포에 찬 얼굴로 말을 잃고 말았다.

"도, 도망쳐!"

"후퇴하라!"

자신의 족장이 죽자 오합지졸처럼 그들은 뒤도 돌아보지 않고 달리기 시작했다.

얼마 만에 느껴보는 충만감인가. 아니, 처음이다. 그 역시 자일스 자작과 마찬가지로 문 에테르에서 나고 자라난 자였다. 당연하게도 기사가 된 이후 평생을 이곳의 수비대장으로 있었지만 이렇다 할 습격도 없어 그는 제대로 된 싸움을 해본 적이 없었다.

공을 세우고자 하는 열망. 항상 가득했지만 기회가 없었다. 하지만 지금은 달랐다.

"얼마든지 덤벼봐라!! 이민족 따위가 넘을 수 있는 성벽이 아니다!!"

자일스는 틀리에게 보고를 바로 하지 않은 것을 걱정스러워했지만 상관없었다.

지금 상황을 보면 알 수 있지 않은가.

완벽한 승리. 그것을 증명한다면 치러야 한 미약한 벌보다 자신들에게 올 거대한 영광이 더욱 빛날 것이니까.

"하하하하하!!"

길티안은 검을 고쳐 쥐고서 겁에 질린 호표 부족의 무리 안으로 뛰어들며 그들을 유린했다. 적들은 반항조차 하지 못한 채 추풍낙엽마냥 속절없이 그의 검에 쓰러졌다.

몇 명이나 죽인 걸까.

고개를 돌리자 수십 구의 시체가 즐비했다.

"우리의 승리다!!"

영광스러운 자신의 결과물에 길티안은 만족스러운 듯 입꼬리를 올렸다.

"꿈은 잘 꿨나."

분명 앞에는 더 이상 자신을 막는 적이 없었는데 고개를 돌린 그 뒤에서 나지막한 목소리가 들렸다.

길티안은 황급히 뒤를 돌았다.

그 순간 조금 전까지 선명하게 보였던 시야가 갑자기 흐릿해지더니 눈앞에 소용돌이가 치는 것처럼 사물이 나선을 꺾이기 시작했다.

"……?!"

갑작스러운 어지러움에 비틀거리며 그의 무릎이 꺾이며 바닥에 주저앉았다.

"헉…… 헉……."

무리를 한 걸까. 숨을 쉴 때마다 폐를 찌르는 듯한 통증이 느껴져 길티안은 인상을 찡그렸다.

"호흡을 하기 힘든가? 당연해. 폐에 들어간 연기 때문이니까. 주위를 잘 봐."

"……뭐?"

들려오는 목소리와 함께 일그러졌던 시야가 다시 천천히 돌아오기 시작했다.

온통 불바다였다. 길티안은 자신의 얼굴을 향해 느껴지는 화끈한 열기에 정신이 번쩍 드는 기분이었다.

"으아악!!"

화들짝 놀라며 그는 엉덩방아를 찧으며 주저앉고는 뒤로 물러서기 위해 바둥거렸다.

"이, 이게 무슨……."

그는 지금 상황이 이해가 가지 않는 듯 넋을 잃고 중얼거렸다. 수천의 병사들이 자신의 몸을 덮치는 화염 속에서 뜨거움도 모르는 듯 그저 멍하니 서 있었다.

쿵……!! 툴썩……!!

조금 전 영광스러운 승리는 온데간데없고 오직 시커먼 연기만이 자욱한 문 에테르의 풍경만이 보였다.

"성문이……."

가장 먼저 눈에 들어온 것은 활짝 열린 제2성문이었다.

"네가 연 거다. 누구를 쫓으려고 그렇게 열심히 뛰어가던 건지는 모르겠지만 말이야. 이민족의 목을 베는 것이 그렇게도 즐거웠나 보지? 독을 마시는 것도 모른 채 열심히 검을 휘두르던데 말이야."

차가운 목소리. 하지만 길티안의 귀엔 그 이야기가 들어오지 않았다. 뻣뻣한 얼굴로 그가 주위를 훑었다.

"덕분에 쉽게 2성문을 열었다."

타닥…… 타닥…….

불에 타서 재가 되어 부서지는 건물들이 보였다. 문 에테르의 병사들은 조금 전 자신처럼 멍한 표정으로 서 있다가 하나둘 불에 타거나 연기에 쓰러지고 있었다. 쓰러진 병사들은 더 이상 움직이지 않았다. 자신의 죽음조차 알지 못하는 듯 말이다.

"어떻게……."

길티안은 이런 상황에 우습지만 해답을 알려달라는 것 같은 표정으로 릴리아나를 바라봤다.

"플루(Flue)라는 풀이다. 생초를 그냥 쓰면 면역력을 올려주는 약초로도 쓸 수 있지만 이걸 불에 태웠을 때는 지독한 독초가 되어버리지. 탈 때 나는 연기를 맡은 자들은 깊은 환각에 빠지거든."

맹수의 붉은 갈기 같은 거친 머리카락을 쓸어 넘기며 릴리아나는 침엽수의 잎처럼 가느다란 잎사귀를 코끝에 대고서 향기를 맡으며 말했다.

"도…… 독초?"

길티안은 그제야 지금 문 에테르에서 벌어지고 있는 일을 알 수 있었다. 영광스러웠던 승리도 앞으로 자신에게 펼쳐진 탄탄한 미래도 모두 신기루에 불과했던 것이다.

"언제부터……."

꿈을 꾸고 있었던 걸까.

자일스에게 보고할 때였을까? 이민족과 싸울 때부터?

알 수 없었다. 그저 지끈거리는 머리를 감쌀 뿐이었다.

"중독된 줄도 모를 거야. 성벽에 걸려 있는 반응 마법도 무용지물이지. 우리의 독은 마법으로 막을 수 있는 게 아니니까."

"그, 그런……."

그녀의 말을 증명이라도 하는 듯 여기저기에서 쓰러지기 시작하는 기사들의 모습이 보였다.

"마력이 없어도 이민족은 싸울 수 있다."

잔나비 부족의 특기. 대륙에서 그들만이 다룰 수 있는 독은 있어도 그들이 다루지 못하는 독은 없었다.

호표, 붉은달, 늑여우, 검은눈으로 이어지는 공세 속에서도 잔나비 부족은 움직이지 않았다.

하지만 제1성문이 열리고 난 뒤. 누구보다 빠르게 문 에테르를 향해 진격했다.

길티안이 주위를 두리번거렸다. 그의 눈에 조금 전 자신이 죽였던 쿤타이가 병사들의 목을 베는 광경이 눈에 들어왔다. 끓는 기름에 고통스러워했던 붉은달의 전사들이 궁병들의 숨통을 끊고 늑여우들이 포격병을 유린하고 있었다.

"아…… 아아……."

그는 뭐라 할 말을 잃은 듯 그저 입을 뻐끔거릴 뿐이었다.

"꿈에서 깨어나야지?"

릴리아나는 소매 끝에 작은 날이 달린 단검을 뽑아 길티안의 목에 찍어 눌렀다.

툴썩-

검날이 목과 쇄골 사이로 쑤욱 하고 들어가자 길티안은 고통조차 느끼지 못하는 듯 그저 두 눈을 크게 뜬 채로 그대로 앞으로 고꾸라지고 말았다.

부르르…… 부르르르……!

엎어진 그의 몸이 몇 번이나 들썩였지만 이내 곧 힘을 잃고 축 늘어졌다.

"그게 싫으면 영원히 잠들던지."

길티안의 시체를 밟아 넘으며 그녀는 천천히 성안으로 걸음을 옮기며 나지막하게 말했다.

휘이이익……!!

세리카 로렌은 매서운 추위에 흰뿔토끼로 만든 망토를 여미면서 몸을 부르르 떨었다. 그녀는 빙 계열 마법을 쓰는 마법사였지만 공국의 남쪽에 위치한 코브 근처에서만 평생을 살았기에 이런 추위에 익숙하지 않았다.

"뭐……. 미하일 그 바보가 물에 빠뜨렸을 때보단 낫네. 망토도 있고."

일전에 카릴이 공국 원정행의 멤버를 호명했을 때 카릴의 제안에도 오히려 그녀는 미하일을 따라가겠다고 했었다.

안티홈에서의 인연 때문일까. 아니면 단순히 그의 재능에 대한 호기심일까. 덕분에 가고 싶어도 가지 못하는 수안의 부러운 눈빛을 한 몸에 받았지만 카릴은 그녀의 말에 옅은 웃음을 지으며 말했다.

"안 돼."

"……왜?"

"안티홈에서 마법을 배울 수 있었던 게 누구 덕분인데? 이제야 조금 쓸 만해졌는데 밥값은 해야지."

"누, 누가 누구 덕분이라는 거야?"

꽤나 큰마음을 먹고 했던 말이었지만 단칼에 거절하는 카릴의 태도에 그녀는 당황한 듯 말을 더듬으며 소리쳤다.

"네가 미하일을 따라가서 뭐 하려고?"

"뭐, 뭐 하긴? 여명회의 마법이 어떤 건지 나도 보려고 하는 거지. 당신이 더 잘 알 텐데? 오히려 전투에 관련된 마법은 여명회가 더 깊이가 깊다는 거. 나도 흥미가 동하지."

"여명회의 전투마법술? 그건 너와는 어울리지 않아. 가봐야 실망만 할 게 뻔하거든."

"그걸 어떻게 확신해?"

세리카 로렌은 그의 말에 미심쩍은 표정을 지었다.

"창왕의 흑참칠식."

그의 한 마디에 그녀의 얼굴이 굳어졌다.

"핵심 요절들은 이미 파악했잖아. 안 그래? 정작 그 책들을 보관하고 있던 나인 다르혼은 마법사라 그 의미를 알아차리지 못했지만 말이야."

"무슨 소리를 하는 건지……."

머뭇거리며 대답하는 그녀의 모습에 카릴은 피식 웃었다.

"자세부터 호흡까지. 마법사라고 하기엔 너무 간결해. 안티홈에서 나온 뒤로 완전히 바뀌었으니까. 내 눈은 못 속여."

카릴은 기다렸다는 듯 말했다.

"차라리 미하일이 좋아서 따라간다고 했으면 생각해 봤겠지만 마법 때문이라는 어쭙잖은 핑계라면 들어 줄 수 없다."

"무, 무슨 소리 하시는 겁니까?!"

정작 카릴의 말에 당황한 듯 소리치는 사람은 세리카가 아닌 미하일이었다. 그도 그럴 것이 그녀는 아직 성인도 되지 않은 아이에 불과했으니까.

그의 말에 미하일을 바라보는 눈초리들이 살짝 싸해졌지만 어쩐지 카릴은 마치 능구렁이 같은 얼굴로 말했다.

"세리카, 전쟁은 길다. 1, 2년으로 끝나지 않아."

무슨 의미인지 잘 모르겠다는 듯 미하일과 세리카가 서로를 바라봤지만 카릴은 마치 그들의 미래를 알고 있다는 듯 그저 피식하고 웃을 뿐이었다.

"세리카, 완성되진 않았겠지만 이미 너만의 창술을 만들고 있는 거지? 네가 만든 기술이 과연 어디까지 닿을 수 있을지 궁금하지 않아?"

"흥……."

"그리고 네가 공국을 가야 할 중요한 이유가 있다."

"그게 뭐지?"

카릴은 의미심장한 미소로 말했다.

"가서 보면 알 거야."

"능구렁이 같은 놈……."

세리카 로렌은 자신도 모르게 카릴을 떠올리자 입술을 씰룩 거렸다. 그럼에도 그녀의 눈빛은 오히려 몰아치는 눈발보다 더 차갑게 위를 향했다.

"저기로군."

거대한 장막을 펼쳐 놓은 것처럼 앞을 가로막고 있는 대성 벽이라 불리는 요만 산맥.

"저기만 넘으면 화이트 벙커로 갈 수 있다는 말이지. 코브 녀석들, 왜 지름길을 두고 다른 곳에서 열을 내는 거지?"

"그게……. 쉽지 않습니다. 아니, 공국 점령에서 가장 어려 운 일이라고 해도 과언이 아닙니다."

옆에 서 있던 병사가 고글을 벗으면서 말했다. 눈보라가 세 차게 쏟아지듯 눈썹 주위가 새하얗게 얼어 있었다.

"요만의 수문장을 뛰어넘을 자가 없기 때문입니다. 그는 공 국 제1의 기사이니까요."

대륙인이라면 그 이름을 모를 리가 없었다.

미늘(Halberd)의 가네스. 대륙의 다섯 소드 마스터 중의 한 명이자 전생에 공국 내전 이후 배신의 가네스라는 오명을 얻게 되지만 지금은 거대한 할버드를 사용했기에 미늘이라는 이명으로 불렸다. 일반적인 할버드가 아닌 마치 대검을 달아 놓은 것처럼 사신의 낫같이 날이 기다란 할버드는 확실히 평범한 사람이 다루기 쉬운 물건이 아니었다. 게다가 그 무게조차 엄청나 기사급의 실력자 몇몇이 달라붙어 들어야 간신히 옮길 정도였다.

이름 앞에 사용하는 무구의 명칭이 붙는 것이 자신의 실력보다 무구의 힘에 의존하는 것 같은 느낌이 들어 가네스는 이명에 대해 불평을 늘어놨지만 이후 더 최악의 것을 얻을 자신의 미래를 모르니 하는 말일 것이다.

"공국 최강이라 이거지."

앤섬 하워드의 명령으로 요만 침공군의 안내를 받은 세리카는 병사의 말에 살짝 입맛을 다시듯 혀를 입술로 훔쳤다.

-가네스가 쓰는 할버드는 그 형태도 특이하지만 그 창날은 더욱 특이하다. 청린이라는 소재가 대륙에서 가장 훌륭한 무구의 소재로 알려져 있지만 그것은 청린을 뛰어넘을지도 몰라.

-그게 뭔데?

-울티마툼(Ultimatum)이라 불리는 특이한 광석으로 만들어진 날

이다. 천연으로 짙은 수속성을 가졌지.

카릴은 대성벽으로 보내기 전날 세리카에게 말을 남겼다.

─지금 생각해 보면 가네스의 창날도 블레이더의 유물일지도 모른다는 생각이 든다. 그렇게 특이한 광물은 이후로도 본 적 없으니까. 그는 자신의 이명에 미늘인 게 불만이겠지만 그만큼 특이한 것도 없을 거야.
─블레이더의 무구? 당신이 쓰는 그 검 같은?
─아니, 그보다 더 오래. 신화 시대 유물이다. 내가 쓰는 검을 뛰어넘을지도 모르지. 골렘이나 마도공학을 봐도 알겠지만 제국보다 훨씬 더 많은 유적이 남아 있으니까.

그녀는 카릴의 말에 고개를 끄덕였다.

─속성석과는 비교도 할 수 없을 완전히 다른 형질의 광물이지. 세리카, 네가 그걸 얻어라.
─나보고 소드 마스터와 싸우라는 말이야?
─왜? 겁나?
─흥······.

세리카는 그의 말에 코웃음을 쳤지만 5클래스의 벽도 아직 무너뜨리지 못한 상황에서 소드 마스터와의 일전이라니. 사실 누가 들어도 말이 안 되는 일이었다.

'비록 아쉽게 공국 내전 당시 유실되어 버려 찾을 수 없게 되었지만……. 누구보다 네게 어울리는 무구를 만들 수 있음과 동시에 가네스가 배신이라는 오명을 얻지 않게 될 수도 있다.'

카릴은 떠나기 바로 직전. 이번 공국행에 가장 큰 변수가 바로 그녀가 될 것임을 직감했다.

쿠그그그…….

대성벽이라 불리는 거대한 협곡 위에 쌓인 눈이 맹렬하게 부는 강풍에 떨어지며 마치 괴물의 포효처럼 메아리쳤다.

"후우."

그녀는 배가 훤히 보이는 짧은 옷 위에 가벼운 가죽 갑옷만을 입었을 뿐인데도 추위를 느끼지 않는 듯 숨을 토해냈다.

번뜩-

이글 아이(Eagle Eye)를 발동시키자 저 멀리 보이는 성벽이 마치 눈앞으로 다가온 듯 선명하게 보였다. 평범한 마법사들과 달리 육체를 단련시킨 그녀는 비록 소드 마스터가 쓰는 만환(卍環)에 비할 바는 못되지만, 동급의 마법 수준을 뛰어넘고 있었다.

마치 거대한 석상처럼 성벽 위에 서 있는 중갑을 입은 기사 한 명이 거대한 낫을 깃발처럼 바닥에 꽂고 아래를 내려다보고 있었다. 병사는 없었다. 아니, 필요 없다 말하는 것 같았다.

두꺼운 풀 플레이트 아머와 달리 투구는 쓰지 않았는데 가만히 있어도 얼어붙을 것 같은 날씨임에도 불구하고 그의 얼굴엔 눈가루 하나 붙어 있지 않았다. 짙은 눈썹, 날카로운 인상은 생각보다 나이가 많아 보이지 않았지만 이마에서 뺨까지 왼쪽 눈에 세로로 그어진 검상이 눈에 띄었다.

굳이 설명을 하지 않아도 된다. 저 남자가 가네스라는 것을 알 수 있었다.

콰득⋯⋯!!

남자의 시선이 그녀와 맞닿자 마치 타는 듯한 고통에 세리카는 자신도 모르게 주춤하며 뒤로 물러섰다. 그 역시 고든 파비안과 같이 만환(卍環)의 경지에 도달한 상태였다.

극의의 신체가 내뿜는 기세는 시선조차 마치 하나의 검날처럼 매서웠고 힘이 실려 있었다.

"윽."

불에 덴 듯한 찌릿한 통증에 낮은 신음을 토해냈지만 세리카는 성벽 위에 있는 기사를 의식한 듯 눈을 감지 않았다.

"저거로군."

그녀는 가네스가 들고 있는 할버드를 바라봤다. 단순히 무구에 기대지 않아도 그의 눈빛 하나만으로도 그의 강함을 충분히 알 수 있었다.

"저런 괴물과 싸우라는 말이지."

세리카 로렌은 나지막하게 중얼거렸다.

"도대체 왜 저런 괴물이 여기에 있는 거야?"

그녀는 어쩐지 소드 마스터를 눈앞에 두고 있음에도 압박보다는 흥미로움을 느꼈다.

"하여간 사람 부려 먹기 좋아하는 녀석이라니까."

그 자신도 신기했다.

하지만 이내 곧 그 이유를 알 수 있었다. 지금까지 항상 그녀의 옆에는 공국의 소드 마스터보다 더한 괴물이 있었기 때문이다.

"할버드에서 날을 떼어도 그냥 쓰기엔 꽤나 무겁겠어. 타투르에서 제련이 가능하려나?"

마치 이미 자신의 것이 된 것처럼 그녀는 입꼬리를 살짝 올리며 허리에 찬 싸락눈을 꺼냈다.

스르륵…… 철컥-!!

마법봉대에 버튼을 누르자 짧은 싸락눈의 봉대 양쪽이 길게 튀어나왔다. 안티홈에서 그녀는 자신이 쓰던 낡은 창대에 마법봉을 연결해 사용했었다.

타투르에 돌아온 후. 카릴은 조금 더 그것을 보완해 아예 싸락눈에 청린으로 만든 새로운 창대를 달아주었다. 날이 없어 일반적인 마법사들이 쓰는 나무로 된 지팡이가 아니라 꼭 사제들이 쓰는 봉에 더 가까운 형태였다.

파드득……!!

그녀가 싸락눈을 잡은 손에 힘을 주자 마력이 모이며 기다란 창끝에 얼음으로 된 날카로운 날이 생성되었다.

커다란 얼음날 주위로 마치 꽃잎처럼 양옆으로 4장의 작은 얼음날이 또 한 번 주위를 감쌌다.

스응······.

세리카는 성벽을 향해 창을 겨누었다.

대성벽(大城壁), 요만. 공국 이전부터 존재하던 대자연의 장벽. 그리고 단 한 번도 공략되지 않은 천애의 요새.

"저거 부술 수 있지 않을까?"

"······네?"

아무렇지 않게 말하는 그녀의 한마디에 옆에 서 있던 병사는 벙한 표정으로 바라봤다.

'날 미끼로 쓴다······? 정말 대담한 이야기야. 한 대 패주고 싶을 정도로.'

그녀는 다시 한번 카릴을 떠올렸다.

그의 계획은 알고 있다. 밀리아나와 자신이 미끼가 되어 북부 이민족 부대를 끌고 공국의 뒤를 친다.

실로 경탄을 금치 못할 계획. 물론 지금껏 그 누구도 이민족이라는 변수를 가지고 싸움을 걸어 본 적이 없었으니 생각조차 하지 못한 일이었다.

공국이나 제국이나 모두 이민족은 그저 쓰러뜨려야 할 상대일 뿐 함께 싸울 수 있는 존재가 아니었으니까.

'하지만 그걸로는 부족하지. 그자가 스스로 이곳이 내 가치

를 증명하는 무대라고 했으니 누구보다 돋보여야 한다.'

세리카는 옅은 미소를 지었다. 눈빛이 빛났다.

"시간이 없다. 단순히 명령만 따른다면 시시할 뿐이지. 나뿐만 아니라 그 여자도 그렇게 생각할걸."

그러고는 나지막하게 중얼거렸다.

"어쩌면 그걸 노린 걸지도 모르겠지만 말이야."

설사 그렇다 하더라도 놀랍지는 않았다. 언제나 카릴의 계책을 자신의 상상을 뛰어넘는 것이니까.

'가네스뿐만 아니라 요만까지 공략해 주겠어. 카릴, 내가 화이트 벙커에서 널 맞이해 주지.'

지금까지 단 한 번도 무너지지 않았던 대성벽. 그리고 공국 유일한 소드 마스터. 이제 막 4클래스의 벽을 뚫고 마법사의 반열에 오른 애송이가 하는 이 말은 단순한 치기에서 오는 자만으로 보일지 모른다.

슈프림(Supreme) 세리카 로렌. 그녀의 존재를 모르는 사람들이라면 말이다.

쿠우웅……!!

그녀는 마치 선언을 하듯 바닥에 창을 박아 넣었다.

이 전장은 전생에 단 한 명뿐이었던 전투마법사의 등장을 세상에 알리는 첫 전투였다.

퓨웅-! 푹!! 푹!! 푹-!!

"제길……!! 어디냐!! 찾아라!!"

밤공기를 가르는 파공음조차 들리지 않았다. 하지만 머리가 완전히 날아가 버린 기사의 시체에 마치 사신(死神)이 비웃기라도 하는 듯 여러 대의 화살이 다시 박혔다.

"벌써…… 오늘 밤에만 지휘관이 두 명이나 당했습니다."

"그게 보고라고 하는 겐가!! 적의 위치도 찾지 못했잖아!"

"그, 그게……. 지금까지 없던 저격이라……."

막사 안은 불안에 떨면서도 그 누구도 타개책을 찾을 수 없었다. 적의 위치조차 알 수 없으니 그 공포는 더욱더 깊어질 따름이었다.

"흠. 쉽군."

밀리아나는 지루하다는 듯 하품을 내쉬며 말했다.

"카릴 녀석은 고작 이런 전장에 나를 둔 건가. 미끼가 되라고 해도 정도가 있지……."

그녀는 키누 무카리의 화살 통에서 화살 하나를 꺼내어 마력을 실었다. 그러고는 있는 힘껏 그것을 던졌다.

쇄아아아악……!!

바람을 가르며 저 멀리 보이는 보초병의 목에 박혔다.

"훌륭하십니다."

들려오는 목소리에 밀리아나는 쓴웃음을 지었다.

"네 궁술에 비하면 이런 건 애들 장난이지. 나를 위해 적진에 가까이 왔다는 걸 아는걸. 새삼스럽지만 다시 한번 비궁족의 대단함을 느끼는 중이야. 아니면…… 키누 무카리, 너의 대단함인가?"

밀리아나는 자신의 뒤에서 활을 당기는 그를 보며 말했다. 사실 키누에게 있어서 지금의 거리는 너무나 가까웠다.

"네 사정거리를 알게 되면 공국의 기사들은 정말 오금이 저릴 수밖에 없겠지."

전력을 다하는 키누의 활이 닿는 거리는 그녀의 만환(卍環)으로도 보기 힘들 정도의 거리였으니까. 그럼에도 불구하고 그 엄청난 거리에서 키누 무카리는 정확히 지휘관의 얼굴을 화살로 박살 냈다.

브라운 앤트에 도착한 지 고작 이틀. 늪지대의 지형을 파악한 그는 단신으로 이미 적들을 공포로 몰아넣었다.

쫘드드득……!!

시위를 당기자 활이 커다란 원처럼 휘어졌다.

쉬이익!!

바람을 가르는 화살을 보며 밀리아나는 낮은 목소리로 중얼거렸다.

"네 화살이라면 저기도 닿을 수 있겠는걸."

"과찬이십니다."

그녀가 가리키는 봉우리를 바라보며 키누 무카리는 낮게 대답했다.

"이제 알겠어. 아마도 녀석은 나와 꼬마를 도발하려고 일부러 이곳에 배치한 게 분명해. 아마 성벽에 가 있는 꼬마도 그렇게 생각하겠지. 정말 고약한 성격이라니까. 너를 군이 내 쪽에 붙인 이유도 같은 맥락이겠지. 이곳에 발이 묶여 있다면 열다섯짜리 꼬마보다 디곤의 여제가 못 미덥다는 불명예를 얻을 테니까."

밀리아나는 자리에서 일어섰다.

"키누."

"네, 여제시여."

"이건 시간 벌기도 미끼도 아니다. 누가 먼저 화이트 벙커를 공략하는지 승리를 두고 겨루는 경쟁이지."

그녀의 눈은 이미 늪지대에 있는 적군 따위는 안중에도 없다는 듯 그 뒤를 향하고 있었다.

"반나절 안에 이곳을 정리한다. 목표는 저 위에 보이는 쌍봉우리. 이제부터 우린 미끼가 아니다."

밀리아나의 망토가 흔들렸다.

"누구보다 먼저 화이트 벙커를 공략한다."

"사…… 살려주십시오."

엉망이 된 얼굴의 자일스 자작은 바닥에 얼굴을 파묻고는 양손을 머리 위로 들고는 손바닥을 빌며 울먹였다.

타닥…… 타닥…….

불에 타고 무너진 문 에테르의 성벽 아래 부서진 집무실의 흔적이라고는 반쯤 타다 만 붉은 카펫뿐이었다.

"전쟁 중에 자비를 바라는 건가? 그것도 적군에게? 문 에테르를 지키기 위해 희생된 너의 병사들의 앞에서 지휘관이라는 작자가 잘도 그런 소릴 하는군."

카릴은 고개를 들었다.

"전사는 명예를 택합니다. 하나 명예조차 모르는 자는 죽음도 아깝겠지요."

기다렸다는 듯 릴리아나가 대답했다. 카릴은 그녀의 말에 만족스러운 듯 다시 고개를 내리며 자일스를 바라봤다.

"너는 명예보다 목숨이 소중한가?"

"흐…… 흐이익!"

카릴은 그런 그를 차갑게 바라봤다.

"그만."

잠자코 보고 있던 프란이 카릴을 막았다.

"문 에테르의 수비를 맡고 있는 자일스 경의 가문은 공국의 오랜 충신가(忠臣家)이다. 그를 해하는 것은 옳지 않다."

"아무래도 그 뛰어난 능력은 선대까지였나 보군요. 이런 자가 주요한 문 에테르의 수비를 맡고 있었다니 말입니다."

카릴은 자일스에게 경고하듯 자신의 옆에 서 있는 프란을 가리키며 말했다.

"목숨을 구했군. 프란 경의 자비에 감사하라."

카릴은 프란을 향해 허리를 숙였다. 그 모습은 영락없는 가신(家臣)의 모습이었다. 하지만 카릴의 그런 행동을 볼수록 프란의 얼굴은 오히려 더욱 굳어졌다. 모르는 이들이 본다면 프란이 이민족을 부른 장본인이라 여길 테니까.

"대신 네게 프란 경을 위해 할 일을 주겠다."

"그, 그게 무엇인지……."

"지금 당장 화이트 벙커로 가 문 에테르의 함락을 보고해라. 너의 처분은 틀리에게 맡기지. 과연 그녀도 프란 경과 같은 관대함이 있을지 모르겠지만."

하지만 지금까지 목숨을 구걸하던 자일스가 오히려 놓아준다는 말에 더욱 얼굴이 새하얗게 변했다.

"사…… 살려주십시오! 이대로 화이트 벙커에 가게 되면 저는 죽은 목숨입니다. 아직, 보, 보…… 보고도 올리지 않은 상태인데 함락을 알리면……!!"

그 순간 자일스의 말에 카릴의 눈이 번뜩였다.

"뭐? 보고를 올리지 않았다……?"

"그, 그게……."

"설마 틀리가 공습을 모르고 있다는 말은 아니겠지.

'이것 봐라?'

입술이 새파랗게 질려 말을 더듬는 자일스를 보며 헛웃음을 지었다.

콰아아아앙-!!

"크헉!"

엎드려 있던 자일스의 갈비뼈를 프란이 있는 힘껏 차버리자 마치 뒤집어진 거북처럼 자일스는 헉헉거리는 신음 소리와 함께 자빠진 채로 몸을 부르르 떨었다.

"뭐? 뭐라고?! 이…… 빌어먹을 새끼가!! 뭐? 다시 말해봐!! 보고하지 않았다고?!"

조금 전까지만 하더라도 평온해 보였던 프란의 얼굴이 일그러져 있었다. 그의 얼굴이 당장에라도 자일스를 잡아먹을 듯 잔뜩 화가 난 목소리로 소리쳤다.

'이런 병신 같은!! 정말 틀리가 이 사실을 모른단 말인가? 화이트 벙커의 앞에서 전투가 벌어지면 모든 게 끝이다.'

프란은 뻗은 자일스의 멱살을 움켜쥐면서 소리쳤다.

"도대체 네놈은 무슨 생각으로 그딴 짓을 벌인 거냐! 적이 코앞에 나타났는데도 왜 보고하지 않은 거냐 말이다!"

"그, 그게……."

자일스는 벌벌 떨면서 말을 잇지 못했다. 하지만 굳이 이유를 묻지 않아도 알 것 같았다.

'화이트 벙커에 보고가 올라가지 않았을 줄이야. 그렇다면

말이 달라지지.'

카릴은 두 사람의 모습을 바라보며 피식 웃으며 나지막한 목소리로 말했다.

"고정하십시오, 프란 경. 있을 수 있는 일이지 않습니까. 경이 이해해 주지 않는다면 누가 이해할 수 있겠습니까."

"……뭐?"

프란은 무슨 말도 안 되는 소리냐는 듯 얼굴을 구기며 카릴을 바라봤다.

저벅- 저벅-

카릴은 걸음을 옮겨 그에게 다가갔다. 그러고는 자일스가 듣지 못할 나지막한 목소리로 귓가에 속삭였다.

"너나 녀석이나 감당하지 못할 헛된 욕망으로 나라를 망치고 말았으니 말이야."

프란이 얼굴을 떼며 카릴을 바라봤다. 하지만 물러서는 그에게 더욱 다가가 카릴은 마지막 말을 내뱉었다.

"쭉 지켜봐야 할 거야. 잊고 싶어도 잊을 수 없도록 내가 계속 네게 보여줄 거거든. 저게 바로 네 미래니까."

프란의 얼굴이 새하얗게 질렸다.

"으……!! 으아아아!!"

그는 카릴을 바라보더니 비명에 가까운 외침을 토해내며 엎어져 있는 자일스를 있는 힘껏 발로 밟았다.

"죽어!! 죽어버려! 이 새끼야!!"

"악……! 아악!!"

구타를 당하는 자일스는 뒷목을 양손으로 잡고는 더욱더 바닥에 웅크리자 마치 한 마리 벌레 같아 보였다.

얼마나 지났을까. 씩씩거리며 거친 숨을 연신 몰아쉬는 프란은 여전히 분이 풀리지 않는 듯 자일스를 노려봤다.

카릴은 프란이 자일스를 구타하는 동안 가만히 두었고 웅크리고 있던 자일스는 미동도 하지 않아 살았는지 죽었는지 알 수 없었다.

달그락…… 달그락.

프란은 품 안에서 알약 통을 꺼내 약을 입에 털어 넣고는 씹어 대며 자일스를 다시 한번 발로 걷어찼다.

"커컥……!!"

그러자 숨이 막히는 소리와 함께 웅크리고 있던 자일스가 벌러덩 뒤집어지며 쓰러졌다.

'흐음, 약을 먹는 주기가 더 빨라진 것 같은데.'

코브에서 볼 때부터 조금 신경이 쓰였는데 카릴은 이제 프란이 습관처럼 알약을 씹어 대고 있다는 것을 알았다.

"그럼 이제 화이트 벙커로 진격할 건가? 보고가 이뤄지지 않았다면 지금이 가장 무방비 상태라는 뜻일 텐데."

"아니, 거긴 안 간다."

"왜?"

"널 위해서."

"······뭐?"

프란은 무슨 헛소리냐는 듯 카릴을 바라봤다. 그러자 반쯤 무너진 창문틀에 기대어 그가 대답했다.

"아무리 보고가 되지 않았다 하더라도 우리가 화이트 벙커에 도착할 때쯤이면 대비가 되어 있겠지."

"······."

"공국의 각 요새는 타격을 받았을 경우 화이트 벙커로 경보가 울리도록 설계되어 있다. 마도 공학자인 윈젤 하르트가 장장 5년에 걸쳐 구축한 시스템이지. 네게 모르냐고 묻는 것이 바보 같은 질문이겠지?"

카릴의 말에 프란의 얼굴이 굳어졌다. 이 체제가 완성된 것은 아직 몇 달밖에 되지 않아 외부에 크게 알려지지 않았기 때문이었다.

"그걸 어떻게······."

프란이 입을 뻐끔거리며 놀란 듯 말했다.

퍼억-!!

성벽에 기대어 있던 카릴이 있는 힘껏 프란의 옆구리를 주먹으로 때렸다.

"뭐야 진짜야? 그런 걸 알면 빨리 얘기해 줘야지. 이대로 화이트 벙커로 진격했으면 어떻게 할 뻔했어?"

"커헉······."

조금 전 자일스와 같은 입장이 되어버린 프란은 옆구리를 움켜잡으며 신음 소리를 뱉었다.

"소문으로 들은 적이 있어. 그냥 떠봤는데 진짜인가 보네. 화이트 벙커가 만반의 준비가 되어 있다면 이대로 진격했으면 제 발로 함정으로 달려가는 것과 똑같은 꼴이라는 말이잖아? 정신 안 차려?"

모른 척하며 말했지만 사실 소문이란 건 거짓말이다. 카릴은 공국의 경보 체제가 완성되었다는 것은 전생의 기억을 토대로 이미 잘 알고 있었을 뿐이다.

덕분에 신탁 전쟁에서 타락들과 싸울 때 공국의 요새들을 요긴하게 사용했었다. 맨정신의 프란이었다면 그걸 눈치챘겠지만 지금은 그런 걸 알아낼 정신도 없는 듯 보였다.

"큭…… 크윽."

"응? 전쟁에서 승리해야 할 거 아냐. 누가 봐도 우린 같은 편이라고. 프란, 안 그래?"

"……이 새끼."

"뭐?"

프란은 욱신거리는 옆구리를 움켜쥐고는 카릴을 노려봤다. 하지만 그가 주먹을 다시 한번 쥐자 고개를 떨구었다.

'빌어먹을……. 내가 여기서 빠져나가기만 하면……!!'

몇 번이나 속으로 소리쳤지만 프란은 눈앞의 괴물에게 도망칠 방법이 과연 있기나 할지 걱정이었다.

"릴리아나, 프란을 잘 모셔라. 우리의 손님이니 말이야."

"알겠습니다."

카릴의 앞에 서 있던 그녀가 고개를 끄덕이고는 밧줄로 프란의 손목을 묶고는 어깨에 들쳐 멨다. 마력을 흡수하는 특수한 밧줄이었기 때문에 프란은 포박을 당하자마자 힘이 쭉 하고 빠지는 기분이었다.

하지만 평상시와 다르게 프란의 표정이 살짝 굳어졌다.

"명하신 대로 밧줄은 느슨하게 묶었습니다."

릴리아나가 프란과 함께 사라지자 뒤에서 하시르가 나타나 나지막하게 말했다.

"그런데 그가 정말로 도망칠 거라 생각하십니까?"

카릴은 그의 물음에 피식 웃었다.

"물론. 호시탐탐 기회를 엿보고 있었으니까. 놈은 지금 함정인지 아닌지 가릴 처지가 아냐."

그 말대로였다. 조금 전 프란이 나갈 때 카릴과 하시르는 그가 살짝 굳은 표정을 지었던 걸 놓치지 않았다. 애써 숨기려고하는 그 모습이 오히려 카릴은 우스울 따름이었다.

"그가 화이트 벙커로 갈까요?"

하시르의 물음에 카릴은 고개를 저었다.

"아니, 녀석도 머리가 있다면 혼자서 거길 찾아가진 않겠지. 우든 클라우드와의 거래와는 상관없이 문 에테르가 함락이 되었다는 것을 보고하게 되면 아무리 프란이라 하더라도 자신의 목을 보존하기 어렵다는 걸 잘 알 거야."

카릴은 엉망이 되어 기절한 자일스를 떠올리며 말했다.

"자일스를 데리고 간다면 모를까. 하지만 그건 도망치는 입장에서 불가능하고 말이야."

"그럼…… 어째서 녀석을 보내신 겁니까? 차라리 두고 인질로서 사용하는 편이 더 낫지 않습니까? 애초에 주군께서 프란을 공국의 승자로 만들고자 하지 않으셨습니까."

카릴은 옅은 미소를 지었다.

"무슨 소리."

"……네?"

"나는 프란에게 승리를 안겨주겠다고는 했지만 그를 공국의 주인으로 만들겠다고는 하지 않았어."

그의 말에 하시르는 살짝 고개를 꺾으며 되물었다.

"그게 무슨 말씀이신지……."

"놈은 화이트 벙커로 가지 않아. 하지만 오히려 정말로 내가 바라는 곳으로 가겠지. 지금 상황에서 프란이 의탁할 수 있는 사람은 한 명뿐이니까."

바로 앤섬 하워드.

은익 함대의 위험이 사라진 이후 카릴은 즉시 코브에 주둔해 있던 강철 함대의 마격 포격기를 모두 떼어 내 빈프레도 하구 전선에 부족한 장비를 보충하였다. 그뿐만 아니라 앤섬은 카릴의 말에 따라 연금술사들을 모두 소집하여 용 사냥에 사용되었던 약물을 발라 창병들에게 제공하였다.

포격기의 화력 함께 부족하지만 비룡 부대의 해결책까지 찾은 그는 빠르게 전선을 밀고 북상 중이었다.

"지금쯤이면 앤섬이 빈프레도 강 중류쯤에 도착했을 거야. 그는 기세를 멈추지 않을 테니 늦어도 이틀 안에 프란이 앤섬의 군대와 만날 수 있겠지."

프란은 소드 마스터까지는 아니더라도 상급 익스퍼트의 실력을 가지고 있었다. 전력으로 달린다면 마력이 고갈되기 전에 두 사람이 만날 수 있을 것이다.

"내가 녀석을 놓아준 이유는 녀석이 앤섬의 진영에 도달할 때쯤 화이트 벙커에서 출발한 비룡 1부대가 전선에 합류했을 시기이기 때문이지."

카릴은 문 에테르에 머무는 동안 자일스를 심문했고 입이 가벼운 그는 별다른 고문도 하지 않았는데 알아서 많은 것을 말했다. 그중 가장 중요한 정보가 바로 화이트 벙커의 비룡 1부대가 빈프레도 강 전선으로 향했다는 것이었다. 그 때문에 더 이상 전력을 빼기 어려운 화이트 벙커의 사정을 알기에 자일스는 이민족을 자신의 힘으로 처리하고 공을 세우려 했던 것이다.

아이러니하게도 자일스의 똑같은 말을 들으며 카릴과 프란은 서로 다른 생각을 했다.

'비룡 1부대라면……. 튤리의 군사 중에 가장 강력한 부대. 아무리 놈이라 하더라도 쉽게 이길 수 없을 터. 그들과 합류해

서 놈을 칠 수만 있다면……. 가능성이 있다.'

카릴이 만들어준 빈틈을 놓칠 수가 없는 이유가 바로 저것, 자일스의 말을 듣고 번뜩였던 프란의 생각이었다.

반면 카릴의 생각은 달랐다.

"비룡 부대가 전선에 합류하는 것이 왜 중요한 사안이 되는 겁니까? 적의 전력이 올라가면 오히려 진군을 하기에 어려워 화이트 벙커를 함락시키는 게 어렵지 않습니까?"

"하시르, 넌 내가 고작 화이트 벙커를 무너뜨리는 것을 어려운 일로 여길 거라 생각하나?"

카릴의 물음에 하시르는 황급히 고개를 숙였다.

"죄송합니다."

바보 같은 질문이었다.

"나는 공국의 영웅이 되고자 한다."

그의 대답에 카릴은 가볍게 어깨를 으쓱하며 말했다.

"하지만 프란 루레인을 지지하며 승리를 이끈 그저 그런 전쟁 영웅으로 공국에 내 이름을 알리려는 것이 아니다."

카릴은 눈을 빛냈다.

"프란과 튤리의 내전은 지금보다 더 치열해야 한다. 우리가 문 에테르를 함락시킨 것부터 프라우 햇, 요만 그리고 코브의 일전까지. 모두 두 사람이 싸워야 할 이유와 싸울 수밖에 없는 명분을 만들어주기 위함이었다. 그리고 앞으로 더 격렬해지겠지. 프란은 이번 내전이 짜고 치는 전쟁이라 했다. 하지만 강 중류에 프란이 도착했을 때 비룡 1부대를 프란 군이 처단한다면?"

하시르는 그의 말에 소름이 돋는 기분이었다.

"전쟁은 소용돌이에 빠지겠지."

"설마……. 문 에테르의 병사들의 갑옷을 수거하라고 하신 이유가 바로 그 때문이십니까?"

"맞아. 이곳을 친 이유는 단순히 화이트 벙커의 뒷문이기 때문이 아니야. 공국 갑옷을 입은 우리를 틀리는 프란 군으로 알겠지. 그렇게 되면 더 이상 보여주기식의 전쟁이 아닌 제대로 된 전면전을 치를 수밖에 없게 될 거야."

카릴은 차갑게 말했다.

"틀리는 소형 골렘만을 전선에 투입했을 뿐 자신의 또 진짜 전력인 마이스터 부대는 여전히 화이트 벙커에 주둔시켜 놨어. 하지만 비룡 부대를 빼앗기게 되면 그들을 투입하지 않을 수 없겠지."

마도공학대 마이스터(Meister). 공국의 기틀을 마련한 또 다른 자랑. 천재 공학자인 윈겔 하르트가 감독관으로 있는 이 부대는 여타 다른 골렘들과 달리 레볼(Revol)이라 불리는 대형 골렘이 있었다. 이는 과거 드워프국의 왕가이자 역대 골렘 중 가장 완성도가 높은 걸작이라 불리는 뮤르가의 엔더러스의 설계도를 기반으로 재창조한 마도병기였다. 카릴이 기다리는 것은 바로 그것이었다.

마이스터 부대가 화이트 벙커에 박혀 있는 것이 아니라 전선에 투입되는 것. 걸어 다니는 성이라 불릴 정도로 거대한 레볼의 위용은 어마어마하지만 아이러니하게도 그것을 운용시키는 데 튤리는 부담감을 느끼고 있었다. 크기가 큰 만큼 걸어가는 것만으로도 주변이 초토화가 되기 때문.

'하지만 레볼을 완벽하게 무력화시켰을 때야말로 진실된 공국 내전의 종결이라 할 수 있다.'

카릴은 눈빛을 빛냈다.

"튤리가 레볼을 쓸 수밖에 없게 만드는 것. 그리고 대형 골렘인 레볼이 투입되고 나면 피해는 상상을 초월할 만큼 클 것이다. 몇 해가 지나도 복구되기 힘들 지경으로 말이지."

그는 차갑게 말했다.

"우리가 모습을 드러낼 때는 그때다. 고작 권력 욕심 때문에 일으킨 전쟁으로 희생되는 공국의 백성들을 구할 영웅."

"설마……."

하시르는 들으면 들을수록 등골이 오싹한 기분이었다.

카릴은 그런 그를 향해 피식 웃으며 고개를 끄덕였다.

"전쟁을 길게 끌 생각 없다. 튤리와 프란이 맞붙는 전장에서 나야말로 이 둘을 모두 잡고 새로운 영웅이 될 거니까."

"헉……!! 헉……!!"

겨울의 마른 수풀들이 꺾이는 소리가 요란하게 들렸고 그보다 더 거친 숨소리가 숲에 울렸다. 프란의 얼굴에는 지친 기색이 역력했지만 달리는 다리에 속도를 멈추지 않았다.

살고자 하는 욕망의 결과일까. 이틀 안에 도착할 거라는 카릴의 예상과 달리 그는 문 에테르에서 도주한 지 하루가 되었을 때 어느새 빈프레도 강 중류 언저리에 도착했다.

풍덩……!!

프란은 강물이 보이자마자 고개를 처박고 벌컥벌컥 마시고는 욕지거리를 내뱉었다.

크르르르르르르-!! 카아악-!!

그 순간 대지가 떨릴 듯한 포효 소리와 날갯짓이 만들어내는 강풍에 나무가 흔들렸다.

"……!!"

프란은 허겁지겁 강물에 처박고 있던 얼굴을 들고서는 기다시피 강 주위에 있는 바위로 몸을 숨겼다.

"비룡 1부대가 벌써……."

고개를 들자 상공에서 적색의 비늘을 가진 드레이크 수십 마리가 날고 있었다. 그들의 크기는 보통의 비룡 부대와는 확연히 달랐다. 완전히 자란 성체의 드래곤에 비할 정도는 아니었지만 날개를 펼치자 수십 미터에 달했다.

[캬악……! 캬!!]

드레이크들이 날면서도 폭력적으로 송곳니를 드러내며 당장에라도 물어뜯을 기세였다.

비룡 1부대는 다른 비룡 부대와 다르다. 자연적으로 태어난 드레이크에 마도공학으로 만든 목줄을 달아 길들인 것이 아니었다. 태어날 때부터 인간의 손을 거쳐 인공적으로 태어난 녀석들은 염룡(炎龍)이라 불리는 리세리아의 피를 개량한 것이라 포악함을 그대로 물려받은 듯 보였다.

"전투가 일어나기 전에 먼저 도착해야 한다. 잘못해서 저들과 싸우기라도 하게 되면 정말 걷잡을 수 없게 되어버려.'

프란은 후들거리는 다리를 자신의 주먹으로 두들겼다. 하지만 온종일을 달린 다리는 좀처럼 힘이 돌아오지 않았다.

"제…… 제길!!"

밀려오던 갈증은 해소되었지만 지금 자신의 상황이 너무나도 화가 났다.

'어쩌다 내가 이런 꼴이……!'

프란은 신경질적으로 강물을 있는 힘껏 주먹으로 내려쳤다. 첨벙거리는 소리와 함께 물방울들이 사방으로 튀었다.

하지만 성질을 내는 것도 잠시. 그는 뒤에서 들려오는 인기척에 놀란 토끼같이 눈을 동그랗게 뜨고 다시금 몸을 바위 뒤로 웅크렸다.

"누구냐!"

"동작 그만! 그대로 손을 들어라!"

그가 주위를 살폈다. 자신을 향해 창끝을 겨눈 병사들이 경계를 하며 서서히 다가왔다.

웅크렸던 프란이 병사들의 갑옷을 확인하고는 낮은 한숨과 함께 당당한 표정으로 자리를 털고 일어섰다. 하지만 여전히 다리에 힘이 들지 않아 일어서려던 그는 비틀거리며 주저앉고 말았다. 꼴사나운 모습을 보이고 말았지만 가까스로 바위에 걸터앉은 그는 아무렇지 않은 척 말했다.

"앤섬은 어딨지?"

갑작스럽게 자신들을 향해 말을 놓는 그의 모습에 병사들은 어리둥절했다.

"지금 누구한테 창을 겨누는 거야! 이 새끼들아!"

콰득-!!

프란은 자신을 향해 겨눈 창들 중 하나를 빼앗다시피 낚아채며 부러뜨렸다. 그러고는 신경질적으로 소리쳤다.

"내가 누군지도 모르느냐!! 잘 봐라!! 프란 루레인이다."

카릴의 앞에서 쭈그리고는 살려 달라고 빌던 남자는 온데간데없이 사라지고 언제 그랬냐는 듯 그는 공작의 위엄을 내뿜고 있었다.

물론 강물에도 제대로 씻기지 않은 시커먼 잿가루와 여기저기 엉겨붙어 엉망이 된 얼굴로 자신의 이름을 스스로 말하는 그의 모습에서 과연 그 위엄이 병사들에게 제대로 느껴질지는 모르겠지만 말이다.

"추…… 충성!!"

가장 선두에서 창을 빼앗긴 병사는 그제야 프란의 얼굴을 알아본 듯 황급히 경례를 했다.

"상황이 급하다. 당장 앤섬이 있는 곳으로 날 안내해."

"주…… 주군?!"

막사에 있던 앤섬 하워드는 생각지 못한 등장에 탁자를 박차며 일어섰다.

"도대체 무슨 짓을 하고 있는 거냐! 앤섬!!"

그를 보자마자 버럭 소리를 치는 프란을 향해 앤섬은 떨떠름한 표정으로 대답했다.

"일단…… 앉으시지요."

그의 말에 프란은 아무런 대답을 하지 않았다. 그도 그럴 것이 지금 그는 병사의 등에 업혀 있는 우스운 꼴이었으니까. 상황이 급하다고 해도 이런 모습으로는 무슨 소리를 해도 먹히지 않을 것이었다.

프란이 의자에 앉자 치유사들이 일제히 달라붙어 그의 다리와 상처를 치료하기 시작했다.

"치료는 나중이다. 일단 전황을 들어야겠다. 화이트 벙커에서 비룡 1부대가 전선에 투입되었지?"

그가 손짓하자 치유사들은 황급히 막사에서 물러났다.

"네, 전날 비룡 부대가 합류하는 것을 확인하였습니다. 현재 상공을 날고는 있으나 경계 위주고 이렇다 할 공격은 없었습니다. 비상책이긴 하나 대(對)비룡창이 효과를 발휘한 것으로 보입니다."

"비룡창?"

앤섬은 고개를 끄덕이며 막사에 세워놓은 창을 꺼내어 그에게 보여줬다.

"연금술로 만든 특수한 약물을 창날에 벼려 만든 것입니다. 드레이크의 비늘에 효과적입니다."

"저것도 카릴 그놈이 알려준 것인가?"

"……네?"

프란은 놓여 있는 창을 거칠게 발로 부러뜨렸다.

콰득-!!

"그놈 때문에 모든 게 엉망이 되어버렸다고! 그런데 네놈은 멍청하게 틀리 군과 싸우고 있단 말이더냐! 도대체 네가 모시는 주군이 누구인지 박혀 있긴 하느냐 말이야!!"

그는 부러진 창대를 신경질적으로 앤섬에게 집어 던졌다. 날카로운 창날이 아슬아슬하게 앤섬의 뺨에 닿을 듯 날아가며 바닥에 꽂혔다.

드레이크의 비늘도 녹이는 독이다. 자칫 날이 닿기라도 했다면 그의 피부는 순식간에 녹아 흘러내렸을 것이다.

하지만 그런 위험을 아는지 모르는지 프란은 그저 앤섬을 죽일 듯이 노려봤다.

"제가 모시는 주군은 당연히 프란 저하십니다."

앤섬은 부서진 창대를 주위 옆에 세우면서 말했다.

"그리고 아뢰옵기 황송하오나 저하께서 하시려는 일을 코브에서 부득이하게 듣고 말았습니다."

"그……!!"

"주군께서는 정말로 튤리 저하께 패배를 약조하셨습니까. 이미 3만에 가까운 병사들이 그로 인해 희생되었습니다."

"대의를 위해서는 감내해야 할 일이다."

프란은 차갑게 대답했다. 그의 대답에 앤섬은 억울한 듯 되물었다.

"그렇다면 적어도 주군의 책사인 저에게만큼은 이 일에 대해서 얘기해 주셔야 하지 않으셨습니까."

"자네가 알게 되면 반대할 것이 분명했으니까. 경은 모른다. 공국 건립때 있었던 루레인 가문과 우든 클라우드의 관계를 말이야. 공국을 움직이는 것은 우든 클라우드다."

"정말로 튤리 저하께서 우든 클라우드를 주군께 넘기리라 보십니까?"

"모르면 잠자코 있게. 이건 단순한 이해관계가 아니니까. 자네는 진격을 멈추고 일단 비룡 1부대에 서신을 보내게."

"단순한 이해관계가 아니라면 더더욱 제가 납득할 수 있도록 설명을 해주셔야 하지 않겠습니까. 지금도 여러 전장에서 병사들이 싸우고 있습니다. 그런데…… 갑자기 이런 몰골로 나타나서서 전쟁을 멈추라니요! 습격을 한 건 저희가 아니라 튤리 쪽입니다."

앤섬은 프란을 향해 목소리를 높였다. 어쩌면 처음으로 프란이 하는 일에 반(反)하는 말을 하는 것일지 모른다.

"이런 바보 같은……!! 한가하게 그런 정의를 논할 때가 아니란 말이다! 지금 문 에테……."

프란은 말을 하려다가 입을 다물고 말았다. 지금 상황에서 문 에테르가 함락되었다는 것을 말하면 결코 자신에게 득이 될 수 없다는 것을 잘 알기 때문이었다.

"후우……. 일단 비룡 1부대의 단장을 만나야겠다. 서신도 필요 없어. 촌각을 다투는 일이다. 내가 직접 가겠다. 아직 전투가 벌어지지 않은 게 그나마 다행이야."

비룡 1부대의 단장인 테릭스는 프란도 잘 알고 있는 무인이었다. 가네스와 함께 공국의 내로라하는 기사 중 한 명인 그는 기사로서의 실력도 뛰어나지만 그보다 탁월한 비룡 조련술로 유명한 자였다.

'테릭스는 튤리의 심복 중의 한 명이다. 자초지종을 얘기하고 튤리와의 협정이 아직 유효하다는 것을 알려야 한다.'

그렇지 않다면 자신의 병력은 물론이거니와 자신의 미래마저 망가지고 말 것이다.

"무슨 말씀이십니까. 적진으로 직접 가신다니요!"

하지만 이런 상황을 알지 못하는 앤섬으로서는 프란의 요구가 이해가 될 리가 없었다.

"더 이상 전쟁을 할 필요 없다는 뜻이다. 애초에 비룡 1부대 나 투입된 것부터 우리에게 승산은 없다. 그나마 다행인 건 마이스터 부대가 움직이지 않았다는 것이겠지. 뭐……. 대형 골렘을 운용하는 것도 큰 소모가 필요한 일이지만 말이지. 무의미한 소모전은 여기까지다. 자네도 그걸 원하는 것이 아닌가? 안 그래?"

앤섬은 그를 바라봤다.

'……비룡 부대가 투입된 지금 패배가 확실하다고?'

그의 눈빛에는 이길 수 없다는 것을 알면서 왜 전쟁을 시작했느냐 하는 원망의 눈초리였다.

쫘악-

앤섬은 자신도 모르게 입술을 깨물었다.

"그 표정은 뭐지?"

프란은 거칠게 앤섬의 멱살을 쥐었다. 그러고는 이글거리는 눈동자로 그는 앤섬에게 말했다.

"내 결정에 불만이 있는 건가? 앤섬, 네가 북진을 하지만 않았더라도 자연스럽게 튤리와의 협정이 이뤄졌을 것이다! 네 주군이 누구지? 저 바다 건너 더러운 이민족들이나 데리고 있는 카릴이란 놈에게 마음이라도 빼앗긴 것이더냐?"

"……그럴 리가 있겠습니까."

앤섬이 고개를 떨구었지만 프란은 여전히 화를 삭이지 못하겠다는 듯 소리쳤다.

"그놈이 지금 공국에서 무슨 짓을 하려고 하는 것인지 넌 모를 거다!!"

프란은 몰아치듯 앤섬을 향해 말했다.

"그러니 태도를 똑바로 해라. 너는 내 명령을 듣지도 않고 독단으로 여기까지 진격을 한 것이다. 나는 분명 빈프레도 강 하구의 방어선을 유지하라고 했다."

패배의 위기에서 여기까지 병력을 지키고 역전의 발판을 마련한 그였다. 칭찬을 받아 마땅할 그의 피나는 노력의 보상은 오히려 차갑기 그지없는 프란의 눈빛이었다.

앤섬은 뭐라 할 말을 잃은 듯 입을 다물고 말았다.

'그 방어선을 계속 지키고 있었다면 저희는 전멸했을 것입니다, 저하.'

당장에라도 소리치고 싶었던 그 말은 그는 목으로 삼키며 프란에게 말했다.

"……비룡 1부대에 전갈을 넣겠습니다."

"프란이 막사를 나서는 것을 확인했습니다. 방향으로 보아 비룡 1부대가 있는 적진으로 향하는 것이 틀림없겠지요."

어둠 속에서 목소리가 들렸다. 안개마냥 흐릿한 인영이 서서히 짙어지자 망토로 몸을 가린 하시르가 나타났다.

"앤섬 그자를 몰아세우는 모습이 마치 악귀 같아 보이더군요. 자신의 실책은 인정하지 않고 엄한 곳에서 화풀이라니……. 크게 될 그릇은 아닌 듯싶습니다."

"그가 정말 공국 해전 최고의 사령관이 맞습니까? 전황을 읽는 눈이 그리도 없을 수가……. 바다가 아니라 뭍으로 올라와 머리까지 아둔해진 것이 아닌지."

붉은 달 부족의 파툰이 허리를 숙이고 마치 네 발로 선 맹수처럼 팔을 바닥에 짚고 등을 세우고 있었다.

"그만큼 우든 클라우드에 대한 믿음이 크다는 것이겠지."

카릴은 나지막하게 중얼거렸다.

"아니면 약물에 뇌가 녹아버린 것일지도 모르겠고요."

릴리아나가 말하자 모두가 그녀를 바라봤다.

"주군의 말씀대로였습니다."

그녀의 손바닥엔 작은 알약 하나가 있었다. 프란이 항상 먹던 약통에 들어 있던 것과 같은 것이었다.

"독…… 인가?"

"비슷합니다. 암폐(暗蔽)라고 불리는 말총잎으로 만든 약입니다. 하지만 황제에게 썼던 것 같이 생명에 지장을 주는 것은 아니구요."

릴리아나의 말에 카릴은 고개를 살짝 갸웃거렸다.

"그래? 그럼 무슨 효과가 있는 거지?"

"일단 암폐의 가장 큰 특징은 그저 심장을 빠르게 뛰게 만드는 것뿐입니다. 하지만 중독성이 엄청나게 강합니다."

그녀는 알약을 들어 보이며 말했다.

"한 알만 먹어도 끊기 어려울 겁니다. 자신도 모르게 약에 의존하게 되고 빠르게 뛰는 심장 때문에 약이 없으면 호흡조차 어려울 정도가 되어버립니다. 중독된 후에 약이 없으면 죽기보다 더한 고통을 느끼죠."

카릴은 눈을 빛냈다.

"시간이 지날수록 산소가 부족하게 되어 뇌가 괴사(壞死) 될 수도 있습니다. 환청이나 환각을 볼 수도 있고요."

"뇌가 녹아버린다고……? 그럼 죽는 거 아냐?"

쿤타이는 그녀의 말에 꺼림칙하다는 표정으로 얼굴을 찡그리며 물었다. 릴리아나는 쓴웃음을 지었다.

"조금 달라. 단순한 독이 아니니까. 뇌가 죽어버려도 신체의 기능은 정상으로 유지되니까. 살아 있어도 살아 있는 게 아니지. 저 정도 중독 상태라면……. 곧 식물인간으로 평생을 살아야 할걸."

"그렇군."

'앤섬조차도 프란의 행동이 이해가 가지 않는다는 반응에서 그의 믿음이 정상적인 방법으로 이뤄진 게 아닐지도 모른다고 생각했는데…….'

역시나였다. 프란은 우든 클라우드 소속이었다. 그리고 카릴은 우든 클라우드와 절대로 빼놓을 수 없는 단어 하나를 떠올렸다.

광신도(狂信徒).

'수많은 광신도를 만들어낸 종교 단체인 블루 로어의 전신이 우든 클라우드다. 어쩌면 그 광신도를 만들어내는 방법이 약을 통한 것일 수도 있다.'

게다가 안티홈에서 녀석들이 마굴에서 마계의 식물들을 재배하고 있다는 것도 확인하지 않았던가.

"저희 잔나비들도 쓰지 않는 독초입니다. 도대체 이걸 어디서 구했는지……."

카릴은 릴리아나의 말에 고개를 끄덕였다.

'지금은 시험 단계에 불과할지 몰라. 앞으로 녀석들이 마계의 식물과 대륙에 존재하는 독초들 가지고 지금보다 더 강력한 약을 만든다면…….'

지금 프란이 보이는 행동은 앞으로 우든 클라우드가 벌일 일들의 빙산의 일각에 불과할지 모른다.

"그전에 싹을 뽑아내야지."

"준비는 끝났습니다."

하시르의 말에 카릴이 뒤를 바라봤다.

"이제야 싸우는 거군요."

"공국 옷을 입는 것은 썩 기분 좋은 일은 아니지만 말입니다."

그의 뒤에 서 있는 부족장들이 입고 있는 갑옷이 마음에 들지 않는 듯 소매를 잡아당겼다.

툭-

방문이 열리며 한 남자가 들어왔다. 그의 등장에 순식간에 분위기가 차갑게 가라앉았다.

검은 눈 일족. 카릴은 그가 알 리 없지만 자신과 똑같은 그 눈동자를 바라보며 감회가 새로운 기분이었다.

그가 카릴의 앞에 던진 것은 포격 대장의 목이었다. 성문을 부쉈을 때 자신들을 향해 불을 뿜으려고 했던 마도 포격부대의 적장.

호표 부족의 쿤타이는 씁쓸한 듯 입맛을 다셨다.

"목숨을 빚졌군. 덕분에 살았다."

하지만 남자는 쿤타이의 말에 별 감흥이 없는 듯 그저 탁상에 놓여 있는 문 에테르 병의 갑옷을 집고는 아무런 말도 하지 않고 돌아섰다. 마치 스스로 아직은 카릴과 독대를 나누기엔 공이 부족하다고 말하는 것 같았다.

그도 그럴 것이 남자가 나가기 전 바라본 사람은 다름 아닌 길티안을 죽인 릴리아나였기 때문이었다.

"무뚝뚝한 녀석이로군."

쿤타이는 내민 손이 머쓱한 듯 그의 뒷모습을 보며 중얼거렸다. 그런 그를 보며 카릴은 옅은 미소를 지었다.

"서둘러라. 오늘 밤 우리는 프란에게 마지막 승리를 가져다줄 의무가 있으니까. 옷이 마음에 들지 않아도 입어라."

철컥-

카릴은 투구를 썼다. 황도(皇都)의 태양홀에서 가면을 부순 이후 오랜만에 가려지는 시야에 그 역시 어색한 듯 주위를 한 번 훑었다.

"우리는 그에게 승리를 선사하고 대신 그의 목숨을 가져갈 것이니까. 이 옷은 우리가 준비한 상복(喪服)이다."

검을 뽑았다. 그 순간 마치 날카로운 포효처럼 어둠 속에서 매서운 섬광이 번뜩였다.

►**Chapter 2**◄

막사에는 연기가 자욱했다.

"오랜만에 뵙습니다, 프란 저하."

비룡 1부대장인 테릭스는 두꺼운 잎으로 말아서 만든 담배를 물고서 말했다. 의자에 앉아 있는 그의 눈높이가 프란과 거의 비슷했고 연기를 내뿜을 때마다 근육이 꿈틀거렸다.

벽을 마주하고 있는 것 같은 엄청난 덩치. 교도 용병단의 고든 파비안과 비교해도 뒤지지 않을 정도의 거구였다.

"그동안 고충이 제법 심하셨던 듯 보입니다. 해전의 명수이신 저하께 육지전은 맞지 않으신가 봅니다."

테릭스는 다시 한번 연기를 내뿜었다. 얼굴로 뿌려지는 매캐한 연기에도 불구하고 프란은 고개를 돌리지 않았다.

"무례하다. 어느 안전이라고……!!"

콰앙-!!

앤섬의 외침을 묵살하기라도 하려는 듯 테릭스는 있는 힘껏 앉아 있던 의자의 팔걸이를 내려쳤다.

"어느 안전? 그러는 자네야말로 그 잘난 입을 조심하게. 지금 나를 찾아온 입장이 어떤 것인지부터 생각해야 할 거야."

산산조각이 난 팔걸이를 바라보며 앤섬은 입을 다물고 말았다. 여기저기에서 낮은 웃음소리가 들렸다.

막사의 주위에는 비룡 1부대의 부대원들이 매서운 눈으로 두 사람을 주시하고 있었다.

그들의 모습은 여타 다른 기사들과 달랐다. 갑옷도 제각각이었고 통일된 무기를 쓰는 것도 아니었다. 그저 붉은 용의 문양을 망토에 새긴 것이 그들의 신분을 알리는 전부였다.

비룡 1부대는 가장 폭력적인 드레이크들을 다루는 자들인 만큼 기사보다 마치 용병을 보는 것 같은 기분이었다.

"앤섬, 그만하게. 테릭스 경은 공작가와 어깨를 나란히 해도 충분할 기사니까. 어린 시절 경에게 검을 배웠던 것이 아직도 기억에 남아 있소."

테릭스는 프란의 말에 가볍게 웃었다. 하지만 수염이 덥수룩하게 자라 있는 그의 턱이 움직일 때마다 마치 되새김질을 하는 것 같아 보였다.

"저 역시 기억합니다, 저하. 그때는 참으로 귀여운 아이였는데 말입니다. 어느새 이렇게 자라 누님께 검을 드리우다니…… 허허허, 세월이 참 많이 흘렀나 봅니다."

순간 그가 내뿜는 기세가 막사 안을 강하게 짓눌렀다. 프란이나 다른 기사들과 달리 육체 능력이 떨어지는 앤섬은 자신도 모르게 가슴을 움켜잡았다.

"저하뿐만 아니라 공작가의 모든 분이 저에게는 소중한 분들입니다. 사실 내전 자체가 안타까울 따름이지요."

티렉스는 아무렇지 않은 표정으로 말했다.

"혹여 저하를 제 손으로 죽이게 되는 일이 벌어지지 않을까 걱정했습니다."

그는 잘도 공작을 죽인다는 말을 내뱉었다. 마치 그가 합류한 시점에서 빈프레도 전선의 승리는 자신의 것임을 확신하는 모습이었다.

"……그렇기 때문에 내가 온 것이네, 테렉스 경. 자네에게는 이 내전의 진짜 의미를 말해야 할 것 같아서 말이지."

"진짜 의미?"

"……주위를 물려줄 수 있겠나."

프란은 막사 안의 기사들을 훑으며 말했다.

"뭐, 알겠습니다."

테릭스가 고개를 끄덕이고는 손을 내젓자 기사들이 일제히 막사 밖으로 물러났다. 그러나 프란은 여차하면 움직일 수 있도록 여전히 그들이 안을 예의 주시하고 있다는 것을 잘 알았다. 밖에서 여전히 살기가 느껴졌기 때문이다.

그들은 감추거나 숨기지 않았다.

'확실히 공국 최강의 기사단 중 하나야. 무례하긴 하지만 그 실력은 믿을 수 있겠어.'

공작이기 이전에 적이라는 생각 때문일까. 자신을 향한 저릿저릿한 살기를 느끼면서도 프란은 오히려 불쾌하지 않고 만족스러웠다.

'저들이라면 충분하다. 카릴…… 놈의 목을 벨 수 있겠어.'

그는 이글거리는 눈빛으로 테릭스를 바라보며 말했다.

"나는 튤리와 협정을 맺고 싶네. 아니, 사실은 이미 합의된 협정을 다시 한번 확인시키기 위함이지. 더 이상 불필요한 내전을 지속하고 싶지 않다는 의밀세."

"저하의 말씀은 지금 항복을 하겠다는 말씀이십니까."

프란은 고개를 끄덕였다.

"맞아."

앤섬의 얼굴이 어두워졌다. 하지만 그런 두 사람의 모습에도 테릭스는 여전히 의심의 눈빛을 지우지 않았다.

"솔직하게 말하지. 이 내전은 튤리의 승리로 예정되어 있었네. 그런데 갑작스러운 개입으로 모든 게 엉망이 되었지."

"개입이라면……?"

"카릴, 해협 건너 타투르의 왕이다."

테릭스는 프란의 말에 눈을 살짝 찡그리며 말했다.

"그자가 어째서 공국 내전에 관여를 한 것입니까?"

"목적은 나도 모른다. 왜 이런 쓸데없는 짓을 하는 것인지 모르겠지만……. 녀석이 문 에테르를 통해 화이트 벙커로 진격하려고 하고 있다네. 북부의 이민족들을 이끌고 말이야!"

프란은 차마 문 에테르가 이미 함락되었다는 이야기를 하지는 못했다. 자신의 실책을 면피하기 위함이었다.

테릭스가 부대를 이끌고 문 에테르로 향하는 동안에도 시간이 걸릴 테니 그사이에 함락이 되었다고 거짓을 고하면 모든 죄를 카릴에게 뒤집어씌울 수 있을 테니까.

"저하."

테릭스가 나지막한 목소리로 말했다.

"아무런 이유없이 남을 돕는 자는 없습니다. 카릴 그자가 해협을 건너서까지 저하를 돕기 위해 왔다면 원하는 것이 있을 터. 튤리 저하를 뵙고자 하신다는 것이 정말로 협정을 위한 것인지 아니면 함정인지 저는 확신을 할 수가 없습니다."

"무, 무슨……!! 내가 튤리를 죽이기 위해 거짓을 말하고 있다는 말인 겐가!"

프란은 소리쳤다.

"하하……. 저하, 전쟁이란 누군가를 죽이기 위함으로 일어나는 것이 아닙니까?"

하지만 테릭스는 오히려 그의 반응에 실소를 머금으며 대답했다.

"그…… 그런……."

프란은 할 말을 잃고 말았다.

'이런 답답한……!! 왜 내 의중을 아무도 몰라주는 거지? 내가 한 일 역시 공국을 위한 것이다!! 애초에 이렇게 설득을 할 이유도 없는 일인 것을……. 계획대로 이뤄졌으면 이미 내전은 종료되고도 남았는데……!!'

프란은 마치 아무리 진실을 말해도 믿어주지 않는 양치기 소년이 된 것 같은 기분이었다.

테릭스의 의심하는 눈빛. 앤섬 하워드의 실망스러운 눈빛.

'이 모든 게 그놈 때문이다.'

쿵…… 쿵……. 쿠우웅……!!

갑자기 머릿속이 복잡해지더니 그의 심장이 빠르게 뛰기 시작함을 느꼈다.

"큭?!"

불안한 듯 떨리는 손으로 프란은 주머니 안쪽에 있는 약통을 꺼내 털었다. 약이 가득했던 통 안에는 어느새 단 한 알만이 남아 있었고 신경질적으로 통을 흔들자 알약이 튕기듯 바닥에 떨어졌다.

"제길……!!"

프란은 통을 집어 던지고는 엉거주춤한 자세로 바닥에 떨어진 약을 찾았다.

테릭스는 물끄러미 그 모습을 바라보더니 자신의 발치에 있는 약을 주웠다.

"흐음, 저하께서도 이런 장난을 좋아하시는지 몰랐습니다."

그는 차갑게 말했다.

'저게 무슨 약이지?'

앤섬이 테릭스가 주운 약을 바라봤다.

"모르나?"

테릭스가 그의 시선에서 의문을 읽은 듯 물었다.

"나야 워낙 이곳저곳을 돌아다니다 보니……. 잘 알지는 못하지만 요즘 공국령에서 귀족들에게 유행하는 약이라고 하더군. 일종의 놀이지. 너나 할 것 없이 번지고 있다던데……. 뭐, 별거 아니겠지."

그는 어깨를 으쓱했다.

"하지만 저하께서 전장에까지 이런 걸 가지고 다니실 줄이야. 자네는 저하의 심복이란 자가 저하의 건강은커녕 이런 사실도 몰랐다니. 쯧쯧."

프란은 테릭스의 손에 있던 약을 황급히 낚아채고는 입에 털어 넣었다.

'언제부터…….'

앤섬은 살짝 인상을 찡그렸다. 꽤나 오랜 세월 프란을 모셨던 자신이었다. 하지만 단 한 번도 약을 입에 대는 것을 본 적은 없었다. 자신에게도 비밀로 한 것이다.

그 순간 어째서인지 앤섬의 머릿속에 빈프레도 하구에서 만났던 카릴이 했던 말이 떠올랐다.

'우든 클라우드······.'

그는 프란이 코브에 발이 묶여 있는 상황을 처음 들었을 때 이유도 묻지 않고 그것에 대해 물었다. 처음에는 이번 내전과 그들이 무슨 상관인지 알지 못해 의아했지만 코브에서 프란이 비밀을 털어놓게 됨으로써 앤섬 역시 이 내전의 흑막에 우든 클라우드가 있다는 것을 알게 되었다. 그리고 저 약처럼 이번 내전 역시 프란은 자신에게 비밀로 숨겼었다.

'설마····· 아니겠지.'

약통을 줍고서 앤섬은 물끄러미 그것을 바라봤다.

공국령 안에서 유행처럼 번지고 있다는 약. 단순한 귀족의 유희에 불과한 것이겠지만 앤섬은 이상하리만치 불안감에 휩싸였다.

'하긴, 저 약이 위험한 것이라면 틀리 저하께서 그냥 뒀을 리가 없어. 이미 많은 귀족들이 썼다고 하잖은가.'

앤섬은 고개를 저었다.

"후우······."

하지만 그런 그의 불안과 달리 프란은 진정이 되었는지 숨을 토해내고는 말했다.

"내가 바라는 것은 다른 것은 없어. 그저 틀리와 만나길 바랄 뿐이네."

"흐음······."

간절한 눈빛. 거짓말은 아닌 듯 보였다.

'진짜인가?'

테릭스는 턱을 쓸면서 프란을 천천히 살폈다.

콰아아아아아아앙-!!

"뭐?! 무슨 일이냐!!"

굉음과 함께 막사가 거세게 흔들렸다. 막사의 문이 거칠게 열리며 보초를 서고 있던 기사가 소리쳤다.

"단장님, 습격입니다!!"

"……습격이라니? 도대체 누가 말이야!"

대치하고 있는 적군의 수장이 지금 이곳에 있다. 그것도 협정을 맺기 위해 온 그가 전투를 벌일 리가 없었다.

"그게…… 아군입니다."

"아군?"

"문 에테르의 병사들입니다!"

"뭐?!"

믿을 수 없다는 듯 부하의 보고에 테릭스는 프란을 바라봤다.

떨리는 얼굴. 안절부절못하는 프란의 모습에서 그의 의심은 분노로 변해 폭발했다.

"저하!! 어째서 문 에테르의 병사들이 이곳에 있는 것입니까!! 그곳은 화이트 벙커의 뒷문. 그곳의 병사들이 전선까지 내려왔다는 것은 뒷문을 열어놓은 것과 마찬가지지 않습니까! 설마…… 우릴 잡기 위해 그들을 포섭한 것입니까?"

"……뭐?"

테릭스의 말에 프란은 너무나 어리둥절한 표정을 지었다. 그의 모습에 테릭스는 분노에 찬 목소리로 소리쳤다.

"프란 루레인……!! 바른대로 말하시오!! 우리의 뒤를 치려 문 에테르의 병사들과 손을 잡은 것이냐! 이게 협정을 맺자는 자의 태도인가!"

"무, 무슨!! 자, 잠깐!!"

프란의 얼굴에 그림자가 드리워졌다. 자신을 향해 일어선 거구를 바라보며 그의 얼굴이 구겨졌다. 그는 뭐라 설명을 할 방도를 찾으려 머리를 굴렸지만 갑작스러운 상황에 머릿속이 백지가 된 기분이었다.

"프란 경을 위하여!!"

저 멀리서 들려오는 마력이 담긴 외침.

"파도여, 영원하라!!"

그리고 이어지는 강철 함대의 구호가 들리자 안타깝게도 프란은 변명을 할 시간조차 갖지 못했다. 의심은 확신이 되고 테릭스는 죽일 듯 두 사람을 노려봤다.

와아아아아아-!! 와아아아-!!

사방에서 병사들의 외침이 들렸다.

"진실을 밝히길 원한다 했지 않소? 좋아. 이 상황을 틀리 저하에게 그대로 고하겠다. 프란 루레인, 공작으로서의 예우는 여기까지다. 다음에 만날 전장에서 우리는 적이다!!"

테릭스는 옆에 세워둔 해머를 뽑아내듯 움켜쥐면서 소리쳤다.

콰아아앙……!! 콰강……!!

"크윽?!"

거구인 그의 몸이 휘청거렸다. 막사의 천막을 가르며 그를 향해 쏟아진 검격을 막았지만 그 충격을 이기지 못하고 뒤로 주르륵 밀려났다.

"다음이라……. 화이트 벙커 안에서 여유로운 생활을 하다 보니 느긋해졌나? 살아 돌아갈 수 있을 거란 생각을 하다니 말이야. 목숨이 촌각을 다투는 전장에서 너는 다음을 기약할 여유가 있나 보군."

"누구냐……!!"

프란의 앞을 스치듯 지나가는 한 기사. 투구 안으로 보이는 웃음이 그의 눈에 선명하게 들어왔다.

아둔한 자를 향한 비소(誹笑). 저 안에 자신을 향해 웃고 있는 자가 누구인지는 설명하지 않아도 알 수 있었다.

"너…… 너…… 너, 이……."

완벽하게 그의 손에 놀아 난 모습에 프란은 참을 수 없는 모욕감과 분노에 소리쳤다. 하지만 말이 나오지 않았다.

쿵쾅……! 쿵……! 쿵……!!

심장이 미칠 듯이 빨리 뛰기 시작하고 프란은 몇 번씩이나 입을 오물거렸다.

"걱정 마십시오. 제가 승리를 가져다드리러 왔습니다, 프란 저하."

그런 그를 바라보며 문 에테르의 기사, 아니, 카릴은 한쪽 무릎을 꿇고 예를 표했다.

"네…… 네……!"

영락없이 프란에게 충성을 바친 기사의 모습이었다.

"네 이놈……!!"

그 모습에 끝내 프란은 말을 더듬다 가까스로 소리쳤다. 그러자 카릴은 천천히 일어섰다. 프란은 자신도 모르게 움찔거리며 한 발자국 뒤로 물러섰다.

철컥-

투구를 살짝 열었다. 그 안에 보이는 카릴이 차가운 눈으로 프란을 바라보고 있었다.

"이기기 싫은 표정이로군."

카릴은 작은 목소리로 속삭이듯 프란에게 말했다.

"그런데 어쩌지? 이번에도 넌 이기게 될 거야."

"으…… 으아아아!!"

프란은 그를 향해 미친 듯이 소리쳤다.

"카릴……."

앤섬 하워드는 눈앞에 나타난 그를 바라보며 나지막하게 이름을 읊조렸다.

"네놈……. 문 에테르 소속이 아니로군?"

테릭스는 말했다.

"그곳의 단장을 알고 있다. 권력욕이 있는 놈이지만 제법 실력이 쓸 만해서 얼굴을 기억하고 있는데 너 같은 놈이 있었다면 내가 모를 리 없지."

카릴은 그의 말에 피식 웃었다.

"길티안? 확실히 그는 욕심이 많은 건 맞지만 실력이 제법이란 말엔 동의 못 하겠는데. 고작 그 정도로 기사의 자격을 준다면 공국의 실력은 뻔하지."

"……"

"공국의 강함이 비룡과 골렘에서 나온다는 걸 알지만 그 말은 반대로 그 둘이 없으면 너희는 종잇장보다 못한 방패들이라는 뜻 아냐?"

"미친놈."

스으응……

카릴의 손에 있는 얼음 발톱이 검명을 일으키며 날카롭게 울부짖었다. 새하얀 냉기 속에서 죽음의 기운을 느낀 테릭스는 카릴을 바라보며 말했다.

"네가 그 카릴이란 놈이로군. 프란 경의 말대로 이게 모두 네가 벌인 짓이라면 이 협상의 합의점은 쉽게 찾을 수 있겠어. 네 목을 가지고 돌아가면 될 테니."

"과연?"

카가가가각-!!

카릴의 검날이 공기를 베자 사방에서 폭음과 함께 테릭스의 주변이 터져 나갔다.

"큭?!"

그는 공격을 멈추지 않고 지면을 팅기듯 발을 굴리며 계속해서 검격을 몰아쳤다. 여기저기 쇄도하는 칼날에 테릭스의 두꺼운 중갑옷이 조금씩 갈라지기 시작했다.

"이놈……!!"

부우웅……!!

테릭스는 해머에 마력을 실어 있는 힘껏 휘둘렀다. 엄청난 풍압과 함께 막사의 기둥이 와르르 무너졌다.

"잘도 빠져나가는군."

무너진 막사의 천막을 치우며 테릭스는 퉷-! 하고 침을 뱉으며 카릴을 노려봤다.

'역시…… 테릭스 경이라면 저놈도……!'

프란은 기대에 찬 눈빛으로 두 사람을 바라봤다.

[나를 써라.]

그 순간 카릴의 귓가에 들리는 달콤한 목소리가 있었다. 그의 왼팔에서 푸른 뱀의 비늘이 나타났다가 사라지자 반대쪽 손등에 박힌 아인 트리거에서 마치 그 힘에 반하듯 화염이 일렁거렸다.

꽈득-!!

그가 얼음 발톱을 쥔 손에 힘을 주었다. 마력혈에서 뿜어져 나오는 강대한 마력에 그의 양팔에 있는 마엘의 기운이 밀려나갔다.

'입 다물어.'

카릴은 테릭스에게 시선을 떼지 않고 말했다.

'너는 내게 종속되어 있는 힘이다. 내가 필요할 때 쓸 뿐. 네가 이래라저래라할 권한은 없다. 내가 한 말을 잊지 않아야 할 거야. 나는 아직 널 믿지 않아.'

[상자 안에서 아그넬의 검집을 확인했는데도 내가 인간의 편이 아니라는 말을 하는 것인가?]

'모르지. 아직 블레이더에 대한 정보는 부족하니까. 나는 내가 확신하는 것이 아니면 믿지 않아.'

[이거야 원……. 손해 보는 짓이로군. 누구는 기껏 백금룡에 대한 비밀을 털어놓았는데 말이야.]

모습은 볼 수 없지만 카릴은 자신의 대답에 마엘이 실망스러운 듯 고개를 젓고 있음을 느낄 수 있었다.

'네가 원하지 않아도 내가 필요하면 쓴다. 너는 고작 이 정도 상대를 내가 이기지 못할 거라고 생각하나?'

카릴은 자세를 잡았다.

'아니면 다른 꿍꿍이를 숨기고 있는 건가.'

[그런 거 없다. 가지고 있는 힘을 쓰지 않는 것만큼 바보 같은 자는 없기에 말한 것뿐이다.]

'그건 차차 확인할 일이겠지만.'

대답이 끝나자마자 마엘의 기운이 카릴의 마력을 이기지 못하고 점차 밀려나기 시작했다.

'너야말로 내게 조금이라도 쓸 만한 힘이 되고자 한다면 상

대의 수준을 봐가면서 얘기해. 스스로의 가치를 낮추지 마라. 그러니 꿍꿍이가 있어 보이잖아.'

[……뭐?]

'나는 널 이겼다. 그런 내가 저런 놈을 잡는 데 네 도움이 필요할 거라 생각해?'

카릴은 주위를 훑었다. 막사 주변에 있던 드레이크들은 거센 포효를 질렀지만 습격한 1만의 이민족들을 고작 수십 마리로 당해낼 수는 없었다.

날개에 작살이 박히고 목에 목줄이 채워져도 드레이크들은 거칠게 포효를 지르며 반항했지만 끝내 하나둘 이민족들에게 제압당하기 시작했다.

'슬슬 마무리되어 가는군. 시간을 때우기 위함이었어.'

순간 카릴의 몸이 사라졌다.

파앗-!!

그곳에 있던 모두가 카릴의 변화를 눈치채지 못했다. 찰나의 마력이 폭발하는 것까지는 감지했지만 그의 움직임, 그의 행동 그 어떤 것도 볼 수 없었다.

마치 시간이 멈춘 듯.

그것은 느낄 수도 없을 만큼 절정의 속도였다.

철컥-

언제 뽑혔는지 알 수 없지만 카릴은 그의 손에 들려 있던 아그넬을 반원을 그리듯 손목을 돌리며 검집 안으로 밀어 넣었다. 테릭스의 눈동자가 흔들렸다.

피잇……!!

그의 눈이 카릴의 아그넬을 뒤늦게 쫓았지만 이미 검집 안으로 들어간 검날에는 자신의 피가 묻어 있는지도 확인할 수 없었다.

그것은 곧 자신의 죽음이 어떻게 이뤄진 것인지 스스로도 알지 못한다는 의미이기도 했다.

"네 ㄴ……!!"

테릭스가 카릴을 향해 소리쳤다. 그러고는 있는 힘껏 머리 위로 해머를 들어 올렸다.

"쿨럭…… 쿨럭!!"

하지만 그 순간 그의 외침은 끝까지 이어지지 못했고 내려 치기 위해 들었던 해머를 쥔 두 팔이 후들거렸다.

"어?"

그는 비틀거리다가 해머를 떨어뜨렸다. 육중한 해머의 머리 가 쿵-!! 소리와 함께 먼지를 일으키며 쓰러졌다.

쩌적…… 쩌저적…….

테릭스는 어이가 없다는 눈빛으로 흘러나온 핏물을 손바닥 으로 받으며 앞을 바라봤다. 그는 자신의 목을 움켜쥐었다. 살 점이 갈라지는 기분 나쁜 소리와 함께 벌어진 피부를 뚫고 계 속해서 붉은 피가 뿜어져 나왔다.

"억…… 어억……."

이제 목소리조차 나오지 않은 듯 테릭스는 연거푸 피를 토해냈다. 그는 현실을 인정할 수 없는 듯 억울함이 가득한 눈빛으로 카릴을 바라봤다.

툭-!

그 순간 막사의 천장으로 피가 솟구쳐 올랐다. 천막에 붉은 피가 흩뿌려지며 바닥에 무언가 떨어졌다.

"……!!"

그건 자신의 목을 부여잡은 채로 잘려 나간 테릭스의 목이었다. 그는 자신의 죽음을 받아들이지 못하겠다는 듯 두 눈을 뜬 채로 그대로 숨을 거두었다.

"흠."

카릴은 그런 테릭스의 죽음을 아무런 감흥 없이 지켜보고는 고개를 들었다.

'말도 안 돼…….'

프란은 그 광경을 지켜보며 경악을 금치 못했다.

테릭스가 어떤 자인가. 비록 소드 마스터는 아니더라도 엄청난 완력으로 가장 포악한 염룡의 피를 이어받은 드레이크들을 굴복시킨 비룡 1부대의 단장이었다. 기술적인 측면에서는 비록 뒤떨어질지 모르나 그 힘만큼은 소드 마스터 중 가장 강한 힘을 지녔다는 고든 파비안과도 맞먹을 것이다.

하지만 그의 목을 카릴은 아무렇지 않게 베어버렸다.

"아무리 매서운 공격이라도 맞지 않으면 쓸모없지."

카릴은 마치 프란의 생각을 읽은 듯 말했다. 하지만 단순히 공격을 피한다고 해서 적을 이길 수 있는 것이 아니었다.

상대를 뛰어넘는 힘이 필요하다. 테릭스는 프란의 검술 스승 중 한 명이었다. 결코 완력만 있는 무식한 자가 아니었다.

그런 그가 카릴의 옷깃도 스치지 못했다는 것은 프란으로서는 카릴의 경지가 어디까지인지 도무지 가늠을 할 수 없을 수준이었다.

'정말…… 6클래스의 벽을 넘은 소드 마스터란 말인가.'

코브에서 느꼈던 압도적인 위압감. 그것이 자신만이 느꼈던 막연한 공포가 아닌 기사 살해라는 눈앞의 확실한 결과물을 남기자 카릴의 강함은 현실이 되어 이제는 부정할 수 없게 피부에 와닿았다.

'이대로라면 비룡 1부대도 전멸한다……. 그럼 도대체 누가 저 녀석을 막을 수 있단 말인가.'

부들…… 부들…….

프란은 손이 떨리기 시작함을 느꼈다. 갑자기 머릿속이 새하얗게 변하는 기분이었다. 다급하게 주머니를 뒤졌지만 마지막 남은 약을 모두 먹었다는 것을 떠올렸다.

"제길……."

한쪽 주먹을 감싸며 불안한 듯 그는 창백한 얼굴로 입술을 깨물었다.

"저하……."

앤섬이 걱정스러운 듯 이제 몸 전체가 떨리는 프란의 어깨에 손을 얹었다 프란은 신경질적으로 그의 손을 뿌리쳤다.

"설마 이것도 자네 짓인가?"

"네?"

"카릴에 대한 소식을 아는 사람은 나와 자네뿐이야. 게다가 오늘 밀회를 추진한 것 역시 자네고."

프란의 말에 앤섬은 할 말을 잃고 말았다.

"뿐만 아니라 자네는 내가 전쟁을 포기하는 것을 싫어했지. 너도 날 허수아비로 세우려는 생각인가!!"

자신의 멱살을 부여잡고 소리치는 프란을 보며 앤섬은 뭔가 잘못되었다는 것을 직감했다.

"오, 오해십니다! 제가 어찌…… 저하께 불충을 저지를 수 있겠습니까!!"

"시끄럽다!"

프란은 앤섬을 밀치며 일어섰다.

"크윽?!"

일어선 그는 관자놀이를 잡으며 비틀거렸다. 그의 이마에 핏줄이 눈에 띄게 도드라졌고 흰자위에 핏줄이 돋아 두 눈이 새빨갛게 변했다.

"저…… 하?"

앤섬은 갑작스러운 변화에 당황한 듯 입을 뻐끔거렸다.

"약, 약이 어디에……."

부들부들 손을 떨던 프란은 이미 약통이 비었다는 것을 알면서도 다시 주머니를 뒤졌다.

카릴은 그런 프란을 잠시 바라보고 쓴웃음을 짓고는 테릭스의 잘린 목을 헝겊 주머니에 밀어 넣었다.

"하시르, 튤리에게 보낼 선물이다. 썩지 않도록 잘 보관해."

"걱정 마십시오. 릴리아나에게 말해놓겠습니다. 그녀라면 부패를 막는 데 쓸 만한 독도 가지고 있을 겁니다."

어느새 어둠 속에서 나타난 하시르가 그에게서 상자를 받아 들고는 말했다.

"마무리될 때까지 얼마나 걸리지?"

"비룡 부대의 저항이 생각보다 거세어 조금 시간이 걸릴 듯 싶습니다. 죽이는 것도 아니고 생포하라 하시다니……."

"힘들어?"

카릴의 말에 하시르는 옅은 웃음을 지었다.

"아닙니다. 다행히 비룡이 날갯짓을 해 떠오르기 전에 습격해서 대부분은 지상에 묶여 있는 상태입니다. 비룡들이 무서운 점은 하늘에 있을 때뿐입니다. 지금은 제힘을 발휘하지 못하고 있으니 충분합니다. 이민족들은 사냥에 능하니까요."

"좋아. 후속 부대는?"

"출발했다는 보고입니다. 현재 서쪽 상공을 날고 있다고 합니다."

카릴은 하시르의 보고에 고개를 끄덕였다.

"병력은 얼마나 되지?"

"상공을 날고 있는 드레이트의 숫자는 예의 비룡 부대 절반의 병력이고 추가적인 비룡 부대는 없는 듯싶습니다. 다만 빈프레도 강 중류에 전선을 유지하고 있던 적군 4천의 병력도 모두 남하하고 있다고 합니다."

공국의 비룡 부대는 5마리씩 1조로 이루어 총 8개의 조를 1부대로 칭한다. 조련이 완벽하게 된 드레이크만을 사용하지만 그래도 드레이크들은 여전히 난폭하면서도 예민했다.

인정한 주인 이외에 다른 자가 있다면 거칠게 날뛸 가능성이 있어 일반 병사들과 함께 비룡 부대를 두지 않는다.

그렇기 때문에 비룡 부대는 전투에 돌입하기 전에는 본진을 기점으로 병사들과 떨어져 4개 조씩 나뉘어 전방과 후방에 배치되게 된다.

하시르가 말한 후방의 병력은 당연하지만 본진 뒤에 있던 비룡 1부대의 잔류 병대였다.

즉 현재 20마리의 드레이크들이 자신을 향해 날아오고 있다는 뜻이었다.

"뭐, 상정해 둔 숫자로군. 그럼 계획대로 가겠다."

"네, 알겠습니다."

쏴아아아악-!! 스으으윽-!

바람을 가르며 비룡 1부대의 기수들이 드레이크들에게 채찍을 때리며 속력을 높였다.

"적의 기습이라니……!! 비열한!!"

비룡 1부대의 부단장은 갑작스럽게 벌어진 전투에 황급히 전 부대를 이끌고 이동 중이었다. 하지만 저 멀리서 보이는 붉은 화염에서 치솟은 검은 연기를 바라보며 그는 불안함을 감출 수 없었다.

"보고 드립니다!! 전방에 적군 포착!!"

고글을 쓰고 있던 선두의 기사가 소리쳤다. 부단장은 부하의 외침에 황급히 아래를 내려다보며 소리쳤다.

"적군?!"

하지만 주위에는 내리깔린 어둠과 빼곡하게 자라 있는 나무들뿐 병사들의 움직임은 보이지 않았다.

"어디에?! 매복이란 말이냐! 규모는?!"

부단장은 다급한 목소리로 소리쳤다.

"그게……."

그 순간 기사는 부단장의 물음에 머뭇거리며 앞을 향해 손으로 뻗으며 소리쳤다.

"하, 한 명입니다!!"

"하…… 한 명?!"

처음에 보고를 받았을 때 부단장은 자신의 귀를 의심했다.

"고작 한 명이라고?!"

이런 급박한 상황에 말도 안 되는 소리를 지껄이는 부하를 어떻게 해야 할지 고민하는 것도 잠시, 이제 그는 자신의 눈을 의심하게 되었다.

상공 아래 보이는 한 사람. 수천의 병력이 진격해 오고 있는 상황에서 단 한 명으로 무엇을 할 수 있겠는가?

길이 좁아지는 협곡도 아니고 단순한 일반 병사만으로 구성된 병대도 아니었다.

"이런 미친……!!"

그럼에도 불구하고 마치 자신을 보라는 듯 봉화를 세운 것처럼 그가 서 있는 주변에는 나무들이 불타고 있었다. 이런 짓을 하는 자가 누구인지는 굳이 설명할 필요도 없었다. 카릴이었다.

[크르르르르르……!!]

비룡들이 지상을 바라보며 날카로운 이빨을 드리웠다.

"이런 쓸데없는 곳에서 시간을 빼앗길 수 없다!! 무슨 꿍꿍이인지 모르겠지만 설사 함정이든 미끼든 상관없다. 가서 불태워 버리고 합류해라!"

"넵!!"

"알겠습니다!"

비룡 기수들은 부단장의 말에 대답했다. 부단장이 손을 들어 올리자 열 마리의 비룡이 일제히 하강했다.

[크아아아아아!!]

선두에 선 기수가 드레이크의 고삐를 꺾자 붉은 눈을 한 드레이크의 입에서 화염이 쏟아졌다.

화르륵……!! 쾅!! 콰아앙!! 쾅!! 쾅!!

둥근 화염 구체가 마치 탄환처럼 열 마리의 입에서 동시에 뿜어져 나왔다.

"후읍."

카릴은 빗방울처럼 떨어지는 화염을 바라보며 천천히 마력을 끌어 올렸다. 마력혈에서 이어지는 마력이 상승할수록 그의 오른쪽 손등에 박힌 아인 트리거가 붉게 변했고 왼쪽 손목에 그려져 있는 뱀의 문양이 일렁였다.

스앙-!!

카릴이 얼음 발톱을 뽑아 허공을 베었다. 그러고는 있는 힘껏 발로 지면을 내려치자 마치 거대한 벽처럼 바닥 한 면이 껍질을 벗겨낸 것처럼 매끈하게 잘려 카릴의 발을 기점으로 솟아올랐다.

쩌적…… 쩌저적……!!

바닥이 솟아오르며 박혀 있던 나무들의 뿌리가 뜯어지고 흙가루들이 사방으로 흩날렸다.

콰강!! 콰가가가강-!!

드레이크가 쏟아낸 화염들이 솟아오른 흙벽에 부딪히면서 요란한 굉음과 함께 터졌다.

기수들은 그 광경에 경악을 금치 못했다. 지금까지 비룡부대의 공격을 이런 식으로 막은 사람은 없었으니까. 일반 병사들이라면 조금 전 공격으로 수백은 불탔을 것이다.

"믿을 수 없어……."

"저런 게 가능하다고……?!"

수천에서 수만의 병력과 맞먹는 힘을 가진 비룡 부대는 상황에 따라 소드 마스터보다 더 큰 위력을 가진다. 특히 장애물이 없는 평지에서는 더더욱 위용이 높아진다.

그렇기 때문에 당연히 그들을 승리를 확신했다. 조금 전까지만 하더라도 말이다.

푸스스스스……

흙먼지 사이로 카릴의 모습이 나타났다. 그는 부서진 흙벽에 있던 잘린 나무 기둥을 들고 서 있었다. 자그마치 3배는 될 것 같은 거목의 잔해였다.

"흐읍……!!"

마치 창대를 던지듯 있는 힘껏 카릴이 거목을 내던지자 날카롭게 회전하며 솟구쳐 올랐다.

수아아앙-!!

바람을 가르는 소리와 함께 나무 기둥이 선두에 있던 드레이크의 날개를 정확히 관통했다.

[캬아아악!!]

비명과도 같은 포효와 함께 드레이크는 고통스럽게 날갯짓을 했지만 커다란 구멍이 뚫린 날개는 아무리 발버둥 쳐도 중심을 잡지 못했고 빙글빙글 회전하며 추락했다.

"으, 으아악!"

기수의 비명과 함께 드레이크가 지면에 부딪히며 지면에 미끄러졌다.

콰가가가강⋯⋯!! 콰강!!

드레이크의 얼굴이 갈리듯 수십 미터를 밀려났다. 녀석의 머리 위에 있던 기수는 충돌하기 직전 뛰어내린 듯 어느새 검을 뽑아 카릴을 경계했다.

"흐음, 그사이에 빠져나온 건가? 확실히 실력은 있군."

자칫 잘못하면 추락하는 비룡에 묶여 압사당할 수도 있는 위험천만한 순간이었다. 카릴은 자신을 겨누고 있는 마나 블레이드를 바라보며 천천히 걸음을 옮겼다.

"이 새끼⋯⋯. 정체를 밝혀라!!"

비룡 기수는 쓰고 있던 고글을 벗어 집어 던지고는 황급히 달려 나가며 카릴에게 검을 그었다.

하지만 대답 대신 검격이 날아왔다.

"헉⋯⋯!!"

기수는 황급히 카릴의 공격을 막았다. 있는 힘껏 마력을 끌어모은 마나 블레이드를 폭발시키면서 검을 그었지만 검날은 그저 허공을 가를 뿐이었다.

"죽이긴 아깝지만⋯⋯. 어쩔 수 없지."

신탁 전쟁을 생각하면 비룡 부대는 타락을 상대하기 훌륭한 전력임에 틀림없었다. 최대한 그들을 살려두고 싶지만 비룡 부대를 놔두고 틀리를 제압할 수 없다는 것을 잘 알기에 카릴은 살짝 입맛을 다셨다.

　카릴이 손바닥을 펼쳐 얼굴을 움켜잡으며 밀었다.

　콰아앙-!!

　두 다리가 부웅 떠오르며 뒤통수가 지면에 처박혔다.

　"컥…… 커컥!!"

　마력으로 몸을 보호하고 있었음에도 불구하고 기수는 단 일격의 충격을 버티지 못하고 피를 토해냈다.

　[카아아악!!]

　그 순간, 상공에서 호를 긋듯 선회하며 또 다른 드레이크가 먹이를 낚는 맹금처럼 날카로운 이빨로 하강하며 카릴의 뒤를 노렸다.

　아슬아슬하게 카릴이 바닥을 짚으며 몸을 꺾자.

　탁-! 탁탁-!!

　드레이크의 이빨이 목표를 잃고 그저 허공을 씹으며 요란하게 울렸다. 거대한 그림자가 카릴의 머리 위에 드리워졌다.

　드레이크가 다시 상승하려 날개를 펄럭이는 순간 카릴이 바닥에 쓰러져 있던 기수의 멱살을 잡아끌어 올렸다.

　반항조차 할 수 없는 힘. 카릴은 한 팔로 기수의 몸을 들어 서 있는 힘껏 공중으로 던졌다.

"으아아악!!"

그의 비명과 함께 허공에 연신 이빨을 부딪치던 드레이크의 입안으로 기수의 몸이 빨려 들어갔다.

콰악……! 와지끈!! 우드득-!!

뼈를 씹는 둔탁한 소리가 울리며 드레이크의 이빨 사이로 살점이 떨어져 나갔다. 비명은 거기서 끝이었다. 순식간에 자신들이 기르던 드레이크의 먹잇감이 되어버린 동료를 바라보며 기수들은 경악을 금치 못했다.

"칼스!!"

조금 전 드레이크에게 먹힌 기수의 이름인 듯했다.

턱-

하지만 분노도 잠시 아직 동료의 피를 머금고 있는 드레이크에 가볍게 올라탄 카릴을 바라보며 고개를 들었다.

"네놈……!!"

그는 카릴을 향해 이를 갈았다. 하지만 부질없는 반항은 거기까지였다. 기수가 검을 뽑기도 전에 카릴의 얼음 발톱이 녀석의 목을 베었다.

[크륵……!! 크르르륵……!!]

기수의 시체를 발로 차 떨어뜨리고는 드레이크의 고삐를 움켜쥐자 녀석이 요동쳤다. 하지만 그러면 그럴수록 카릴은 드레이크의 머리에 손을 얹고는 녀석을 움켜쥐었다.

손등에 박힌 아인 트리거가 붉게 빛남과 동시에 뜨거운 열기가 그의 손바닥에서 피어올랐다.

치이익……!! 치직……!!

살갗이 타들어 가는 소리와 함께 단단한 드레이크의 비늘이 녹아버렸다.

[카아아아악-!!]

드레이크가 비명을 질렀다.

"……말도 안 돼."

기수들은 그 광경에 넋을 잃고 말았다. 드레이크 한 마리를 길들이기 위해서는 수년간의 노력이 필요했다. 게다가 비룡 1부대는 다른 비룡들과 달리 염룡의 피를 합성시켜 만든 광폭한 종들이라 알에서 부화했을 때부터 주인을 각인시켜야 간신히 한 마리를 길들일 수 있었다.

그런데 지금…… 주인을 잃은 드레이크가 너무나 당연하듯 카릴에게 복종을 하고 있었다.

쫘악-

카릴이 고삐를 꺾자 드레이크가 날개를 퍼덕이며 방향을 틀었다.

"그렇지."

그는 만족스러운 듯 고개를 끄덕이고는 잡았던 고삐마저 놓아버렸다.

기수들은 그 광경에 다시 한번 경악을 금치 못했다. 수년간 드레이크를 길들인 자신들도 고삐와 채찍이 없으면 드레이크를 다루지 못한다. 오랜 시간 함께해 온 비룡이라 할지라도 한 순간 긴장을 놓치면 주인도 물 수 있는 것이 녀석들이었다. 조금 전 동료를 씹어 먹어 버리는 드레이크를 보면 알 수 있었다.

드레이크를 다루는 그들에게 있어 고삐와 채찍은 드레이크로부터 그들을 지켜주는 생명줄과 다름없었다. 그걸 놓는다는 것은 자살 행위와도 같았다.

비룡 1부대의 단장인 테릭스조차도 저런 식으로 비룡을 다루지는 못할 것이었다. 그런데 눈앞에 소년이 태연하게 이런 말도 안 되는 일을 해내고 있었다.

툭툭-

카릴이 발로 드레이크의 머리를 치자 말을 알아들은 것처럼 드레이크가 포효를 내질렀다.

[크아아아아-!!]

날카로운 외침과 함께 나머지 기수들이 타고 이는 비룡들이 몸을 부르르 떨었다. 카릴이 타고 있는 드레이크가 다른 비룡들에 비해 특출하게 상위종도 아니었다. 그런데 마치 맹수를 만난 초식동물처럼 갑자기 드레이크들이 공포에 떨기 시작한 것이었다.

"이, 이게 왜 이래?!"

"무슨 일이지?!"

기수들은 당혹스러워하며 드레이크들을 진정시키기 위해 고삐를 잡아당겼다. 하지만 이미 드레이크들은 오히려 기수들을 떨어뜨리기 위해 몸을 흔들기 시작했다.

"어어……?!"

"으아아아악-!!"

기수들은 안간힘을 쓰며 고삐를 움켜쥐었지만 요동치는 비룡들을 막을 수 없었다. 주인들을 떨어뜨리려는 것도 모자라 이제는 서로의 등 위에 있는 기수들을 잡아먹으려고 입을 벌리며 달려들기 시작했기 때문이다.

"피해!!"

"사, 살려줘!!"

여기저기에서 울려 퍼지는 외침. 도망칠 곳 없는 상공에서 기수들은 결국 폭주하는 드레이크들을 피할 방도를 찾지 못하고 고삐를 내던지며 떨어지기 시작했다.

그들은 몰랐다. 카릴이 타고 있는 드레이크로 인해 비룡들이 공포를 느낀 것이 아니었다. 그가 내지른 포효 속에 경고의 의미가 담겨 있었던 것뿐이다.

바로 원류가 가지는 절대성. 카릴의 몸 안 흐르는 힘, 염룡(炎龍) 리세리아의 마력을 확인한 드레이크는 자신의 동족들에게 말한 것이다.

그리고 그것을 증명하듯 드레이크들은 카릴이 내뿜는 마력을 확인하고 더 이상 반항을 할 엄두도 내지 못했다. 녀석들의 눈에는 카릴이 염룡 그 자체였기 때문이다.

퍼덕……! 퍼덕……! 사아아아악……!!

주인이 사라진 비룡들이 일제히 날갯짓을 하며 카릴의 주변으로 몰려들기 시작했다. 당연한 일이었다. 드레이크들은 염룡의 힘에서 태어났기에 본능적으로 그 힘에 복종할 수밖에 없었다.

"어떻게 이런 일이……."

저 멀리 상공을 날던 부단장은 눈 앞에 펼쳐진 광경에 할 말을 잃었다.

"흠."

카릴의 머리 위로 왕관을 만드는 것처럼 둥글게 원을 그리며 드레이크가 날고 있었다.

마치 진정한 주인을 맞이하는 것처럼.

"사…… 살려줘!!"

부단장의 처절한 비명이 들렸다. 그는 흙먼지로 엉망이 된 얼굴로 저 앞에 자신을 버린 드레이크를 믿을 수 없다는 듯 바라봤다. 그 원통함과 달리 물끄러미 내려다보던 카릴은 아무런 감흥 없다는 듯 가차 없이 그의 목에 검을 그었다.

서걱-

차디찬 냉기를 뿜어내는 얼음 발톱에 잘려 나간 목은 피조차 흐르지 않고 그대로 얼어 버려 부단장의 머리는 그대로 산산조각이 나버렸다.

[크르르르르……!!]

태어날 때부터 자신들을 돌봐왔던 기사들임에도 불구하고 그의 죽음에 마치 드레이크들은 오히려 환호하듯 낮은 포효를 질렀다.

비룡이 적을 주인으로 모신다. 공국 역사상, 아니, 대륙 역사상 이런 일은 처음일 것이다.

"흐음."

카릴은 낮은 숨을 토해내며 주위를 둘러봤다. 그의 뒤에는 첫 일격에 죽은 한 마리를 제외하고 열아홉 마리의 드레이크들이 그를 향해 머리를 조아리고 있었다.

[드레이크가 복종의 자세를 취하는 인간이라…….]

라미느는 그 광경을 바라보며 감탄을 금치 못했다.

[이 광경을 두아트가 봤다면 진심으로 기뻐했겠군. 리세리아를 필두로 그를 따르던 드레이크들이 녀석의 전신을 물어뜯었으니 말이야. 그 피를 이어받은 놈들이 네게 무릎 꿇고 있으니…….]

알른 자비우스와 함께 있는 두아트를 떠올리며 라미느가 말했다.

"어차피 그 리세리아도 인간에게 죽었는걸. 고작 피를 이어받은 새끼들이야 별 감흥도 없지만 원한다면 두아트를 이곳으로 부르는 건 어려운 일이 아냐……."

카릴의 말에 라미느의 불꽃이 살짝 일렁이다가 사라졌다.

[됐다. 그저 그렇게 생각했을 뿐.]

두아트의 계약자는 카릴이 아닌 알른이었기에 애초에 카릴을 따를 필요는 없다. 하지만 아이러니하게도 알른이 그 이전에 카릴과 영혼 계약을 맺은 상태였기에 마치 먹이 사슬처럼 알른의 위에 카릴이 존재했다. 때문에 카릴이 그를 부를 순 있으나 두아트가 라미느처럼 마음대로 카릴에게 나타날 수는 없었다.

[뭐, 어쨌든 대륙에서 널 이길 수 있는 인간은 없겠지.]

라미느는 인정하듯 말했다.

"인간? 드래곤이라면 부족하단 말인가?"

[글쎄. 그들은 살아온 시간과 종족마다 흐르는 피에 따라 달라지니까. 하지만 승부를 보려고 한다면 스무 합(合) 안으로 끝내야 한다는 건 틀리지 않을 거다.]

"어째서?"

[인간이라는 종이 선천적으로 가진 체력의 한계가 있으니까. 네가 드래곤과 같은 강함을 가지고 있다 한들 육체 자체는 인간의 영역에 있으니까.]

"환골을 했다 한들 드래곤의 육체를 이길 순 없다는 말이야?"

[용의 심장을 먹은 것 말이냐? 환골의 개념은 근육과 뼈가 아닌 네 몸 안에 있는 장기의 변환이라 해야 더 옳을 테니까. 마력을 가질 수 없는 몸 안에 마력을 담을 수 있는 그릇을 만든 것일 뿐이지.]

"흐음……."

카릴은 라미느의 말에 살짝 인상을 찡그렸다.

"하지만 카이에 에시르는 리세리아를 사냥했잖아."

[그는 조금 다르다.]

"무슨 의미야?"

라미느가 또다시 말을 그치자 카릴은 별수 없다는 듯 고개를 저었다.

"신화 시대의 일도 아닌데 입을 다무는군. 이제 버릇이 되어 버린 거 아냐?"

[카이에 에시르가 리세리아를 잡은 것 역시 단시간의 승부라는 것이다. 지금 해줄 수 있는 말은 그것뿐이겠지.]

"흐음……."

카릴은 라미느의 말에 고개를 끄덕였다. 다만 그가 맥거번 가문 저택의 도서관인 아인헤리에서 염룡의 기억을 봤을 때 둘 사이의 대화에서 뭔가 단순한 관계가 아니라는 느낌을 받았었다.

'정말로 카이에 에시르와 싸울 때 리세리아가 전력을 다한 승부를 한 걸까.'

어쩌면 그들의 싸움은 정상적인 상황이 아닐 수도 있다는 생각이 들었다.

"뭐, 붙어보면 알겠지."

카릴은 머릿속에 한 사람을, 아니, 한 마리의 드래곤을 떠올리며 나지막하게 읊조렸다.

백금룡. 과연 그가 염룡보다 얼마나 더 강할지는 모르겠으나 알른 자비우스의 말처럼 비수를 꽂기 위해서는 비수의 날을 완벽하게 갈아야 한다.

[하나 용의 심장이 네 육체에 아무런 영향을 끼치지 않았다고는 할 수 없다. 그 증거로 네 몸이 용마력을 받아들이기 위해 자연적으로 변화하고 있음은 너도 느낄 터.]

라미느는 나지막하게 말했다.

[실로 진화(進化)라고 할 수 있겠지.]

카릴은 바닥에 너부러져 있는 부단장의 시체를 발로 치우고서 천천히 앞으로 걸어 나왔다.

"진화? 정령왕인 네가 나에게 해줄 말이 고작 그거야? 아니지. 인간의 영역에 머물러 있다면 그건 진화가 아니라 그저 성장에 불과해."

그러고는 팔을 들어 올렸다.

"마엘."

부름과 동시에 왼쪽 팔의 뱀 문신이 꿈틀거렸다.

"넌 어떻지? 난 그걸로 만족하지 못한다. 너는 내 비수가 될 수 있나?"

[이것 참······.]

카릴의 말에 마엘은 피식 웃었다.

"여전히 네가 나를 해칠 독일지 아닐지는 모르지만 적어도 내게 네가 유용한지는 확인해 볼 필요가 있겠지. 아까 막사에서 널 쓰라고 했었지? 자신 있게 말한 만큼 날 만족시킬 수 있는지 궁금한데."

푸른 뱀의 문신이 서서히 차오르더니 완벽한 뱀의 형태가 되며 카릴의 어깨까지 선명하게 그려졌다. 뱀의 아가리가 마치 카릴의 왼팔을 토해내는 것처럼 손등에 날카로운 송곳니를 가진 문신이 도드라졌다.

우-우-우-우-우…….

그가 쥐고 있는 얼음 발톱이 가볍게 떨리더니 마치 그 안에 잠들어 있는 자르카 호치마저 두려운 듯 떠는 것 같았다.

[별거 아니지만 저기 보이는 4천 명의 목숨.]

카엘은 눈앞에 피어오르는 흙먼지를 바라봤다. 비룡 부대는 무너졌지만 여전히 적의 대군은 달려오고 있었다.

와아아아-!! 와앙-!!

적군의 외침을 들으며 마엘은 나지막하게 말했다.

[5분 안에 정리하마.]

"비룡들이 갑자기 잠잠해졌습니다."

"신기할 노릇이네. 조금 전까지만 하더라도 난리를 피우던 놈들인데……."

릴리아나는 신기한 듯 드레이크들을 바라봤다.

"남아 있던 플루들도 모두 사용했습니다. 이 정도라면 문 에테르에서 썼던 양보다 더 많은 것 같은데요."

부하의 말에 그녀는 고개를 끄덕였다.

"아종(亞種)이라고는 하지만 확실히 드래곤의 피를 물려받은 놈들이야. 간신히 활동을 느리게 만들었지만 제대로 통하지도 않았지."

"그런데 어떻게 된 일일까요?"

"글쎄……."

릴리아나는 마치 풀이 죽은 개처럼 고개를 바닥에 떨구고 웅크리고 있는 드레이크들을 바라보며 갸웃거렸다.

"당연한 일이지만 주군께서 하신 일이다. 잠시만 잡아두고 있으라고 하셨던 이유를 알겠군. 여기에 있는 놈들을 잠재우기 위해 주군께서 기운을 내뿜으셨다면 올라오던 드레이크들이 지레 겁을 먹고 날아오지도 않았겠지."

하시르는 혀를 차며 말했다. 늑여우 부족의 척후병들이 돌아와 그에게 전방에 일어난 일을 보고했다. 그리고 그는 누구보다 빨리 카릴의 소식을 들을 수 있었다.

"주군께서는 오히려 적들이 도망칠까 봐 일부러 마중을 나가신 거로군……."

그는 말을 하면서도 스스로 어처구니가 없다고 생각했다. 드레이크와 수천의 군대를 앞에 두고 단신으로 싸우는 사람이 오히려 적이 겁을 먹을까를 걱정하다니 말이다.

'소드 마스터는 군대와 맞먹는 힘을 가졌다고 하지만 주군

은 그런 군대들이 모인, 실로 걸어 다니는 왕국이라 해도 과언
이 아니겠구나.'

하시르는 온몸에 소름이 돋는 것 같은 기분이었다. 복종의
자세를 취하고 있는 드레이크들을 바라보며 이민족의 장로들
이 이 광경을 봤어야 한다는 생각을 몇 번이나 했다.

"노인네들이 이걸 보면 할 말을 잃겠군."

"대전사의 자격을 증명하는 것이 아니라 역대 그 어떤 대전
사들도 하지 못한 위업을 달성하신 것이니까."

"우리의 눈은 틀리지 않았어. 아니, 하시르 씨의 눈이라고 해
야 할까."

릴리아나를 비롯한 젊은 부족의 족장들은 눈앞의 광경을
보며 말했다.

"이 정도 결과라면 잔나비도 이제 확실히 주군께 마음을 열
겠지. 안 그래?"

"우린 아그넬이 다시 북부로 돌아왔을 때 이미 그를 따르기
로 했다. 그것도 당신이 아그넬을 들고 와 인정한 주인이라 했
으니 말이야. 솔직히 말해서 늑여우의 족장인 당신의 입에서
주군이란 말이 나왔을 때 모두가 놀랐지."

하시르는 그녀의 말에 쓴웃음을 지었다. 솔직히 이제 그는
이런 상황이 놀랍지 않았다. 오히려 카릴과의 첫 만남이었던
나락 바위에서 그가 비전력을 얻을 때가 그에게는 가장 충격
적인 일이었기 때문에 아직도 뇌리에 남아 있었다.

"한물갔다고는 하지만 장로들은 여전히 이민족 안에 큰 힘을 가지고 있다. 우리는 예우로 한발 물러난 것뿐."

그녀의 말처럼 이곳에 모인 부족 중 유일하게 잔나비 부족만이 족장이 직접 움직이지 않았다. 하지만 잔나비 부족에서 족장에 버금가는 힘을 가진 행동 대장이 움직였다는 것만으로 카릴에 대한 그들의 생각은 알 수 있었다.

"그의 강함은 내가 굳이 말을 덧붙일 필요도 없지만 장로들의 고집도 쓸데없는 건 아냐. 여기도 족장들이라고는 하나 그 검이 가지는 진짜 의미를 아는 자는 없을 테니까."

"진짜 의미?"

파툰이 그녀를 바라보며 물었다. 그는 자신의 족장으로서의 경력이 무시당하는 기분이라 살짝 언짢은 표정을 지었다.

"뭐……. 나 역시 모르긴 마찬가지야. 그저 오래된 전설 같은 거지. 아그넬을 물려받은 자만이 할 수 있는 것이라고 들었을 뿐이다."

"으흠……."

"대전사의 칭호란 단순히 싸움을 잘하거나 개인의 강함을 증명하는 것이 아니라 아그넬의 진정한 주인임을 보이는 것이다. 장로들은 그것을 직접 확인하고 싶은 것이겠지."

그녀의 말에 다들 고개를 끄덕였다.

"족장님께서 나를 보낸 이유도 그것이지. 그가 북부의 시험을 도전할 의사가 있는지 확인하고자 말이야."

쿤타이는 그녀의 말에 고개를 큰 소리로 말했다.

"흥, 뭐 별거 있겠어? 그저 구태의연한 의식에 불과한 것이겠지. 노인네들은 워낙에 그런 것들을 따지잖아. 우리는 그런 전통이 싫어 스스로 주인을 정하기 위해 나온 것이고."

"단순히 의식이 아닐 수도 있지."

"무슨 뜻이야?"

"글쎄. 그건 나 역시 모르기 때문에 뭐라 대답을 할 수 없군. 여기서 대전사의 칭호를 받은 족장을 모셨던 자는 없으니까. 검은 눈 녀석들이 얘기를 해주면 모를까."

릴리아나는 어딘가에 있을 그들을 떠올리며 살짝 어깨를 으쓱했다.

"모르기 때문에 과감할 수 있는 것이겠지만."

"결국 한 번은 북부로 가야 한다는 말이겠군. 남은 이민족들이 모두 그를 따르게 하려면 말이야."

"아직은 반쪽짜리라는 말인가."

"갈 길이 멀군."

그때였다.

"저길 봐라."

하시르는 떠들썩하던 그들을 단 한 마디로 조용히 만들었다. 카릴에 대해 남은 사람들은 이런저런 말이 많았지만 그의 생각은 변함없었다. 그리고 그 확신을 다시금 확인하는 듯 눈앞에 보이는 광경에 그는 목소리에 힘을 주어 말했다.

"주군께서 오신다."

챠아아악-!!

[크르르르르르르-!!]

[카아아아아-!!]

잠잠했던 드레이크들이 언제 그랬냐는 듯 날개를 펼치며 마치 그의 귀환을 기뻐하는 듯 머리를 하늘로 치켜들고는 포효하기 시작했다.

"내가 꿈을 꾸는 건 아니겠지."

릴리아나는 전방을 바라보며 자신도 모르게 헛웃음을 지으며 중얼거렸다.

"나야말로 갈 길이 멀다는 헛소리를 지껄였군……."

"반쪽짜리라고 한 나는?"

그녀의 말에 동의하듯 쿤타이와 파툰은 입술을 씰룩였다.

수많은 드레이크가 상공을 날고 있었다. 그중 가장 선두에 선 비룡의 머리 위에 당당히 서 있는 카릴의 모습이 서서히 그들을 향해 다가왔다.

척-

하시르가 한쪽 무릎을 꿇는 순간 나머지 세 사람 역시 그를 따라 무릎을 꿇었다. 그 모습을 바라보며 모두의 머릿속엔 더 이상 일말의 의심도 남아 있지 않았다.

그저 따를 뿐.

▶**Chapter 3**◀

"정말…… 이게 가능한가?"

"나도 모르지. 하지만 시키는 일이니까 해야지."

눈보라를 뚫고 서 있는 몇몇 병사들은 새하얀 흰뿔토끼로 만든 망토를 머리부터 발끝까지 뒤집어쓰고 있었다. 몇몇은 바닥을 기며 땅에 코를 박고 연신 냄새를 맡고 있었고 또 다른 몇몇은 성벽 주위에서 뭔가를 찾듯 뒤지고 있었다.

"빨리, 빨리! 조금 있으면 정찰 시간이야. 여기도 찾지 못하면 더 이상 방법도 없어."

"마법을 쓰지 못하니 죽겠군……. 어느 세월에 이 넓은 성벽을 모두 조사하지?"

"탐지 마법을 쓰는 순간 망토에 걸린 보호 마법이 풀리면서 우린 그대로 화살 꼬치가 될걸? 적군의 바로 턱밑이야. 걸리기라도 하면 우린 그대로 죽어."

"실패해도 우리는 죽은 목숨이야. 세리카 님의 눈빛 봤지? 오늘도 빈손으로 돌아가면……."

병사 중 한 명이 몸을 부르르 떨면서 중얼거렸다.

"어차피 후회해도 늦었어."

"우리가 버린 망토 값만 해도 이미 평생 군에서 썩어도 갚지 못할 액수니까."

흰뿔토끼의 털 자체가 흰색인지라 키만큼 높이 쌓인 눈 속에서는 충분히 위장복으로 쓸 수 있긴 하지만 고가에 거래되는 털을 입고 이런 식으로 바닥을 구르는 행위는 간부들도 쉽게 할 수 없는 일일 것이다.

"있을 거야. 분명. 그분이 거짓말을 하신 게 아니라면 말이지. 우리에게 보여줬던 흙에서 났던 냄새, 너희도 알잖아?"

얼굴에 눈이 잔뜩 묻은 채로 병사가 말했다.

"정말 있는 게 맞을까?"

"이런 눈보라 속에서 그게 자랄 리가……."

데프타르 출신의 그는 처음 세리카에게 가장 먼저 자신 있게 대답했던 자였다.

그때였다. 흙바닥을 쓸던 그의 손가락에 뭔가 걸리는 듯 단단하게 잡혔다. 병사는 황급히 얼굴을 성벽과 땅 사이에 처박고는 냄새를 맡았다. 과일 같은 향긋한 냄새가 그의 코끝에 닿았다.

그는 차가운 냉기에 손가락이 터져 나가는 것도 잊은 채 계속해서 흙을 파기 시작했다. 안으로 보이는 나무의 뿌리처럼 굵은 식물의 줄기. 그리고 성벽 사이에 파낸 흙은 아주 옅은 수분을 머금고 있었다.

병가는 떨리는 목소리로 말했다.

"차…… 찾았다."

휘이이익……!!

그 순간 성벽 아래를 훑듯 바람이 불었다. 병사들은 자신도 모르게 고개를 들어 성벽의 끝자락을 바라봤다. 그들의 눈에 마치 군건하게만 보였던 대성벽에 작지만 무엇보다 큰 균열이 보이는 것 같았다.

"고생하셨습니다."

하시르는 내뱉은 말이 무색하게 호흡 하나 흐트러지지 않는 카릴의 모습을 바라봤다.

"정리는 끝난 듯싶군."

"모두 주군 덕분입니다. 독초를 써도 쉽사리 잠들지 않던 드레이크들이 일제히 조용해졌으니까요."

그는 카릴이 데리고 온 드레이크와 똑같이 머리를 조아리고 있는 드레이크들을 가리키며 말했다.

"공국 귀족들이 보면 기절할 일이겠지요. 자신들을 향해 날아올 드레이크들을 바라볼 그들의 표정이 궁금합니다."

"궁금해할 필요 없을 거야. 지금도 볼 수 있을 테니까."

카릴은 천천히 걸음을 옮겼다. 막사의 천막을 걷는 순간 하시르는 그의 말뜻을 이해할 수 있었다. 그 안에는 안색이 새파랗게 질린 프란이 있었기 때문이었다.

"완전히 무너졌군."

하시르는 프란을 보며 나지막하게 중얼거렸다.

"그럴 만하지. 코브, 문 에테르 그리고 비룡 1부대까지. 남들이 보기엔 연전연승의 가도를 달리는 것 같지만 그의 입장에선 끔찍한 패배의 장면을 눈앞에 보여주고 있는 것이니까. 정신적으로 피폐해질 수밖에 없어."

"꼭 그것만은 아닐걸. 암폐(暗蔽)를 거의 달고 사는 것 같던데. 그 정도면 지금쯤 뇌가 녹아버려도 할 말 없을걸."

릴리아나는 벌벌 떨고 있는 프란의 모습을 바라보며 쯧- 하고 혀를 찼다.

"게다가 금단 현상이 오기 시작하면 환각은 더욱 짙어지겠지. 아마 녀석의 눈엔 주군이 악마로 보일지도 모르지."

"네가……!! 네놈이!!"

프란은 카릴을 보자마자 황급히 허리에 있는 검을 뽑으며 소리쳤다.

부웅-!! 부우웅-!!

하지만 날카로움은 없었다. 마치 미치광이가 몽둥이를 휘두르는 것처럼 방향성 없이 닥치는 대로 움직일 따름이었다.

"……이래서는 귀족들의 표정 따윈 기대할 수 없겠군."

카릴은 제자리에서 몸을 트는 것만으로 프란의 공격을 모두 피해냈다. 프란은 오히려 자신의 힘을 이기지 못해 그는 앞으로 고꾸라지고 말았다.

턱-

그런 프란의 몸을 카릴이 잡았다.

"으아아아악!!"

고개를 들던 프란이 이제는 마치 악령이라도 본 것처럼 카릴에게서 도망치듯 그를 밀쳤다. 그러고는 앤섬의 옷깃을 붙잡으며 몸을 웅크린 채 사시나무 떨듯 떨기 시작했다.

주르륵-

그의 입술을 타고 붉은 피가 흘러내렸다. 그와 동시에 프란이 몸을 들썩이며 날뛰기 시작했다.

"주, 주군!!"

앤섬은 황급히 일어나 쓰러진 그를 부축했다. 그의 모습은 엉망이었는데 전투로 인한 것이 아니라 프란을 말리려다 난 상처 같았다.

"……."

그런 프란을 물끄러미 바라보던 카릴이 그의 목덜미를 가볍게 내려쳤다.

"컥!!"

프란이 검붉은 핏덩이를 뱉어내고는 기절한 듯 힘이 빠져 늘어진 채로 앤섬의 앞에 쓰러졌다.

"앤섬 하워드."

카릴이 그의 이름을 부르자 그는 의외로 떨지 않고 담담한 표정으로 고개를 들었다.

"내가 원망스러울 수 있겠지만 보는 바와 같다. 시간의 경과 차이일 뿐 내가 개입하지 않았더라도 프란이 죽는 미래는 크게 다르지 않을 것이다. 전쟁이 시작되기 전에 이미 프란은 튤리에게 진 것이지."

"……."

"나 역시 그가 이렇게 되었을 것은 예상하지 못한 일이긴 하지만……. 통신구를 통해서 너는 프란의 말을 들었지? 저 모습에서 과연 튤리와의 협정이 제대로 이뤄졌을 것이라고 생각하는가. 그는 튤리에게 이용당했다."

이미 모든 것이 제1공작인 튤리 루레인의 술수라는 것을 알 수 있었다.

"그녀는 우든 클라우드를 줄 생각이 없을걸. 우든 클라우드와 손을 잡았다고 하는 게 더 신빙성이 높겠지."

앤섬은 카릴의 말에 아무런 반박도 하지 못했다.

"제가 옆에 있었는데……."

자조적인 혼잣말에 카릴은 어깨를 으쓱하며 말했다.

"네가 있다 한들 일거수일투족을 보호할 수는 없는 일이잖은가. 애초에 프란의 생각은 중요하지 않았던 거다. 패배는 예견되어 있었던 것이고 영광에 포함되지 않았다."

카릴의 말에 앤섬은 고개를 떨궜다.

"바보처럼 튤리의 말을 믿고 자신을 믿고 따르는 자들을 두 손으로 바치는 꼴이 되어버렸지. 그리고 그게 싫기 때문에 너는 나의 개입을 묵인한 것이고."

"……그저 궁금했을 뿐입니다."

앤섬은 말했다.

"어쩌면 믿고 싶은 것인지도 모르겠군요. 프란 경의 비상식적인 결정도 사실은 저하의 계획에 있던 것이라고."

왕좌지재(王佐之才). 태어날 때부터 그 뛰어난 자질은 충분히 왕을 옹립할 재능이 있으며 스스로 재상의 길에 오를 만한 능력을 타고난 자를 가리키는 말. 하지만 아무리 뛰어난 재능을 가졌다 한들 시대가 그를 받쳐주지 못한다면 그 힘을 발휘할 수 없다.

그의 사후(死後). 역사가들은 올리번을 도와 제국의 황금시대를 꽃피웠던 브랜 가문트와 항상 그를 비교했다.

하나 이와 반대로 프란 루레인, 비올라 그리고 루온 슈테안을 거치며 앤섬은 많은 자를 섬겼으나 그의 말로는 결국 비참한 패배와 죽음뿐이었다.

제대로 된 주인 그의 인생에 유일한 부재가 바로 그것이었다.

"제가 믿고 따랐던 주군이니까요."

카릴은 그의 말에 천천히 고개를 끄덕였다. 앤섬이 하고자 하는 말에 무슨 뜻인지 알아차렸기 때문이다.

"무슨 수를 써서라도 승리로 이끌고 싶었습니다. 하지만 저하께서는 전쟁을 시작하기도 전에 이미 패배하셨군요."

"그래서 나라는 독을 쓰려고 했군. 전쟁의 승자만이 이 잘못됨을 바로 잡을 수 있을 테니까."

"하지만 그전에 무너져 버리셨습니다. 물론, 그것을 가속화시킨 것은 당신이겠지만요."

앤섬은 날카롭게 카릴을 바라봤다. 하지만 그런 그의 시선이 하나도 두렵지 않다는 듯 카릴은 당당하게 말했다.

"나 역시 이 전쟁에 손을 집어넣은 사람 중 한 명이니까. 네가 나를 이용했듯 나 역시 너희를 이용한 것뿐."

"글쎄요. 감당할 수 없는 자를 이용하려 했던 것 같습니다."

앤섬은 쓴웃음을 지었다. 전쟁을 승리로 이끌기 위해서 카릴을 쓴 것은 잘못된 것이 아니었으나 그의 말대로 카릴 맥거번이란 존재가 너무나도 강했다.

카릴은 그런 그를 바라보며 생각했다.

'나는 그가 프란을 떠난 뒤 비올라에게 가게 될 경우 혹시나 생길 불화에 대해서 걱정을 했었던 적이 있다.'

변한 미래, 아니, 현재. 왕의 기질을 가진 비올라는 더 이상 힘없는 전생의 왕녀가 아닌 한 나라 아니 삼국을 통일할 수장이었다.

'바보 같은 걱정이지.'

하지만 카릴은 앤섬을 바라보며 나지막하게 웃었다. 의미를 모르는 앤섬으로서는 그저 물끄러미 바라볼 뿐이었다.

'애초에 그녀에게 앤섬을 내어주지 않으면 그만인 일인 것을.'

후대의 역사가들이 평가했듯. 앤섬 하워드에게 능력 있는 군주를 맞이할 수 있었다면 그의 역량은 호랑이의 등에 날개를 달게 되는 것과 같을 것이다. 그렇다면 그 날개를 달아줄 군주는 그 어떤 면을 보더라 하더라도 비올라보다 자신이었으니까.

그리고 지금. 카릴은 앤섬에게 손을 내밀어야 할 때라는 것을 직감했다.

"앞으로 어떻게 할 생각이지? 전쟁은 아직 끝나지 않았다. 주군이 몰락했으니 남은 자들의 결말은 결국 패배겠지."

"……."

"네가 할 수 있는 일이라면 그저 남은 자들에 대해 튤리가 자비를 베풀어주길 기도하는 것뿐이겠지만……."

앤섬은 고개를 저었다.

"자비라……. 문 에테르를 무너뜨린 것은 둘째치고서라도 테릭스 경의 목을 베고 남은 비룡을 빼앗았습니다. 그런데 튤리 경께 자비를 빌 수 있겠습니까."

카릴의 말에 앤섬은 낮은 한숨을 내쉬었다.

"제 목을 내어드리고 그 분노가 사그라진다면 다행이겠으나……. 이를 바라는 건 불가능하겠죠."

혹한(酷寒)의 여왕. 눈으로 뒤덮인 화이트 벙커 속 왕좌에 앉아 있는 얼음과도 같은 튤리 루레인의 얼굴을 떠올리며 앤섬은 자비란 단어가 그녀만큼 어울리지 않는 사람도 드물 거라 생각했다.

"모든 것이 당신의 생각대로입니다. 도망칠 구멍조차 남겨주지 않았군요."

"글쎄."

포기한 듯 말하는 앤섬에게 카릴은 담담한 목소리로 대답했다.

"네 말대로 나는 잔인하다."

카릴은 단 한 번도 자신을 포장하려 하지 않았다.

"내가 걸어갈 길은 가시밭길이며 그 길에는 비난과 원망이 있을 테고 때로는 흘린 피를 밟고 서 있어야 할 것이다."

남을 평가하듯 그는 자신 역시 냉정하게 말했다.

"아니, 이미 많은 피를 밟고 서 있지. 나는 조금 전 수천의 목숨을 빼앗았다."

카릴을 바라보는 앤섬의 눈빛이 떨렸다.

"하지만 반대로 나는 아군의 목숨을 살리기도 했다."

어째서일까. 아군(我軍)이란 단어를 듣는 순간 앤섬은 자신도 모르게 심장이 찌릿한 기분이었다. 프란 루레인에게 그토록 듣고 싶었던 이 단어를 카릴에게서 들었기 때문일까.

"나는 성왕(聖王)이 될 수는 없다."

카릴은 어깨를 으쓱했다.

"뭐, 애초에 그러고 싶은 마음도 없지만."

장난스러운 듯한 반응이었지만 오히려 그런 모습조차 특별해 보였다.

"하지만 적어도 너에게 영광된 승리는 줄 수 있다."

그리고 그 특별함은 이제 진실됨으로 점철되었다.

"나는 확신한다. 그것이 네가 따르는 자가 줄 수 없는 진실되고 확실한 승리일 것임을. 나는 누구에게도 타협하지 않으며 오직 내 손으로 쟁취할 것이니까."

두근…… 두근…….

앤섬의 심장이 빠르게 뛰었다.

"과거 제도왕이라 불리던 하워드 가문의 후손인 네가 공국에 힘을 빌려주는 이유는 속국이 되어버린 제도의 섬들에 살고 있는 주민들 때문이라는 것을 알고 있다."

"설마……."

카릴은 앤섬이 무슨 생각을 하는지 알겠다는 듯 대답 대신 고개를 저었다.

"나는 그들을 인질로 쓸 생각 없다. 그들 역시 나의 비호 아래 둘 것이니까."

그러고는 손을 뻗어 뒤를 가리켰다.

"제도의 백성들뿐만 아니라 공국에 이제 너를 믿는 수많은 목숨이 있다. 지금 환호하는 아군들처럼 말이지."

마력이 담긴 카릴의 목소리가 전장에 울려 퍼지자 주위에 있던 드레이크들이 일제히 날개를 펼쳤다.

"앤섬 하워드."

그는 다시 한번 이름을 불렀다.

"나의 비호 아래 있을 그들을 나는 최선을 다해 지킬 것이다. 그 길에 비록 희생이 따를지언정 패배란 없다."

앤섬 하워드는 떨리는 눈으로 카릴을 바라봤다.

"튤리에게서 저들을 지켜라. 더불어 앞으로 쓰여질 공국의 미래 역시 말이다."

마치 거대한 산을 마주하는 것처럼 압도되는 위압감에 그는 숨을 제대로 쉴 수도 없을 것 같은 기분이었다.

"나를 따라라. 내가 힘을 주겠다."

대성벽(大城壁) 요만.

웅성…… 웅성…….

집결한 병사들의 목소리가 막사 밖에서 들리는 듯싶었다.

"너희들인가? 코에 자신 있는 녀석들이."

막사의 천막이 걷히며 세리카는 다섯 명의 병사를 바라보며 말했다. 소란스러움은 단박에 사라지고 그녀의 물음에 그들의 얼굴에 긴장감이 가득했다.

"병사 중에 산민 출신들을 추스르고 그중에서 다시 북쪽 숲에 살던 자들만을 모았습니다."

세리카 로렌은 경례를 하며 보고를 하는 부관의 말에 고개를 살짝 꺾었다.

"흐음……."

지금 이곳에 서 있는 병사들은 똑같은 의문이 들 것이다.

어째서 자신들을 불렀을까?

그리고 그건 그들을 바라보는 기사들 역시 마찬가지였다.

'도대체 저 꼬마가 뭘 하려는 속셈인지……. 어째서 프란 경께서는 이런 아이에게 요만전(戰)을 맡기신 것인지 도무지 이해가 안 되는군.'

그중에서도 가장 불안한 것은 대성벽 아래에 있는 프란 군의 지휘관이었다. 기껏 열댓 살밖에 되지 않아 보이는 꼬마에게 목숨을 맡겨야 한다는 것은 오랜 세월 전장을 누볐던 그에게는 사실상 쉽사리 용납되지 않는 일이었다.

'어차피 이길 수 없는 싸움이다. 전선을 유지하는 것만으로도 제 몫을 다하는 것인데…….'

지휘관은 세리카를 의문으로 가득 찬 눈빛으로 바라보며 생각했다.

하지만 그는 몰랐다.

오랜 경험. 전장을 누비며 박힌 그 경험이 오히려 편견을 만들고 그의 편견은 병사들에게 마치 바꿀 수 없는 진리인 양 느끼게 만든다는 것을 말이다.

대성벽(大城壁) 요만은 절대로 넘을 수 없다.

귀에 딱지가 앉을 정도로 들었던 이야기이며 당연하게도 그
것을 자랑으로 여겼다. 단 한 번도 자신들이 이곳을 공략할 일
이 생길 것이라고는 상상도 하지 못했으니까.

어디 그뿐인가. 난공불락의 요새라 불리는 요만도 요만이지
만 그를 지키고 있는 수문장이 바로 공국의 소드 마스터인 가
네스였다.

요만과 가네스. 두 이름만으로도 이미 시작 전부터 이 전장
은 자신들에게 승리를 가져다줄 수 없으리라 병사들의 머릿속
에 각인되어 있었다. 가장 든든했던 아군은 적이 되었을 때 누
구보다 매서운 상대가 되어버리니까.

당연하게도 그저 그들이 할 수 있는 것은 대치 상황을 유지
하는 것뿐이라 여겼다.

하지만.

"우리는 대성벽을 넘을 것이다."

세리카 로렌은 너무나도 당당하게 그들의 앞에 단언하듯 말
했다.

처음에는 귀를 의심했다. 지금까지 누구도 공격할 엄두조차 내지 못했던 일이었으니까. 불가능이라 여겼던 생각을 느닷없이 자신들을 찾아온 한 여자애가 깨부수려 했다.

처음에는 모두가 비웃었다. 어디서 굴러들어 온 것인지 모를 애송이의 헛소리라고 치부했다.

'하지만…… 앤섬 경까지 그리 말씀을 하셨으니……'

미심쩍었지만 누구도 그녀를 막진 않았다. 어차피 얼마 가지 못하고 제풀에 지칠 거라 생각했으니까.

하루, 이틀, 사흘, 나흘……. 그러나 시간이 지나도 그녀는 매서운 눈보라가 치는 성 밖을 하루도 빠짐없이 살피고 조사했다. 공국에서 살았던 자신들도 버티기 힘들 정도로 요만의 눈보라는 살인적이었다.

그런 곳을 아무렇지 않게 수십 시간씩이나 조사를 나선다는 것은 엄두도 내지 못할 일일 것이다.

하지만 그녀는 해냈다. 아니, 지금도 매일 수십 시간 동안 눈보라 속을 헤치며 그 고통스러운 조사를 하고 있었다.

마치 승리를 위해서 감내해야 할 당연한 일인 것처럼 아무런 불평불만도 없이 말이다.

'인정할 수밖에 없다.'

어느샌가 그녀를 바라보는 병사들의 시선이 달라졌다. 결과를 떠나 적어도 그녀의 진심은 확인한 것이니 말이다. 단순히 애송이의 치기라고 생각하기에는 이제 그녀가 진지하게 요만 공략을 준비하고 있다는 것을 알았고 그녀의 모습은 패배를 단정하고 전장에 임한 자신들을 꾸짖는 것 같았다.

일주일 후. 세리카 로렌은 성벽으로 나서기 전 처음으로 그들을 소집했다.

"자신 없는 자는 가도 좋다. 너희들에게 지금 바라는 것은 일반적인 일이 아니니까. 평생 산속에 처박혀 사는 이민족들도 하기 어려운 일일지 몰라."

그녀의 말에 병사들은 어리둥절한 표정으로 서로를 바라봤다. 도대체 무슨 일을 시키려고 하는 것이기에 이렇게까지 겁을 주는 것일까.

"하지만 이 일을 완수해 낸다면 너희는 누구보다 영광스러운 자리의 주역이 되겠지."

두근- 두근-

아무렇지 않게 말하는 그녀의 말에 병사들은 자신도 모르게 심장이 빠르게 뜀을 느꼈다.

전투보다 전쟁에 어울리는 재능. 카릴이 아직 완성되지 않은 그녀를 전장에 투입시킨 것이 바로 이러한 이유 때문이었다. 어린 나이였지만 그녀의 말에는 고양감이 있었다.

"저는 데프타르 출신입니다. 고산지대의 식물을 재배하고 채집하는 마을입니다. 지금은 병사가 되었지만 어렸을 적엔 아버지를 도와 약초를 캐러 다녔습니다. 흙에 대해서는 누구보다 자신 있습니다."

그녀의 말 때문일까. 병사 중 한 명이 호기롭게 대답하며 한 발자국 앞으로 나섰다.

"그래? 잘됐네."

"……네?"

세리카 로렌은 주머니에 한 줌의 흙을 꺼냈다. 갑작스러운 행동에 병사는 당황스러운 표정으로 그녀를 바라봤다.

"맡아봐."

"……네?"

어리둥절한 표정으로 사람들을 한번 쓱 훑던 병사는 어색하게 그녀가 건넨 흙을 받아 냄새를 맡았다.

"이건……."

순간 병사의 표정이 살짝 굳어졌다.

"쉿."

그러고는 뭔가를 말하려 그녀를 바라본 순간 세리카는 눈썹을 씰룩이고는 검지를 세워 입술을 가렸다.

"내가 처음 와서 했던 질문 기억해?"

세리카는 고개를 돌렸다. 그의 옆에 서 있는 소년병이 고개를 끄덕였다. 요만에 온 뒤로 그녀의 시종을 맡고 있는 병사는 그녀가 성벽을 조사할 때 쭉 함께한 자였다.

"왜 공국의 소드 마스터가 이곳에 있는 것인지 하는 질문이 셨습니다."

"맞아."

세리카는 고개를 끄덕이고는 들어오라는 듯 손짓했다.

"현재 이곳의 병사가 몇이나 되지?"

"3천입니다. 하지만 공격을 감행할 수 있는 병력은 아니기에 앤섬 경께서 요만의 경계를 최우선으로 하라 명하셨습니다."

"그럼 저놈들은?"

"……네?"

"성안에 몇 명이나 있지? 그래도 같은 공국이었으니 알지 않겠어? 그동안 추가된 병력이 없다면 말이야."

지휘관은 세리카의 물음에 황급히 고개를 끄덕이고는 대답했다.

"아마……. 주둔군 자체는 저희와 비슷하지 않을까 싶습니다. 하지만 가네스 경이 요만으로 오면서 사병 2천을 더 데리고 온 것으로 압니다."

"수비군이 총 5천에 공국 유일한 소드 마스터가 지금 요만에 있다는 말이군."

"……그렇습니다."

상상만 해도 갑갑한 기분이었다. 자신들보다 더 많은 병력에 대성벽이라는 지형적 장점 그리고 가네스까지…….

"이상하지 않아?"

"……네?"

하지만 그런 그들의 기분을 아는지 모르는지 세리카는 담담한 목소리로 물었다.

"공국 역사상 단 한 번도 공략되지 않은 대성벽. 공국의 자랑이라고 할 수 있을 만큼 대단한 난공불락의 성벽에 왜 소드 마스터를 뒀을까?"

"그게 무슨……."

"소드 마스터의 위용은 굳이 설명하지 않아도 모두 알겠지. 그 한 명으로 승패가 바뀌지. 나라면 그를 전선에 투입시키겠어. 훨씬 더 많은 것을 할 수 있도록 말이지."

"그야 그렇지만……."

기사들은 어안이 벙벙한 표정으로 그녀를 바라봤다.

"지금까지 단 한 번도 공격받지 않았다는 것은 뒤집어 생각하면 누구도 요만을 공격해 본 적이 없다는 뜻이잖아?"

그녀는 목소리에 힘을 주어 말했다.

"정말로 대성벽이 넘을 수 없는 벽인가? 누가 증명을 해줄 건데?"

"……네?"

"만약 반대라면? 너희가 당연하게 믿고 있는 진실이 사실은 만들어진 뜬소문에 불과한 것이라면?"

"마, 말도 안 됩니다."

"내 아비는 그저 그런 용병에 불과했지만 공국 이외에 많은 나라를 다녀왔던 일들을 내게 이야기해 줬다. 그리고 나 역시 공국을 벗어나 많은 것을 보면서 내린 다짐이 있다."

세리카 로렌은 병사들을 한번 훑으며 말했다.

"내 눈으로 보기 전까지는 아무것도 믿지 않겠다."

그녀는 지휘관을 바라봤다.

"대성벽의 진실이 공국 유일한 소드 마스터인 가네스가 사병까지 데리고 지켜야 할 정도로 취약한 곳이기 때문이라면 당신은 어떻게 할 거지?"

누구도 그녀의 말에 어떠한 반박도 하지 못했다. 지금까지 그런 의심을 해본 적이 없었으니까.

"어떻게 하긴. 확인해 봐야지."

그녀는 말을 잃어버린 그들을 향해 피식 웃으며 말했다.

"하, 하오나……. 그건 단순히 예측에 불과하지 않습니까. 정말로 대성벽이 넘을 수 없는 천혜의 요새라면요? 그저 적에게 목숨을 주는 꼴밖에 되지 않을 겁니다."

지휘관은 떨리는 목소리로 조심스럽게 그녀에게 말했다. 그러자 그녀 역시 이해한다는 듯 고개를 끄덕였다.

"맞아. 그래서 저들을 부른 거야."

"……네?"

세리카는 묘한 미소와 함께 긴장 가득한 얼굴로 서 있는 병사들을 가리켰다. 그중에서도 조금 전 그녀가 주머니에서 꺼냈던 흙의 냄새를 맡았던 병사의 얼굴이 유난히 굳어졌다.

"대성벽 안에 비밀이 잠들어 있을지도 몰라."

그녀는 막사 밖 내리치는 눈보라를 바라봤다.

"어쩌면 지금의 북부에서는 상상할 수 없는 과거 열사(熱砂)의 비밀이 말이지."

지휘관은 여전히 이해되지 않는다는 얼굴로 그녀를 바라봤다. 하지만 세리카는 확신에 찬 목소리로 말했다.

"어디 한번 보지. 정말로 넘을 수 없는 장벽인지 아니면 지금까지 너희들을 속여 왔던 약하디약한 모래성이라 저런 괴물을 세워둔 것인지 말이야."

"키누, 어떻게 생각해?"

"무슨 말씀이십니까."

밀리아나는 쌍 봉우리를 바라보며 말했다.

"저 협곡의 이름이 프라우 햇(Frau Hat)이라지? 귀부인의 모자…… 이름 한번 잘 지었다는 생각이 들지 않아?"

하지만 그녀의 말에 키누는 이해가 가지 않는 듯 고개를 갸웃거렸다. 그도 그럴 것이 대초원에서만 살아온 그가 귀족의 세계라든지 귀부인의 장식 따위에 관심을 가져본 적이 있을 리가 없었으니까. 귀부인의 모자가 쌍 봉우리와 무슨 연관인지 알지 못했고 알고 싶지도 않았다.

그에게는 그저 넘어야 할 작은 언덕에 불과했으니까.

"공국에는 오래전부터 챙이 큰 모자를 여인들이 즐겨 썼지.

얼굴을 가리고 표정을 숨겨 공국에는 '여인의 마음을 훔치려면 모자의 끈을 풀어라'라는 말이 생겨 날 정도였거든."

"으흠."

"저 쌍 봉우리 사이에 있는 협곡. 마치 모자에 가려진 여인의 얼굴과 같아. 어떤 얼굴이 숨어 있는지 알 수 없거든. 어쩌면 함정이 세워 우리를 기다리는 것일지 모르지."

키누는 그녀의 설명을 들었지만 여전히 큰 감흥이 없다는 듯 담담한 목소리로 대답했다.

"글쎄요……. 남부에 비한다면 저건 봉우리라 부르는 것도 우습지요. 뭔가를 숨길 만큼 대단하게 보이지도 않습니다만."

밀리아나는 그의 말에 피식 웃었다.

"그런 것 치고는 꽤나 시간을 지체했어. 이러다가 꼬마 녀석에게 선수를 빼앗길지도 몰라."

"여제께서 조급해하시는 것처럼 보입니다. 설마 대성벽이 정말로 무너질 것이라 보십니까?"

키누는 오히려 조금 전 쌍 봉우리에 대한 감상보다 요만에 대한 이야기에 흥미를 가지는 듯 물었다.

"그곳은 어차피 시간 끌기지 않겠습니까."

"꼭 그렇지도 않아. 요만이 난공불락이라는 소문이야 워낙 유명하지만 카릴이 승산도 없이 세리카를 그곳에 배치했다고는 생각하지 않으니까."

"아무리 그렇다 해도……. 열여섯이 된 지도 얼마 되지 않은 아이일 뿐입니다. 내전을 겪긴 했지만 도망친 게 고작. 사실 전쟁을 제대로 경험해 본 적도 없습니다. 그런 아이가 과연 수천의 병사를 지휘할 수 있을지……."

"하지만 안티홈의 훈련을 받은 아이야. 카릴은 그 아이를 특별하게 생각하는 것 같더군. 분명 우리가 모르는 뭔가를 알고 있는 거겠지."

키누 무카리는 세리카를 타투르에서 처음 봤을 때 확실히 그녀가 범상치 않다는 것을 느꼈다. 하지만 어디까지나 개인의 능력에 따른 것일 뿐 그녀가 싸우는 모습을 보지 못한 그로서는 밀리아나의 걱정이 조금은 과하다 여겼다.

"나 역시 세리카의 능력에 대해서는 아직 확신하지 못한다. 하지만 그녀의 능력을 떠나 문제는 우리지."

"네?"

"세리카는 난공불락의 요만을 견제하는 것이니 실패한다 하더라도 핑계를 댈 수라도 있어. 한마디로 말해 밑져야 본전인 전장이지. 하지만 우린? 이곳은 내전에서 유일하게 승기를 잡은 곳이야."

밀리아나는 프라우 햇을 가리키며 말했다.

"우리는 승리를 해야 본전이란 말이지. 그것도 단순한 승리로는 부족해. 행여나 세리카가 요만을 공략하게 된다면 우리는 무조건 일착(一着)으로 진격해야 겨우 면이 서겠지."

"그러시면……."

"나는 이제 카릴 녀석이 무슨 생각으로 나를 이곳에 투입 시켰는지 알겠어. 세리카가 있는 전장엔 공국의 창인 가네스가 있다고 했지?"

키누 무카리는 그녀의 말에 고개를 끄덕였다.

"그녀가 아무리 뛰어나다 하더라도 현 소드 마스터를 이기는 것은 힘들 거야. 그럼에도 공략을 성공한다는 것은 그녀가 전투가 아닌 전쟁으로 승리를 쟁취한다는 것이겠지."

밀리아나는 피식 웃었다.

"하지만 나는 달라."

순간 그녀에게서 느껴지는 강렬한 기운에 키누는 오싹한 기분이 들었다.

"가장 먼저 승리를 취하는 것뿐만 아니라, 나 밀리아나의 면이 서기 위해서는 전쟁이 아니라 전투로 이곳의 승리를 얻어야 한다는 것이겠지."

그녀는 허리 뒤쪽에 엑스 자로 교차해서 메고 있는 아크와 게일을 움켜쥐며 말했다.

"프라우 햇에 지금 브라운 앤트에서 후퇴한 병력까지 6천 정도가 있다고 했지?"

"그렇습니다."

밀리아나는 키누를 향해 고개를 끄덕였다.

"나 혼자 가겠다. 용의 여왕이 어떤 존재인지 공국 촌뜨기들에게 보여주지."

공국의 소드 마스터인 가네스는 성벽 아래를 내려다보았다. 프란 군을 상징하는 닻이 그려진 깃발이 매서운 바람에 흔들리고 있었다.

육안으로 보일 정도로 지척에 있는 적군. 지금까지와는 달리 이렇게 가까이 대치를 하고 있는 것은 전쟁이 발발한 이후 처음이었다.

"화이트 벙커에서는?"

"이렇다 할 지시는 없었습니다. 요만을 지키는 것만으로도 전쟁의 승기를 잡을 수 있다 하셨습니다."

"흐음……."

그는 부하의 보고에 살짝 입술을 깨물었지만 이내 곧 고개를 끄덕였다.

'며칠 전 요만으로 2천 정도의 적의 지원군이 충원되었다. 병력의 수는 비슷하다. 대성벽을 끼고 있는 우리에겐 큰 문제는 되지 않는다.'

그의 생각대로 숫자는 문제가 않는다.

하지만 태도가 달라졌다. 그러나 적은 지금까지와 달리 단순히 요만을 두고 대치하고만 있는 것이 아닌 전투태세를 갖추어 밖으로 나온 것이다.

'적의 증원군이 왔다는 것은 다른 곳에서 아군의 패배가 있었을지도 모르는데…… 툴리 경께서는 아직 전황이 괜찮다 생각하시는 것일까.'

그는 위세 높은 요만을 믿으며 패배를 산정하진 않았다. 다만 여전히 이해할 수 없는 것은 이 정도로 탄탄한 수비를 갖춘 요만에 불필요하게 자신의 발이 묶여 있다는 것이었다.

'저 정도의 숫자라면 차라리 공세를 펼쳐 끝내 버리는 것이 나았을 텐데.'

가네스는 이미 자신의 후회가 늦었다는 것을 알았다.

"놈들이 대성벽을 넘을 리는 없겠지만 적의 공격을 대비하라 일러라. 반격을 기회 삼아 이번에 놈들을 소탕한다."

"네!!"

부하는 경례를 하고는 서둘러 성벽 아래로 내려갔다. 가네스는 여전히 자신의 거대한 할버드를 바닥에 세워 들고서 적군을 주시했다. 얼마 전부터 자신의 신경을 거슬리게 하는 한 사람이 오늘도 어김없이 성벽 위를 바라보고 있었기 때문이었다.

머리에 뒤집어쓴 흰뿔토끼의 털로 만든 새하얀 망토 안으로 보이는 연보랏빛 머리칼은 공국에서도 보기 드문 희귀한 것이었다.

'마법사인가.'

저런 대접을 받는 자가 일반 병사일 리는 없고 어린 나이에 저런 위치에 있을 수 있는 인물은 대부분 마법사밖에 없었다.

그리고 가네스의 추측은 틀리지 않았다.

다만.

'저런 꼬마까지 전장에 나온 건가.'

그런 생각이 그를 씁쓸하게 만들 뿐이었다. 물론 그 역시 십 대에 전장에 투입되었고 살아남고 살아남아 끝내 소드 마스터라는 위치까지 오르게 되었다.

하지만 자신은 남자다. 성차별적인 말일지 모르지만 소년이었을 때부터 검을 쥐고 싶은 욕망으로 살아왔던 자신과 달리 눈앞에 보이는 소녀는 그저 귀엽게 보일 뿐이었다.

"……음?"

하지만 성벽 위에서 세리카 로렌을 내려다보던 가네스의 표정이 굳어졌다. 고개를 들어 자신을 향해 웃는 소녀는 정말로 환한 미소로 아무렇지 않게 가운뎃손가락을 펼쳤다.

그러고는 그 손가락을 자신의 목에 가져가 가로로 그으며 혀를 내밀었다.

가네스는 기가 차다는 표정으로 그녀를 바라봤다. 하지만 그가 뭐라 하기도 전에 먼저 움직인 것은 그녀 쪽이었다.

전장에서의 자비? 그것이야말로 만용이자 사치라는 것을 누구보다 세리카는 잘 알고 있었으니까.

와아아아아아아-!! 와아아아-!!

그녀가 팔을 머리 위로 높이 들자 병사들은 함성을 내지르며 달리기 시작했다.

"미련한……."

가네스는 그런 적군을 바라보며 중얼거렸다. 아무리 봐도 그의 눈엔 그들은 불을 향해 뛰어드는 불나방에 불과했다.

"그저 내전에 불과할 뿐. 죽음이 두려울 정도로 사명이 있어 싸우는 것도 아닐 텐데……. 목숨을 쉬이여기는 지휘관을 둔 잘못이겠지."

그는 고개를 저었다. 성벽 위에서 쏟아지는 화살들. 상식을 벗어 난 높이 차 때문에 위에서 떨어지는 화살들은 일반적인 화살보다 몇 배의 속도로 병사들을 향해 날아갔다.

슉-! 슈슉-!! 타다당-!! 타다다다당-!!

머리 위로 거대한 카이트 실드(Kite Shield)를 들고 있는 방패병들이 가장 선두에 서서 달렸다. 방패로 튕겨 나가는 화살들은 마치 빗소리처럼 요란하게 울렸고 쏟아지는 화살은 결국 두꺼운 강철마저 꿰뚫어 여기저기에서 병사들이 쓰러지기 시작했다.

"진격하라!!"

지휘관의 외침에 가네스의 시야가 아주 잠깐 이동했다. 흰 망토를 쓰고 있던 세리카의 모습이 너무나 눈에 띄어 오히려 지휘관을 망각하고 말았다.

'저놈부터 처리해야겠군.'

가네스는 이런 지리멸렬한 전투를 최대한 빨리 끝내겠다고 생각했다. 그러기 위해서 가장 좋은 방법은 역시나 지휘관의 목을 베는 것이었다.

턱-

그가 성벽의 끝에 발을 얹고는 천천히 마력을 끌어모았다.

지직…… 지지직……!!

그의 특유의 속성인 뇌(雷)의 마력이 번뜩이자 할버드의 날이 전격을 머금었다. 하지만 어딘지 모르게 그 힘이 조금은 약해 보였다. 그도 그럴 것이 할버드의 재료는 울티마툼(Ultimatum). 수 속성을 지닌 광물이었다.

반면 그의 속성은 번개. 비록 물과 번개가 상극은 아니지만 완벽한 힘을 이끌어낼 수는 없었다.

콰아아아앙-!!

하지만 소드 마스터인 그에게 그건 큰 문제가 되지 않았다. 성벽의 끝을 밟고 뛰어오르려는 찰나.

'언제…….'

가네스는 아주 잠깐이지만 시야에서 사라진 세리카를 찾았다. 마법사란 모름지기 후방에서 병사들의 호위를 받으며 마법을 쓰는 것이 당연한 일이었다. 그렇기에 가네스는 후위에서 그녀를 찾았다.

하지만 놀랍게도 그녀는 진격하는 병사들 사이에서 오히려 그들보다 더 앞서 성벽에 다가와 있었다.

턱-

세리카 로렌은 마치 처음부터 목표한 곳인 양 병사들 무리에서 나와 성벽 어딘가에 손을 집어넣었다.

움찔.

그 순간 그는 어째서 서로가 대치된 상황에서 지휘관보다 일개 마법사인 그녀가 자꾸 눈에 들어왔는지 알 수 있었다.

그의 본능이 경고하고 있었던 것이다.

그녀는 위험하다고.

"헉, 헉……."

병사들은 주위를 두리번거리며 어디서 떨어질지 모를 적의 공격을 경계하며 잔뜩 긴장된 표정을 지었다. 모두가 처음 세리카에게 뭔가를 찾으라고 특명을 받았던 자들이었다.

"내 아버지 말이야. 실력 없는 용병이었지만 성격은 좋았는지 덕분에 이런저런 자들이 우리 여관을 많이 찾았어."

그들은 이런 급박한 상황에서 왜 그런 과거사를 이야기하는지 이해할 수 없다는 표정으로 세리카를 바라봤다.

"개중에 대부분은 쓰레기들도 있었지만 이따금 음유시인이라든지 별의별 이야기를 알고 있는 사람들도 있었어. 다들 용병 시절에 만났던 자들이라나?"

하지만 그녀는 오히려 이 상황을 즐기듯 나지막하게 중얼거렸다.

"그때 누가 재밌는 소리를 했었거든."

세리카는 성벽을 더듬더듬 만지다가 살짝 눈썹을 찡그리고는 피식 웃었다.

우우우우웅······!! 우우웅······!!

그녀는 있는 힘껏 스태프를 성벽 안으로 찍어 눌렀다. 날이 달린 창과 같은 지팡이가 푸욱-! 하고 그 안으로 들어갔다. 있는 힘껏 마력을 쏟아 내기 시작하는 그녀는 눈빛을 반짝이며 말했다.

"사실, '먼 옛날 북부는 사막이었다'라고 말이야."

쩌적······ 쩌저저적······!! 쩌저저적······!!

순간 세리카의 스태프가 박힌 벽이 우지끈거리는 갈라지는 소리가 나면서 금이 가기 시작했다. 처음에는 한 줄이었던 금은 위로 올라갈수록 마치 거미줄처럼 수십 갈래로 나누어졌고 금은 거기서 멈추지 않고 믿을 수 없는 속도로 옆으로 퍼지기 시작했다. 성벽 안에 갈라진 틈 속에 뭔가가 부풀어 오르더니 마력을 이기지 못하고 터지자 그 안에 차가운 물이 다시 새하얀 김을 내며 얼기 시작했다.

'성벽 안에서 얼음이 언다?'

'저게 뭐지?!'

병사들은 단단하게만 보였던 요만의 대성벽이 너무나도 쉽게 금이 가는 것을 보며 놀라지 않을 수 없었다.

콰아아아앙······!! 콰가가강······!!

성벽이 거세게 흔들리면서 지진이 일어나듯 땅이 울리기 시작했다.

"뭐, 뭐야?! 갑자기 무슨……!!"

성벽 위의 병사들이 중심을 잃고 쓰러지기 시작했다.

"이 뿌리는 원래 하팝이라 불리는 고대 선인장의 일종이야. 남부에서 가끔 남아 있긴 하지만 거의 사라진 식물이지. 덩굴보다 질기고 자라게 되면 주위의 흙을 움켜쥐는 성질이 있어 이따금 과거에 흙벽을 세울 때 사용했다더라."

세리카는 금이 가는 성벽을 바라보며 피식 웃었다.

"그런데 이게 원래는 이런 혹한 속에서 사는 식물이 아니거든. 그래서 처음에는 나도 반신반의했지."

그녀는 어깨를 으쓱했다.

"하지만 다행히 사실이고……."

푸욱-!!

반대쪽 뿌리에 다시 한번 스태프를 박아 넣으며 그녀는 낮은 목소리로 말했다.

"선인장은 수분을 머금고 있다는 것도 사실이지."

세리카는 하팝 안에 있는 수분을 마력으로 강제로 얼어붙게 만들었다. 선인장 안의 수분이 얼음으로 얼어 팽창하게 되면서 성벽 안쪽이 강제로 부풀게 되고 내부에서부터 폭발하듯 터지기 시작하는 성벽은 외부에 그 어떤 보호 마법이 있다 한들 아랑곳하지 않고 성벽을 무너뜨리기 시작했다.

쿠그그…… 쿠그그그그……!!

가네스는 놀란 눈으로 그녀를 바라봤다. 성벽 안쪽에서 나온 선인장의 뿌리들이 힘을 이기지 못하고 날뛰기 시작했다.

쫘자작……!! 쫘자자자작……!!

위로 솟구치며 성벽의 정상까지 도달한 균열은 이제 가로 방향으로 파도처럼 매섭게 밀려가기 시작했다.

콰득-!! 콰가가강-!!

균열 사이로 얼어붙은 두꺼운 뿌리가 부풀어 오르다 힘을 이기지 못하고 산산조각이 나버렸다. 뿌리들이 부서진 공간과 균열의 벌어진 틈이 맞물려 성벽엔 커다란 구멍들이 생겨났다. 세리카가 그 안으로 마력을 흘려보내자 공간들에 물이 차오르더니 다시 한번 얼음으로 변하며 팽창하자 성벽의 균열을 더 밀어내기 시작했다.

크드드드득……!!

그러나 성벽이 마치 고통스러워 울부짖듯 요란한 소리를 내기 시작했다.

"얼음이 떨어진다!!"

"모두 피해!!"

균열이 강해지자 성벽 자체가 흔들리고 맨 위의 쌓아 놓은 벽돌들이 부서져 떨어지기 시작했다.

콰가강!! 콰강!!

성벽의 잔해들은 차가운 공기로 얼어붙어 있었고 낙석들은 마치 거대한 얼음덩이처럼 굉음과 함께 지상에 있는 병사들의 머리 위로 떨어졌다.

여기저기서 부서지기 시작하는 대성벽(大城壁). 요만의 마법사들이 황급히 얼어붙어 터져 나가는 선인장을 제어하기 위해 죽을힘을 다하고 있지만 이미 성벽 밖으로 튀어나온 뿌리들이 북부의 차디찬 냉기 때문에 얼어붙는 속도를 마법사들이 따라가지 못하고 있었다.

"대성벽이…… 붕괴된다."

"말도 안 돼……."

병사들은 전투 중이라는 것도 잊은 채 마치 차츰차츰 부서지고 있는 성벽을 바라봤다.

그들은 역사상 단 한 번도. 그리고 앞으로도 있지 않을 것이라고 믿어 의심치 않았던 광경에 꿈을 꾸고 있는 것 같은 기분이었다.

그리고 그것은 가네스 역시 마찬가지였다. 대성벽 안쪽에 저런 식물이 자라고 있다는 것도 알지 못했거니와 저 정도의 마력을 쓸 수 있는 마법사가 적군에 있을 것이라는 생각도 하지 못했다.

꽈득-

하지만 그는 요만의 문을 지키는 수장.

넋을 잃고 바라보던 것도 잠시. 충격은 분노로 바뀌고 병사들과 달리 냉정함을 되찾은 그는 무너지는 성벽에서 내려와 세리카를 바라보며 이를 갈았다.

그 순간 세리카 로렌은 살짝 입술을 내밀고는 손가락으로 목을 그으며 말했다.

"덤벼."

►Chapter 4◄

　"대성벽의 틈이 생겼다!!"

　지휘관의 외침과 함께 병사들의 사기는 북부에서 가장 추운 전장임에도 불구하고 지금 모든 내전의 전장을 통틀어서 가장 불타오르고 있었다.

　"모두 전력을 다해 성벽을 넘어라!!"

　와아아아아아아-!! 와아아아-!!

　병장기들이 부딪히는 소리가 요란하게 울렸다.

　"적이 절대로 성벽을 넘지 못하게 하라!"

　"방패병들은 즉각 이동하라!!"

　"궁수부대!! 사격 준비!!"

　밀려 들어오는 적들을 보며 요만 수비군의 지휘관들 역시 다급하게 소리쳤다. 믿었던 대성벽이 무너졌지만 훈련이 잘되어 있는 병사들인 만큼 그 충격에서 벗어나 적의 공격을 막기 시작했다.

"크악!! 크으윽⋯⋯!!"

다만 더 이상 성벽의 이점을 살릴 수는 없었다.

"싸워라!!"

"적을 밀어붙여!!"

병사들은 어쩔 수 없이 무너진 성벽 쪽에 집중될 수밖에 없었다. 구멍에서 일어나는 접전에 여기저기 병력이 분산되고 전투의 장소 역시 협소해져 병력의 차이는 무의미해졌다.

가네스는 마력을 담은 할버드를 있는 힘껏 횡으로 그었다.

콰아아아아앙-!!

뇌전이 담긴 그의 창격이 번뜩이며 무너진 성벽으로 들어오려는 병사들을 반토막 내버렸다.

촤아악!! 촤작⋯⋯!!

머리에서 허리, 다리 할 것 없이 두 동강이 나버린 병사들의 시체에서 뿜어져 나오는 핏물이 성벽 주위에 흩뿌려졌다.

"으⋯⋯ 으윽."

"역시⋯⋯ 소드 마스터⋯⋯."

부서진 틈 사이로 단 한 명이 서 있을 뿐이었지만 단 일격으로 그 어떤 접전지보다 더 많은 희생자가 생겼다. 삽시간에 수십, 아니, 수백 명의 병사가 죽었다.

병사들의 핏물이 가득 고인 웅덩이는 아직 열기가 식지 않은 듯 새하얀 김이 피어오르더니 쌓여 있는 눈에 스며들며 얼어붙었다. 가네스의 위용에 병사들은 주춤하며 자신도 모르게 뒷걸음질 치고 말았다.

"말도 안 되는 짓을 저질렀군. 대성벽을 무너뜨리다니. 이런 짓은 그 어떤 지략가도 할 수 없는 일일 터. 공국에서 너와 같은 자는 처음 보는데……. 정체가 뭐지?"

하지만 가네스는 병사들에게는 관심 없다는 듯 그들에게 시선을 주지 않고 걸음을 옮기며 한 사람만을 바라봤다.

"적에게 칭찬? 여유만만이네. 알 거 없잖아? 너희들도 남들 사정까지 생각해 주면서 전쟁을 벌이진 않으면서."

그의 시선이 닿은 곳에 있는 세리카 로렌은 당차게 대답했다. 처음 내전이 일어났을 당시 지내던 집이 포격으로 불탔었다. 목소리엔 진심이 담겨 있었다. 그녀 역시 당시엔 한 명의 피해자에 불과했으니까.

'괴물이로군……. 카릴이나 밀리아나와는 다른 느낌이야.'

표정은 아무렇지 않았지만 멀리서만 보던 가네스가 이렇게 발치에 오자 그녀는 그의 기세를 전신으로 느낄 수 있었다. 온몸의 털이 쭈뼛하고 서는 느낌.

'이길 수 있나?'

언제나 자신만만한 그녀인데도 불구하고 가장 먼저 든 생각이 그것이었다.

"숫자는 호각. 대성벽이 무너졌다 하더라도 요만이 무너지는 일은 없을 터. 일단 너를 잡는 것이 우선이겠군."

"나 역시."

가네스는 소드 마스터인 자신의 앞에서도 기세에 눌리지 않고 당당한 그녀를 신기하게 바라봤다.

"널 잡아야 할 이유가 있거든."

"과연."

그의 입꼬리가 신기하게 올랐다. 대륙에서 다섯뿐인 소드 마스터의 반열에 오른 뒤에 오히려 그는 더 많은 도전과 가르침을 바라는 자들을 만났었다. 하지만 어떤 형식이 되었든 그들의 목적은 결국 자신의 한계를 시험하고 뛰어넘기 위해 가네스를 통해 도움을 얻고자 하는 것이었다.

"오랜만이군."

가네스는 피식 웃었다.

얼마 만인가. 상대의 강함을 떠나 이렇게 목숨을 버리고 덤비는 적을 상대하는 것이 말이다.

"하는 말만큼 실력도 뛰어난지 보지."

"듣기로 미늘(Halberd)이라는 이명을 가지고 있다고 하던데……. 버리는 게 어때? 제대로 무기를 쓰지도 못하는 것 같은데."

"뭐?"

"그냥 나한테 넘겨."

세리카는 기다란 스태프를 허리 뒤로 돌렸다. 그 모습을 보며 그는 살짝 눈썹을 찡긋했다.

"타핫!!"

날카로운 외침과 함께 그녀의 스태프가 차갑게 얼어붙었다. 엘프의 마법봉인 싸락눈을 기반으로 만든 그녀의 창은 확실히 특이한 물건이지만 가네스의 흥미를 돋우게 만든 것은 다른 부분이었다.

'저 자세…….'

살짝 의외라는 표정으로 그녀를 바라보던 가네스는 피식 웃으며 고개를 저었다.

쩌저적……!!

세리카의 발아래 쌓여 있던 눈덩이들이 차갑게 얼어붙으며 그녀가 박차고 뛰어오르며 스태프를 비틀었다.

촤르르륵……!!

두 손바닥을 마주한 채로 그녀가 스태프의 손잡이 부분을 비비듯 밀어내자 창날이 날카롭게 회전했다.

파앙!! 파바방-!!

싸락눈의 끝부분이 빛나며 날카로운 얼음 날이 생성되며 가네스를 향해 날아왔다.

"흡……!"

가네스가 숨을 멈췄다. 할버드를 잡고 있는 손에 힘을 주며 아래에서 대각선으로 창날을 밀어 치자 쏟아지는 얼음 날들이 요란한 소리와 함께 부서졌다. 달려오는 세리카를 향해 가네스는 오히려 그 안으로 파고들었다.

"……?!"

일반적인 할버드는 기본적으로 찌르는 창날과 휘두를 수 있는 도끼날 그리고 도끼날의 반대쪽에 찍어 걸어 당기는 부리와 같은 갈고리가 있다. 세 가지의 공격이 모두 가능한 것이 할버드의 이점이라지만 가네스의 것은 달랐다.

철컥-!!

할버드의 날이 세리카의 뒤를 노렸다. 도끼날 대신 마치 거대한 검날을 달아 놓은 것 같은 형태였기에 휘두르기보다는 낫처럼 적을 걸어 잡아당기는 공격법을 주로 사용할 수밖에 없었다. 그렇기 때문에 상대와 할버드의 창대만큼의 거리가 벌어져 있어야 했다. ……라고 생각한 것이 세리카가 가네스의 할버드를 보고 판단한 공격법이었다.

'반격을……!'

세리카는 생각지 못한 가네스의 돌진에 당황스러운 듯 이를 악물었다. 피할 곳이 없었다. 뒤쪽에는 가네스의 할버드 날이 있어 자칫 잘못 움직였다가는 목이 달아 날 판이었다.

지금까지와는 전혀 다른 전투법. 가네스는 그의 할버드를 공격 수단이 아닌 적의 움직임을 봉쇄하는 용도로 사용하는 것이었다.

"젠장!!"

그녀는 욕지거리를 내뱉으며 고개를 아래로 숙이며 할버드의 날을 피하려 했다. 하지만 숙인 얼굴을 향해 다가오는 가네스의 손바닥이 순식간에 그녀의 시야를 가렸다.

퍼억……!!

단 한 방으로 정신이 아득해질 것 같은 충격이었다.

픽!! 퍼버벅-!!

하지만 가네스의 공격은 멈추지 않았고 할버드를 잡고 있던 손마저 놓은 채로 그는 창이 공중에 떠 있는 단 몇 초의 시간 동안 그녀에게 수십 번의 주먹을 날렸다.

"커컥……!!"

세리카의 고개가 이리저리 흔들렸고 배와 옆구리 그리고 마지막으로 턱에 꽂히는 순간 그녀의 머리가 뒤로 홱 하고 젖혀졌다.

그 순간 기다렸다는 듯 공중에 띄워 놓았던 할버드의 창대를 가네스는 있는 힘껏 잡아당겼다.

부우웅……!!

할버드의 날이 그녀의 목을 향해 떨어졌다.

끼기기긱!!

쇠가 갈리는 듯한 소리와 함께 그 짧은 순간에 몸을 튼 세리카는 스태프를 양쪽으로 들어 날을 막았다.

"프로스트 핸드(Frost Hand)!!"

그녀가 마법을 읊자 스태프가 차갑게 얼어붙으면서 그에 맞닿아 있는 할버드의 날까지 새하얀 서리가 달라붙었다.

쩌적……!! 파앙!!

두 개의 무구가 얼음으로 얼어붙었다. 세리카가 자신의 스태프를 떼어 내며 외쳤다.

"아이스 필드(Ice Field)……!!"

가네스의 발아래 커다란 빙판이 만들어졌다. 찰나의 순간이지만 그의 동작이 움찔하며 멈춰 섰다.

"흐아아아!!"

엉망이 된 얼굴로 그녀가 가네스의 급소를 노렸다.

쌍극(雙戟).

창의 머리가 크게 휘면서 세리카의 창날이 마치 두 개가 된 것처럼 기묘한 창로로 가네스를 노렸다.

'마법을 이런 식으로 쓰는 마법사는 처음이로군. 검사들의 마력 운용은 결국 마력을 응축시키는 것에 불과한데…….'

그녀는 마법과 창술을 합친 것이 아닌 전투에 있어서 마법은 마법대로 창술은 창술대로 각각의 술법을 조화롭게 이어서 사용하고 있었다. 마치 한 몸으로 두 가지의 일을 동시에하는 것과 같은 것이었다. 변화무쌍한 그 모습은 결코 마법사라 생각되지 않을 정도로 빨랐다.

'흑참칠식(黑斬七式)? 아냐, 조금 달라.'

가네스는 그녀의 공격을 막으며 놀란 듯 눈을 동그랗게 떴다. 예상 밖의 강함이 아니라 자세에 놀랐기 때문이었다. 그만큼 그녀의 창술은 창왕의 그것과 흡사했다.

가네스 역시 마력을 집중하자 도끼날에 붙었던 얼음들이 눈이 녹듯 사라졌다.

'하지만 느려.'

확실히 세리카의 동작은 빠르다. 하지만 그것은 마법사라는 기준으로 봤을 때 상대적으로 빠르다는 것일 뿐 소드 마스터인 가네스의 눈에는 한없이 느렸다.

카그극!! 카가가가각-!!

날카롭게 찔러 드는 창날과 함께 세리카는 자신의 신체를 극한으로 몰아세웠다. 하지만 가네스는 현란한 그녀의 공격을 여유롭게 받아 냈다. 만약 상대가 소드 익스퍼트의 수준이었다면 그녀의 마법이 만들어낸 틈으로 찔러 드는 창술을 막아 낼 수 없었을 것이다.

콰득-!!

가네스가 할버드를 들어 올리며 풍차처럼 회전시키자 날카롭게 찔러 오던 세리카의 스태프가 그 사이에 끼어 버티지 못하고 우지끈-! 하는 소리와 함께 부서지고 말았다.

"……!!"

가네스가 할버드의 창대로 세리카의 어깨를 내리찍었다.

"컥!!"

둔탁한 소리와 함께 그녀의 몸이 눈밭에 처박혔다.

"네 창술은 창왕의 것과 비슷하면서도 다르군. 관계가 있나?"

그가 창대를 지그시 누르자 그녀의 어깨가 당장에라도 부서질 듯 파르르 떨렸다.

"크, 크윽!! ……없어. 창왕이 누군지도 몰라. 본 적도 없으니까. 다만 그자가 봤다는 안티홈의 책들을 보고 생각해 낸 것뿐이야."

세리카는 바닥에 고통에 찬 목소리로 대답했다. 그녀의 대답에 가네스는 더욱 흥미롭다는 표정으로 바라봤다.

"……본 적도 없는 창술을 독학으로 만들어냈단 말인가?"

"기본이 어떤지는 모르겠지만 창법을 만드는 데 참고한 책들만 봐도 어느 정도는 알 수 있으니까."

'독학으로 만든 창술이 창왕의 흑참칠식과 거의 흡사하다니…….'

가네스는 기가 막혔다.

"너는 창술가인가?"

그가 물었다.

"아니."

"그럼 창을 배운지는?"

"……제대로 잡은 것은 1년도 채 되지 않아."

세리카는 어째서 이런 시시콜콜한 것을 묻는 것이냐는 듯 인상을 찡그렸다.

'죽이기 아까울 정도로 엄청난 재능이로군.'

그는 세리카에게 매료된 듯 전장이라는 것도 잊은 채 한동안 그녀를 바라봤다.

"확실히 내 패배야."

그녀는 두 손을 들고는 부러진 스태프를 던지면서 말했다. 어깨에 박힌 할버드를 바라보며 입맛을 다셨다.

"공국 최강이란 말이 틀리지 않군. 한 1년, 아니, 반년 정도만 내게 시간이 있었다면 달라졌을 텐데."

가네스는 너무나도 당연하게 말하는 세리카의 모습에 어이가 없어 웃음이 났다. 그녀의 나이는 고작해야 열댓 살에 불과해 보였다. 가네스는 소드 마스터인 자신과 검을 나누고 나서 내린 결론이 고작 1년도 안 되는 간극(間隙)뿐이라는 말에 기가 찰 뿐이었다.

"그 자신감도 나쁘지 않다. 다만 적으로 만나게 아쉽군. 너 같은 인재를 죽이는 것이 말이야. 내전은 곧 끝난다. 너희는 패배하겠지. 차라리 내 밑으로 들어오는 것이 어떠냐."

"누가 패배를 한다 그래?"

가네스의 말에 세리카는 코웃음을 쳤다.

"……뭐?"

당돌한 그녀의 대답에 그는 어이가 없다는 듯 되물었다.

"결투는 졌지만 전쟁은 내 승리야."

세리카는 여전히 바닥에 누운 채로 말했다. 하지만 그녀의 시선은 가네스를 바라보고 있지 않았다.

그의 뒤에 있는 상공을 향하고 있었다.

와아아아아-!! 와아아-!!

무너진 성벽 아래로 들리는 환호성.

"……!!"

가네스는 황급히 고개를 들었다.

화아아아아악……!!

그 순간 무너진 요만의 성벽 뒤로 날아오르는 거대한 날개가 있었다. 태양을 가리던 날개를 접고 하늘을 선회하던 드레이크가 천천히 지상으로 착지했다.

와그득- 와그득-

드레이크의 입에는 아직도 피를 흘리고 있는 반쯤 잘린 병사의 시체가 물려 있었고 녀석은 성에 차지 않는 듯 질근질근 시체를 씹고 있었다.

'저 고삐는…….'

가네스의 얼굴이 굳어졌다. 진홍의 붉은 갈기와 같은 비늘이 턱 양쪽에 자라나 있는 거대한 드레이크는 확실히 다른 그 어떤 녀석들보다 눈에 띄었다.

공국의 기사라면 모를 수가 없는 비룡이었다.

'비룡 1부대의 단장인 테릭스의 드레이크이지 않은가. 1부대가 출진을 한 건가? 하지만 어째서 이곳에…….'

그 순간 당연한 일이지만 드레이크의 머리 위에서 내리는 사람은 테릭스가 아닌 한 소년이었다.

"수고했다, 세리카. 가네스와의 결투는 제법 볼만했어. 좋은 경험이 됐으리라 생각한다."

"……일부러 이제 온 거지?"

그녀는 처음 가네스의 공격에 바닥에 쓰러졌을 때 보였던 드레이크의 날개를 떠올리며 입술을 씰룩이며 대답했다.

꿀걱-

가네스는 잔뜩 긴장된 얼굴로 자신도 모르게 마른침을 삼켰다. 소드 마스터인 자신이 본능적으로 경계하고 있다는 사실에 그는 다시 한번 놀라지 않을 수 없었다.

"대성벽은 무너졌다."

어느새 눈보라가 멈추고 맑은 공기를 뚫고 카릴의 목소리가 전장에 울려 퍼졌다.

"요만전은 우리의 승리다."

"넌 누구지?"

가네스는 경계를 하며 물었다.

"나는 타투르의 주인인 카릴이다. 공국 내전의 프란을 돕기 위해 왔다."

가네스는 그의 대답에 살짝 고개를 갸웃거렸다.

"타투르……? 자유도시가 독립국가가 되었다는 소식은 들었는데……. 설마 왕이 직접 이곳에 올 줄은 몰랐군. 그럼 이 자도 그곳 출신인가."

카릴은 그가 가리킨 세리카에게 잠깐 눈길을 주고는 고개를 끄덕였다. 그의 대답에 가네스는 쓴웃음을 지었다.

"그렇군……. 프란 경은 내부의 일에 다른 세력까지 끌어들이신 건가."

"그건 그쪽도 마찬가지일걸."

"뭐?"

"이 내전은 단순히 공국 안의 세력 다툼만은 아니거든. 우든 클라우드가 개입되어 있으니까 말이야."

가네스는 그의 말에 놀랍지 않다는 표정으로 대답했다.

"우든 클라우드는 과거부터 공국의 비밀 단체이다. 그들의 개입은 외부의 개입이라 할 수 없지. 공국을 위해 존재하는 자들이니까."

"그래? 그럼 그들이 누구 편인데?"

"……뭐?"

"공국 기사의 1인자라 할 수 있는 당신도 모르나 보군. 하긴 루레인가(家)의 핏줄인 자조차 속임을 당하는 현실이니 별로 놀라운 일은 아니겠지."

"……."

"진실을 알게 될 때까지는 그리 오래 걸리지 않을 것이다. 이 내전이 종결됨과 동시에 말이지."

카릴은 가네스를 바라보며 말했다.

"소드 마스터, 가네스. 창을 내려놓고 현실을 직시해라."

콰아아앙-!!

가네스가 세리카의 어깨에서 할버드를 빼내며 지면을 강하게 내려쳤다. 바닥에 쌓여 있던 눈들이 들썩이며 새하얀 눈보라가 일렁였다.

"그 말은 지금 내게 전장을 포기하라는 뜻인가?"

"이미 네 전투는 패배했다."

"글쎄. 설사 요만이 무너진다 하더라도 화이트 벙커가 함락되는 것은 아니다. 뿐만 아니라……."

할버드에서 날카로운 마나 블레이드가 솟구치기 시작했다.

"내가 있는 이곳을 그냥 지나갈 수 있으리라 생각하느냐."

가네스의 말에 카릴은 입꼬리를 올렸다.

"흐음, 내게 하는 말이야? 나는 저기 뻗어 있는 애랑은 다르다고?"

콰아아앙-!!

그 순간 가네스의 몸이 휘청거리며 뒤로 밀려났다.

"큭?!"

그는 뒤로 밀려 나는 힘에 황급히 할버드의 창대를 지면에 박아 넣었다.

콰드드득……!! 카가각……!!

할버드의 창대가 활처럼 휘며 바닥을 사정없이 긁기 시작했다. 수십 미터를 뒤로 밀려 나가고 난 뒤에야 가네스는 간신히 멈출 수 있었다.

"……."

그의 얼굴이 놀라움으로 굳어졌다. 비단 그뿐만이 아니었다. 평상시라면 놀리듯 말한 카릴에게 뭐라 한마디 했을 세리카도 가네스와 마찬가지로 긴장된 표정이었다.

'마력의 농도가 훨씬 짙어졌어. 저 뱀 문양 때문인 건가? 타투르에서 봤을 때도 괴물이었는데 지금은 그때하고도 비교하기 힘든걸.'

눈썰미가 좋은 세리카는 카릴의 팔에 마치 살아 있는 것처럼 움직이는 푸른 뱀의 문양을 바라보며 생각했다. 이따금 정말 뱀의 비늘이 생긴 것처럼 그의 손등이 반짝이는 기분이 들었다.

"흐음."

카릴은 마치 장비를 살피듯 검을 쥐고 있는 팔을 한 번씩 들었다가 내리며 낮게 중얼거렸다.

"조금 더 올려볼까."

지직…… 지지직……. 지지직…….

그가 마력을 집중하자 푸른 뱀의 문양이 서서히 보랏빛을 띠기 시작했다. 얼음 발톱이 주위의 가득한 냉기 덕분에 즐거운 듯 더욱 강렬한 예기(銳氣)를 뿜어내기 시작했다.

'저런 마나 블레이드는 처음 보는데…….'

가네스는 긴장된 모습을 카릴의 아케인 블레이드를 바라보며 자세를 취했다. 그런 카릴을 바라보며 그는 뒷목에서 식은 땀이 주르륵 흐르는 기분이었다. 아니, 실제로 흐르고 있었다. 눈밭으로 덮인 냉기 가득한 이곳에서 땀이 흐르고 있단 말이었다. 그 정도로 극도의 긴장감이 그의 전신을 휘감고 있었다.

'소드…… 마스터?'

어째서 이제야 눈치를 챈 걸까. 그는 처음 카릴을 봤을 때 느꼈던 떨림의 이유를 뒤늦게 깨닫고 말았다. 너무나 오랜 세월 동안 대륙 10강의 체제가 굳어져 있었고 언제부터인가 소드 마스터의 숫자는 5명이라는 생각이 당연하게 받아들여지기 시작했다.

그 익숙함이란 비단 일반인들에게만 적용되는 것이 아니었다. 소드 마스터라는 경지에서 오는 우월감과 자신보다 뛰어난 사람이 나올 수 없다고 생각하는 안일함.

"너……. 소드 마스터인가?"

가네스는 떨리는 목소리로 물었다. 카릴을 마주하는 그의 반응은 고든 파비안과는 판이하게 달랐다.

'하긴 그와는 다르겠지. 일국의 기사니 말이야. 서 있는 위치에서 오는 부담감은 달갑지 않을 거야.'

대륙을 자유롭게 돌아다니고 어느 한 곳에 소속되지 않은 용병인 고든 파비안과 달리 국가에 소속되어 있는 크웰과 가네스는 카릴을 대하는 태도가 다를 수밖에 없었다.

새로운 소드 마스터의 등장은…… 동료이기 이전에 자신의 나라에 위해를 가할 수 있는 새로운 적의 등장이라 먼저 생각될 수밖에 없으니까.

"왜? 그게 놀랍나? 이런 촌구석에 있으니 소식이 많이 늦나봐. 5인의 소드 마스터? 그 체제가 무너진 게 언젠데."

"……뭐?"

카릴의 대답에 가네스의 얼굴이 굳어졌다.

"세대 교체는 시작되었다. 나 말고도 이미 소드 마스터는 존재하고 앞으로 더 많은 강자가 나타날 것이다."

그의 손에 의해 이미 완성된 밀리아나를 비롯해서 그레이스 판피넬 그리고 란돌 맥거번, 수안 하자르와 에이단 하밀까지……. 카릴의 머릿속엔 이미 신탁 전쟁을 위해 자신을 보좌할 소드 마스터들이 준비되어 있었다.

"그리고 그들은 나를 따를 것이다."

얼음 발톱을 지면에 세워 두 손을 포개어 손잡이 위에 얹고서 카릴은 말했다.

"가네스 아벨란트. 그대의 생각은 어떻지? 나를 따를 생각은 없는가?"

"미친놈. 이런 짓을 해 놓고 그런 말이 나오나? 그것도 공국의 기사에게 말이야. 못하는 소리가 없군."

"그런 얘기 많이 들어."

더 이상의 대화는 무의미했다. 고든 파비안이나 밀리아나 때와 마찬가지로 절정에 달한 강자들과 대화는 입이 아닌 검으로 해야 하는 것이었으니까.

얼마의 시간이 흘렀을까. 대치하고 있던 두 사람 중 먼저 움직인 것은 가네스였다.

"흐아아압!!"

첫 일격의 위력을 기억하고 있는 가네스는 가만히 서서 카릴의 공격을 막았다가는 위험하다는 것을 본능적으로 알고 있었다.

그는 있는 힘껏 할버드를 휘둘렀다. 노란빛의 전격을 뿜어내는 창이 호를 그리며 카릴을 노리며 날아왔다.

파파팟……!! 팟!! 츠앙-!!

하지만 가네스의 공격보다 카릴의 움직임이 더 빨랐다. 그의 할버드는 분명 눈으로 좇을 수 없을 정도의 속도였지만 거의 제자리에서 공격을 피하는 카릴에 비하면 너무나 느리게 느껴졌다.

부웅……!! 부우우웅……!! 콰가가각-!

할버드의 날에서 뿜어져 나오는 전격의 마나 블레이드가 검기가 되어 솟구쳤다.

크그그그그극-!!

카릴이 몸을 움직이며 위에서 아래로, 오른쪽에서 왼쪽으로 연이어 이어지는 검격을 피하자 목표를 잃은 검기들이 뒤에 있는 부서진 성벽에 부딪히며 요란한 소리를 냈다.

꽝음은 한 번으로 끝나지 않았다. 하지만 공격을 거듭할수록 가네스의 얼굴은 초조해지고 굳어만 갔다. 쉴 새 없이 퍼부었지만 제대로 닿는 공격은 하나도 없었기 때문이었다.

"같은 소드 마스터라 할지라도 개개인의 차이는 명백하군.

한 나라의 최강이라 하기엔 고든 파비안보다 못한데."

카릴은 가네스의 창을 피하면서 말했다. 도발적인 말이었지만 그에겐 소드 마스터끼리의 강함을 논하기 이전에 카릴이 고든을 만났다는 것에 더 놀라웠다.

'고든 파비안……? 설마 그자와도 검을 섞었단 말인가…… 그러고도 살아 있단 소리는…….'

교도 용병단의 단장이 어떤 인물인가. 자신에게 검을 겨눈 자를 그냥 살려둘 리가 없었다.

그렇다면 두 가지 중 하나였다. 눈앞에 있는 이 소년이 고든 파비안을 이겼든지 혹은 그에게 인정을 받았다든지.

전자든 후자든 그의 강함이 증명되는 것엔 차이가 없었다.

"흡……!!"

가네스의 발아래가 지진이라도 일어난 것처럼 엄청난 진동이 일어났다. 그가 마력을 끌어 올리며 할버드를 머리 위로 들어 올렸다.

콰가가강!! 콰가강!!

그 순간 하늘에서 낙뢰가 떨어졌다.

[크르르륵……!!]

드레이크가 놀란 듯 번쩍이는 벼락에 날개를 펄럭이며 상공으로 날아올랐다.

'저런 기술이 있었나?'

세리카를 상대할 때와는 다른 중압감이 그에게서 뿜어져

나오자 그녀는 더욱 자신과 두 사람의 차이를 실감했다.

콰가가가가각……!!

할버드의 날이 금빛을 뛰어넘어 새하얗게 변할 정도로 맹렬한 전격이 뿜어져 나왔다.

전력을 다한 한 방. 비록 일격이긴 했지만 묵직한 가네스의 공격은 확실히 일전의 고든 파비안을 압도할 정도였다.

그러나 카릴은 자신을 향해 날아오는 전격의 검을 바라보며 조금 전과 달리 피할 생각을 하지 않았다.

"냉기(冷氣)."

손바닥을 펼치자 서리처럼 새하얀 얇은 얼음이 장갑처럼 손을 감쌌다.

"빙결(氷結)."

손 위에 생성된 한 겹의 얼음 가루들이 그의 주문에 따라 뭉쳐졌다.

"빙환(氷環)."

그의 영창이 다시 한번 이어졌다. 작은 얼음덩이가 3개로 나눠지면서 둥근 고리를 만들었다.

'뭘 하려는…….'

세리카는 의문 가득한 표정으로 카릴을 바라봤다.

모두가 1클래스의 낮은 마법에 불과했다.

팟-!!

눈앞에 있던 카릴이 속도를 높이자 잔상만을 남긴 채 사라졌다. 할버드가 내려치기 바로 직전 카릴은 얼음 고리 하나를 손바닥에 올리며 그의 공격을 쳐냈다.

콰아아앙!!

가네스의 할버드가 휘청거렸다. 단순히 힘으로 막으려 했다면 아무리 카릴이라 하더라도 묵직한 할버드에 손목이 완전히 날아가 버렸을 것이다. 둥근 얼음 고리가 일차적으로 할버드의 공격을 막으며 타점을 흐트러뜨렸다.

고리는 그 즉시 산산조각이 나버리고 말았지만 아주 미세하게 각이 틀어지며 공격을 빗겨 나가게 만들면서 전체적으로 할버드의 궤도가 크게 어긋나 버렸다.

콰아아앙-!!

묵직한 할버드가 굉음을 터뜨리며 바닥에 처박혔다. 카릴은 찰나를 놓치지 않고 허리를 숙이며 다른 두 개의 고리를 밀어 넣었다.

"큭?!"

가네스의 발목에 얼음 고리가 걸리자 카릴은 고리를 있는 힘껏 당겼다. 1클래스로 만든 얼음의 내구도는 당연히 약할 수밖에 없어 카릴이 잡아당김과 동시에 산산이 부서졌지만 그 충격만큼은 고스란히 전해졌다.

가네스는 중심을 잡기 위해 안간힘을 썼지만 혼신의 힘을 다해 할버드를 휘두른 것이 오히려 독이 되어버리고 말았다.

얼음 조각들이 사방으로 흩어지자 그 사이를 파고들며 카릴이 검을 내질렀다.

얼음 발톱이 마치 뱀의 송곳니처럼 꺾이며 가네스의 발목을 베었다. 검의 기세는 거기서 멈추지 않고 검격이 그의 허벅지를 타고 올라가며 옆구리를 베며 깊은 상처를 내며 지나갔다. 입고 있던 갑옷이 마치 두부 잘리듯 잘려 나가며 그의 허리에서 붉은 피가 흘러내렸다.

"크윽?!"

가네스가 비틀거렸다. 하지만 카릴의 공세는 멈추지 않았다. 단 한 번도 유효한 공격을 내지 못했던 그와 달리 카릴의 검격은 검이 움직이는 족족 가네스의 급소를 노렸다.

쾅! 쾅!! 콰가가각······!!

두꺼운 그의 갑옷이 충격을 이기지 못하고 부서지기 시작했다.

순간 소드 마스터인 가네스의 패배에 놀라는 병사들과 달리 세리카의 눈빛은 다른 의미로 흔들렸다.

"저 인간······."

지금 가네스를 상대하는 방식은 결코 그녀가 알고 있는 카릴의 방식이 아니었기 때문이었다.

마법에서 검술로 이어지는 연계기, 그건 세리카의 방법이었다. 카릴은 마치 조금 전 그녀와의 차이를 비교해 주는 것처럼 마법으로 가네스의 움직임을 막고 틈을 만든 것이었다.

이런 사실을 다른 사람들은 알 리 없었지만 눈치 빠른 그녀는 단번에 알아차렸다.

'일부러 그랬어.'

세리카는 부서진 스태프 대신 주먹을 꽉 쥐었다. 안티홈에서 훈련을 끝낸 이후 강해졌다고 생각했던 그녀에게 카릴은 일부러 더 높은 벽을 보여주었다. 그것도 자신의 싸움법으로 자신보다 더 완벽하게 소화를 해내었으니 말이다.

"첫……."

세리카는 입맛을 다셨다.

그녀는 확실히 요만전을 승리로 이끌었다. 하지만 가네스와의 결투에서 졌다는 것과 카릴이 그를 같은 방식으로 이긴 것에 그녀의 승부욕에 더욱 불을 지폈다.

"이제 끝내는 게 좋겠군."

카릴의 말과 동시에 일순간 대성벽 주위로 어둠이 깔리기 시작했다.

[크르르르르르-!!]

[카아아악-!]

날카로운 포효가 여기저기에서 들려왔다. 가네스는 상공을 바라보더니 전의를 상실한 듯 자신도 모르게 낮은 한숨을 토해내고 말았다.

'한 마리가 아니었나…….'

그는 상공을 가득 채우기 시작하는 수십 마리의 비룡을 바라보며 이 이상의 저항은 무의미하다는 것을 깨달았다.

"저 비룡들의 의미는 굳이 설명하지 않아도 알겠지."

드레이크들이 지금 이곳에 모여 있다는 것은 이미 비룡 1부대가 그에게 전멸을 당했다는 것을 말한다. 그뿐만 아니라 그것은 곧 내정의 중심지라 할 수 있는 빈프레도 전선에 문제가 생겼다는 것이기도 했다.

'튤리 경께서는 어째서……'

하지만 그는 알지 못했다. 빈프레도 전선에서 일어난 일이 화이트 벙커에 보고되기 전에 카릴의 더 빨리 움직였다는 것을.

"병사들의 목숨을 헛되이 버릴 생각이라면 계속 싸워도 괜찮아. 하지만 과연 나조차도 막을 수 없는 당신이 내 비룡들까지 감당해 낼 자신이 있을까?"

카릴이 손을 들어 올리자 드레이크들이 마치 그의 명령을 알아들은 듯 원을 그리며 상공을 선회하기 시작했다.

쿠그그그그……

수십 마리의 비룡들이 불을 뿜기만 하더라도 지상에 있는 병사들은 삽시간에 불탈 것이다.

투웅.

그 충격만큼 가네스의 대답을 대신하듯 그의 손에서 떨어진 할버드의 울림만이 병사들의 귓가에 울려 퍼졌다.

"……졌다. 내 목을 가져갈 생각이라면 그리 해라."

카릴은 가네스를 바라보며 예의 그 입꼬리를 올렸다. 그 의미를 이제 카릴의 부하들이라면 모두 알고 있었다.

"죽이긴 왜 죽여? 당신은 할 일이 따로 있어."

"이제 어쩔 셈이야?"

거점으로 돌아온 세리카는 굳은 얼굴로 물었다. 요만의 패잔병들을 빠르게 처리한 뒤 대기 명령을 내린 지휘관 역시 그녀의 옆에서 긴장된 얼굴로 카릴의 말을 기다렸다.

그도 그럴 것이 공국 최강이라 불리는 가네스를 혼자 제압한 것도 모자라 비룡 1부대의 드레이크를 타고 왔으니 당연한 반응이었다.

"게다가 저 드레이크들은 또 뭐야?"

"빈프레도 중류에서 합류 한 잔류군이다. 패잔병들을 아군으로 합류시키는 것쯤은 전쟁에서 흔한 일이잖아?"

카릴은 대수롭지 않은 듯 말했다.

'……그거야 패잔병이 인간이니까 가능한 일이지.'

세리카는 능글맞게 말하는 그를 바라보며 기가 막힌다는 표정을 지었다.

"브라운 앤트로 지원을 갈 생각이야? 그 여자, 소드 마스터라고 콧대 세워 말하더니 당신과 함께 온 게 아닌 걸 봐서는 아직도 발이 묶여 있나 보지?"

그녀는 홍- 하고 코웃음을 치면서 말했다.

'소, 소드 마스터가 또?!'

옆에 있던 지휘관은 세리카의 말에 입을 떡 벌리고는 놀란 얼굴을 감출 수가 없었다. 그도 그럴 것이 수십 년간 나타나지 않았던 소드 마스터가 두 명이나 나타났으니 말이다.

'어떻게 지금까지 몰랐지?'

지휘관은 카릴을 바라봤다. 두 명의 소드 마스터가 어디에 소속되느냐에 따라서도 앞으로 대륙의 판도가 충분히 바뀔 수 있었기 때문이다.

물론 그 둘이 이미 한 같은 편이라는 것을 지휘관이 알 리가 없었지만.

'이럴 때 창왕님께서 계셨더라면……'

하지만 지휘관은 뒤늦은 후회라는 걸 알았다. 5대 소드 마스터 중 나머지는 교도 용병단의 고든 파비안이었고 권왕이라 불리는 발본트.

하지만 이 둘은 소속된 곳이 없었다. 대륙의 강대국이라 하는 제국과 공국에도 소드 마스터는 한 명뿐인 것을 감안했을 때 두 명의 소드 마스터의 등장은 큰 의미를 가졌다.

그렇기에 더욱 창왕의 부재가 아쉬웠다.

언급된 4명의 소드 마스터를 제외하고 마지막 한 명인 창왕(槍王) 더스틴 필립. 그는 원래 공국 소속의 소드 마스터였지만 다섯의 소드 마스터 중에 가장 많은 나이로 스스로 은퇴를 선언하고는 존재를 감추었다.

더스틴은 은퇴를 하던 날. 앞으로 서북부 어딘가에서 전원 생활을 즐기겠다고 했지만 사실 공국의 서북부는 공국 영토 내에서 가장 많은 맹수와 몬스터가 서식하는 곳이었으니 그가 쉽사리 창을 놓았으리라 생각되진 않았다.

그는 가네스를 믿고 자신의 자리를 내어주었지만 이런 식으로 그가 패할 것이라고는 상상도 하지 못했을 것이다.

"브라운 앤트라면 걱정하지 않아도 돼. 그녀는 너와는 달리 확실하게 늪을 점령했을 테니까. 아마 지금쯤 프라우 햇으로 진격하고 있을걸."

"나와는 다르다니?"

세리카가 살짝 인상을 찡그렸다.

"수준이 달라. 손이 많이 가는 어린아이와는 달리 그녀는 도움이 필요 없다는 말이지."

아무런 대답을 하지 않았지만 그녀의 이마에 살짝 힘줄이 들어가는 것을 카릴은 놓치지 않았다.

"안 그랬으면 이미 가네스의 할버드에 목이 날아갔겠지. 내가 대단하긴 하지만 아직 사령술을 익힌 건 아니라고. 잘린 목을 붙이는 방법은 몰라."

그녀의 반응이 재밌다는 듯 카릴은 놀리듯 말했다.

"……확실히 도움을 받았어."

어쩐 일인지 평상시 같았으면 그런 그에게 한마디 할 그녀였지만 의외로 순순히 인정했다.

카릴이 세리카를 바라봤다. 아무렇지 않은 척했지만 그녀는 처음으로 죽음이란 공포를 체감했다.

강하고 당차지만 아직 어린 나이. 죽음이 절대로 익숙할 수 없었고 상상조차 해본 적 없을 것이다. 당연한 일이지만 가네스와의 일전(一戰)으로 인한 후유증은 쉬이 가시지 않는 것이 당연한 일이었다.

"네가 지휘를 했던 전장이다. 그 자리에서 울지 않은 것만으로도 너는 충분히 강한 거야."

카릴은 그런 그녀를 바라보며 피식 웃었다.

"아직 손이 좀 많이 가지만 말이지."

"무, 무슨……"

그녀의 어깨를 가볍게 두들기며 말하자 세리카는 얼굴을 붉히며 소리쳤다.

"반년이라고 했던가? 가네스와의 간극을 따라잡을 수 있다고 말한 시간. 앞으로 우리가 겪어야 할 전쟁은 길다. 반년이란 시간은 생각보다 훨씬 빨리 지나갈 거야. 뒤처지지 않도록 멈추지 마라."

"흥…… 걱정하지 마."

"당연하지. 거두어준 목숨이니 더욱 가치 있게 쓰라고. 밥값을 하라고 보냈더니 오히려 내 도움이나 받고 말이야. 미하일을 따라가겠다고 칭얼거릴 때가 아니라고."

"……누가 칭얼거려?"

그녀는 붉어진 뺨을 감추려는 듯 쓱 손등으로 문지르고는 대답했다.

"자넨 뭔가 불안한 눈치로군."

카릴은 세리카의 뒤에 있던 지휘관을 바라보며 말했다.

"……네?"

그는 자신도 모르게 마른침을 꿀꺽 삼켰다.

"뭐, 이해는 해. 착잡한 심경이겠지. 자네는 공국 출신이니까. 비록 내전이라고는 하지만 자신의 동료를 죽이는 일. 게다가 도움을 주는 우리는 공국의 소속도 아니고."

지휘관은 카릴의 말에 당혹스러운 표정을 지었다.

"역사가 말하듯 영원한 우군은 없는 법이니까. 자네 입장에서는 언젠가 돌아올 강적으로 생각될 수 있을 거야. 우리가 적이 될까 걱정스러운 거지?"

카릴은 고개를 끄덕였다.

"좋은 지휘관이야. 눈앞의 승패에 안주하지 않고 보다 더 먼 나라의 미래를 걱정하는 자라. 확실히 그가 칭찬할 만해."

'……그?'

"하긴 그러니 세리카의 외모에 반발하지 않고 쉽게 지휘권을 넘겨준 것일 테지."

생각지 못한 칭찬에 어찌 대처해야 할지 몰라 지휘관은 머쓱한 표정을 지었다.

"자네 말대로 영원한 우군은 없겠지. 그럼 이 불안한 우리의 관계를 개선할 수 있는 방법은 뭘까?"

"……네?"

지휘관은 카릴을 바라보며 머뭇거렸다.

"영원한 우군이 되기 위한 방법."

"그, 그건⋯⋯."

"자네라면 답을 낼 수 있을 것 같은데."

그의 질문에 어떻게 대답을 해야 할지 몰라 당황해하고 있던 순간 지휘관은 카릴의 마지막 말이 자신에게 한 것이 아님을 알았다. 카릴의 시선은 그의 뒤를 바라보고 있었기 때문이었다. 그가 황급히 뒤를 돌아봤다.

"⋯⋯!!"

그 순간 지휘관은 깜짝 놀라며 황급히 뒤로 물러서서는 고개를 숙였다.

"짓궂으시군요."

"자네의 의견을 듣고 싶을 뿐이야."

카릴은 문 앞에 서 있는 남자를 바라보며 말했다.

"앤섬 하워드."

조금은 창백한 얼굴로 그는 마치 이 짓궂은 장난에 장단을 맞춰주겠다는 듯 옅은 쓴웃음을 짓고는 대답했다.

'빈프레도 중류 전선에 계실 분께서 어째서 이곳에⋯⋯.'

지휘관은 떨리는 눈으로 앤섬을 바라봤다.

"방법은 간단합니다."

모두의 시선이 그에게 쏠렸다.

"우군(友軍)을 아군(我軍)으로 만들면 됩니다."

카릴은 앤섬의 대답에 만족스럽다는 듯 고개를 끄덕였다.

"맞아."

저벅- 저벅- 저벅-

"저들은 내 밑으로 두면 되지."

걸음을 옮긴 카릴은 창밖으로 요만의 포로 수용소에 포박되어 있는 패잔병들과 그들을 지키는 프란군의 병사들을 바라보며 나지막하게 말했다.

'이, 이게 무슨……'

지휘관은 지금 자신의 눈과 귀를 의심할 수밖에 없었다. 코브에 발이 묶여 진출하지 못한 프란을 대신해서 지금까지 전선을 지켜왔던 앤섬이었다.

"그렇습니다."

그런데 지금 그가 프란이 아닌 카릴에게 머리를 숙이고 있지 않은가.

"준비는?"

"곧 끝납니다. 빈프레도의 주둔군이 집결 중입니다. 대성벽이 무너진 지금 프라우 햇이 정리된다면 화이트 벙커로 통하는 모든 길이 저희의 수중에 놓였다 할 수 있습니다."

"흐음……"

카릴은 앤섬의 말에 고개를 끄덕이고는 날짜를 세어보듯 손가락을 펼쳤다가 접었다. 그러고는 뭔가를 떠올린 듯 입꼬리를 올렸다.

"이제 길어야 2개월 안팎이겠군. 얼마 남지 않았는걸."

"네?"

"곧 제국에서 재밌는 일이 벌어질 거야."

황제 타이란 슈테안의 목숨이 얼마 남지 않았다는 사실을 알지 못하는 세리카와 앤섬은 그의 말을 알아들을 수 없다는 듯 고개를 갸웃거렸다.

"물론, 넘어야 할 산은 아직 높다. 화이트 벙커에는 실질적인 공국의 주력. 골렘 부대가 남아 있으니까."

"맞습니다. 사실…… 비룡 1부대가 저희 쪽에 있다고는 하지만 화이트 벙커의 마이스터 부대는 쉽사리 이길 수 있는 전력이 아닙니다."

"비룡 부대와 비교하자면?"

"염룡의 피를 이어받은 1부대의 드레이크들은 강하지만 골렘의 외피에는 방어 마법이 걸려 있습니다. 특히 마이스터 부대의 골렘들은 유적에서 찾은 마도 시대의 부품들로 만들어진 것들이라 각 속성에 대한 내성도 높습니다."

"흐음."

"게다가 특히나 마이스터를 이끄는 감독관이자 골렘 조종사인 윈겔 하르트가 조종하는 레볼(Revol)은 크기와 위협이 다른 골렘들과는 전혀 다릅니다."

앤섬은 카릴의 말에 어두운 안색으로 대답했다.

"제 생각엔 전면전은 피하시는 것이 좋을 듯싶습니다."

"그럼?"

"암살(暗殺)입니다."

카릴은 담담한 표정으로 옅은 웃음을 지었다.

"못 할 것도 없지만 암살로 승리하게 된다면 세간의 평은 바닥으로 치닫게 될 거야. 과연 그런 우릴 따를까?"

"백성들은 무지합니다. 주인이 누군가보다는 자신의 배를 채우고 따뜻하게 잘 수 있게 해주느냐가 더 중요하겠죠."

"내가 말하는 건 백성이 아니야. 귀족들이지."

앤섬은 생각하지 못한 부분을 지적하자 아차 싶었다.

"반란의 싹은 없애는 게 좋지. 하지만 피로 쌓아 올린 옥좌는 결국 피로 물들게 될 뿐이야."

"그럼……."

"튤리가 제거된다 하더라도 아직 공국의 공작들은 남아 있다. 나는 그들을 죽이지 않을 생각이야. 대신 귀족들을 다스리는 데 쓰고자 한다. 그런 그들이 나를 따르게 하기 위해서 필요한 것은 편법이 아닌 압도적인 힘이다."

"……하지만 마이스터 부대는 지금까지 화이트 벙커에서 나온 적이 없기에 카릴 님께서도 그들을 보지 못해서 그런 말씀을 하실 수 있으신 것일지 모릅니다. 그들을 실어 나를 배가 없어 공국에 갇혀 있을 뿐 마이스터 부대가 해협을 건널 수만 있었다면 이미 제국도 무사하지 못했을 겁니다."

그는 확신에 찬 목소리로 말했다.

"내가?"

하지만 그런 앤섬과 달리 카릴은 그의 충고에 오히려 더 눈빛을 빛냈다.

당연히 모를 것이다. 신탁 전쟁에서 마이스터 부대와 함께 타락에 대항했던 것이 카릴이라는 것을. 현재를 통틀어 그보다 대형 골렘들을 경험해 본 자는 없을 것이다.

'더불어 그 골렘만큼이나 거대한 괴물들까지……'

카릴은 굳은 얼굴로 말했다.

"걱정 마. 나는 전쟁에서 질 생각이 없다."

앤섬은 카릴의 말에 눈빛이 흔들렸다.

"……카릴 님은 제가 배신을 하고 틀리 경에게 이 사실을 알릴 수 있다는 생각을 하지 않으십니까?"

그의 물음에 카릴은 옅은 미소를 지었다.

"안 해. 너는 공국에 충성한 것이 아니라 공국에 살고 있는 백성들을 위해 있는 거니까. 어떤 사람이 이 땅에 더 유용한지 계산이 끝났을 테니까."

카릴이 그에 대해 이런 확신을 가지는 이유는 따로 있었다. 전생(前生)의 앤섬은 내전의 패배 이후 틀리를 따르지 않고 그대로 해협을 건너 이스트리아 삼국으로 넘어오게 된다.

공국의 귀족들 사이에서도 이미 그의 출중한 능력에 대해서는 의심치 않았다. 하지만 타국 출신이라는 것과 프란군이었다는 사실로부터 오는 귀족들의 경계. 그것은 마치 지휘관이 카릴의 강함에 대해 알게 된 이후 느끼는 불안감과 똑같은 것이었다.

영원한 우군이 없듯 승리한 귀족들은 이제 그가 자신의 자리를 넘볼지 모른다는 우려에 그를 내치게 되기 때문이었다. 그리고 프란이 망가진 지금 틀리의 승리 뒤에 자신의 미래가 그리 될 것임을 앤섬은 이미 알고 있었다.

"못 당하겠습니다. 정말……."

너무나도 당연하다는 듯한 카릴의 모습에 앤섬은 더 이상할 말이 없다는 듯 고개를 저었다.

"한 달 안에 내전을 종결시키겠다."

카릴은 선언하듯 말했다. 몇 달이나 걸쳐 이어진 전쟁이었다. 하지만 전쟁의 승패를 자신의 마음대로 정할 수 있는 것처럼 말하는 그의 모습을 보며 그 누구도 반박하지 못했다.

꿀꺽-

앤섬은 마른침을 삼켰다.

"출진 준비를 끝내라."

카릴은 기대하는 목소리로 말했다.

"그리하여 모두 나와 함께 제국에서 벌어질 구경거리를 보자고."

▶Chapter 5◀

늦은 밤, 카릴은 감았던 눈을 떴다.

"날 찾아왔다는 것은 나와 독대를 할 만큼의 공을 세웠다고 생각하는가?"

언뜻 보기엔 빈방이라 생각되지만 느껴지는 인기척만으로 누군지 이미 알고 있다는 듯 어둠 속을 바라보며 말했다.

"검은 눈."

어둠 속에서 그보다 더 짙은 칠흑 같은 눈동자가 카릴을 바라봤다.

"아군이든 적군이든 수장을 만나기 위해서는 그의 상응하는 것을 바쳐야 한다. 마찬가지로 그것이 자신의 수장의 목이든 혹은 적의 목이든."

카릴은 쓴웃음을 지었다.

"하지만 직위가 같다고 천칭이 항상 수평을 이루진 않는다. 그저 고리타분한 옛 규율이야. 포격 대장의 목을 벤 것도 충분한 공이다."

하지만 남자는 아무런 대답을 하지 않았다.

"자존심이 강한 건지 융통성이 없는 건지 모르겠군. 너희 일족의 수장은 이미 죽었지 않으냐. 그렇게 규율을 지키려고 한다면 확실히 해. 내 앞에 적 수장의 목을 가져와."

대답 없는 그를 향해 카릴은 신랄하게 말했다.

"당장 화이트 벙커로 가 튤리의 목을 따서 내 앞에 둔다면 네가 원하는 것을 모두 들어주지. 알겠나? 지그라 쿰."

검은 눈 일족 전사의 눈빛이 살짝 떨렸다. 카릴이 자신의 이름을 말하자 가면처럼 무표정의 얼굴이 처음으로 변했다.

"이름……. 하시르가 알려준 것입니까. 늑여우의 입은 그리 가볍지 않다고 생각했는데."

"글쎄? 그게 중요한가? 검은 눈 일족에게 이름이란 그다지 중요하지 않지. 전사에게 있어서 필요한 건 한 자루의 검과 그걸 휘두를 상대잖아."

"쿰의 이름은 다릅니다."

"그래?"

카릴은 지그라를 바라보며 말했다. 뭔가 더 알고 있는 눈치였지만 말할 필요는 없다 여겼는지 어깨를 으쓱했다.

"묻고 싶은 게 많지만 참는 눈치로군."

그러고는 말을 이었다.

"조금 전에 했던 말처럼 문 에테르를 공략할 때 자네가 포격 대장의 목을 벤 것은 비록 적의 수장은 아니더라도 수천의 목숨을 살린 것과 같다."

카릴은 마치 그리운 자를 바라보는 것처럼 검은 눈 일족의 전사를 바라보며 말했다.

"일문일답(一問一答). 그 정도는 가능하겠지."

"어째서 아그넬을 당신이 가지고 계신 겁니까."

지그라는 끝내 참았던 물음을 던졌다.

"그게 네 질문인가? 괜찮겠어? 네게 주어진 건 단 한 번의 질문이야. 좀 더 신중하게 좋아."

카릴이 되물었지만 지그라의 표정은 달라지지 않았다. 그의 반응에 카릴은 낮은 한숨을 내쉬고는 말했다.

"왜냐면 내가 검은 눈이기 때문이지."

"……!!"

"그리고 아그넬은 대전사 칼리악이 죽음 직전 내게 물려 준 것이기도 하다."

카릴이 지그라를 바라보며 만감이 교차하는 듯 가볍게 떨리는 목소리로 말했다.

"오랜만이다. 4년 만이군."

스릉-!!

그 순간 카릴은 쓴웃음과 함께 손을 들어 얼굴을 가렸다.

카르륵……. 카득…….

건틀렛의 손등에 차가운 검날이 닿았다. 그가 착용하고 있는 건틀렛은 미스릴로 되어 있는 것임에도 불구하고 맞닿은 검날이 파고들 듯 상처를 냈다. 검날이 청린(靑燐)으로 되어 있어 미스릴 특유의 마법 방어를 무시할 수 있었다.

바스락…….

부서진 미스릴 가루들이 책상 위에 떨어졌다. 하지만 청린의 속성을 떠나 미스릴 자체의 단단함을 뚫고 금을 냈다는 것은 조금 전 소리도 없던 공격이 혼신을 다한 일격이라는 것을 알 수 있었다. 그리고 당연하지만 지금 이 자리에서 그를 공격할 사람은 단 한 명뿐이었다.

"무슨 개수작이지?"

카릴은 지그라의 반응이 당연하다는 듯 생각하면서도 씁쓸함을 감추지 못하는 듯 고개를 끄덕였다.

"칼리악 님이 당신에게 아그넬을 물려주었다고? 그 전장에 네가 있었기라도 했단 말이냐."

충분히 그럴 수 있다. 마력을 가지고 있는 소년이 스스로를 검은 눈 일족이라 칭하는 것도 모자라 아그넬을 족장에게 직접 물려받았다고 했으니 말이다.

카득…… 카드드드득…….

지그라는 있는 힘껏 단검을 밀었지만 검을 막고 있는 카릴의 손은 미동도 하지 않았다.

'무슨 힘이······.'

비록 호표 부족처럼 완력이 강하진 않지만 포격 대장을 일 도양단(一刀兩斷)했던 그였다. 두 손으로 검을 눌러도 카릴의 한 팔을 이기지 못하고 있음에 지그라는 당혹스러운 표정을 지었다.

"고작 이 정도로 답을 들을 만큼 위협이 될 거 같진 않은 데······. 뭐, 일문의 기회를 봐서 대답을 해주지."

카릴이 펼쳤던 손바닥을 움켜 주먹을 쥐자 공기가 터지듯 충격파가 일었다.

카앙-!!

지그라가 잡고 있던 단검이 튕겨 나가며 그의 몸이 휘청거렸다.

"그 자리에 내가 있었다. 그리고 칼리악의 마지막을 본 사람은 오직 나뿐이다."

지그라는 카릴이 한 마디 한 마디를 할 때마다 숨이 막힐 듯한 기세를 느꼈다.

"내가 칼리악의 아들이니까."

지그라의 눈빛이 처음에 카릴이 그의 이름을 얘기했을 때와는 비교할 수 없을 정도로 떨렸다.

"라미느."

쿠으ㅇㅇㅇㅇㅇㅇ······!!

카릴의 말이 떨어지기가 무섭게 그의 주위에서 뜨거운 불길이 솟구쳐 올랐다. 당장에라도 방 전체를 태워 버릴 것 같이 보이는 거대한 화염은 놀랍게도 그 어떤 물건에도 불이 붙지 않왔다.

지그라의 눈빛이 흔들렸다. 그의 눈앞에 있는 화염의 정령왕이 잡아먹을 듯 가슴을 부풀리자 자신도 모르게 주춤하며 뒷걸음질 쳤다.

"이, 이건……."

"내가 이민족과 관련이 있다는 사실은 하시르에게 들어서 알거다. 뭐, 그 역시 내가 검은 눈 일족이라는 것은 모르지만……."

그런 그를 향해 카릴은 말했다.

"카릴이란 이름과 마력을 가진 나를 동일 인물이라 생각할수 없으니 누군가는 그저 이름을 빌린 것이라 생각하고 누군가는 내가 거짓을 말한다고 생각할 수도 있었을 거야."

화르르륵……!!

그가 손을 뻗자 라미느의 형상이 사라지며 화염은 그의 손등 위로 작은 화구(火球)가 되어 주위를 날기 시작했다.

"많은 일이 있었다. 이런 자리에서 설명을 할 수 없을 만큼. 하지만 분명한 것은 나는 마도 시대에 존재하던 마력을 얻었고 신화 시대를 살았던 정령왕과 계약했다는 것이다."

화아아악-!!

다시 한번 라미느의 불꽃이 카릴의 전신을 휘감았다. 동시에 그가 팔을 들어 올리자 손목을 타고 이번에는 푸른 뱀이 똬리를 틀고 지그라를 노려보는 것 같은 형상이 나타났다.

[캬아아악……!! 캬악!!]

날카로운 송곳니를 드리우며 그를 향해 뱀이 입을 벌렸다.

"쉽사리 믿기 어렵겠지."

챙그랑-!!

지그라는 라미느를 보았을 때보다 더 놀란 얼굴로 쥐고 있던 단검을 떨어뜨리고 말았다.

카릴에게서 느껴지는 강렬한 마력 때문이 아니었다.

"당신……."

그의 낮은 중얼거림에 카릴은 고개를 끄덕였다. 타오르는 화염처럼 붉은색을 띠던 카릴의 눈동자가 서서히 검게 변했다. 이윽고 지그라의 것과 같은 칠흑의 눈동자가 된 그는 뻐근한 듯 눈을 비비며 말했다.

"남부의 디곤도 아니고 제국인과 섞인 혼종도 아닌 순수한 북부의 이민족 중 마력을 가진 자는 유일무이할 테니까."

카릴은 세워놓은 거울에 얼굴을 비춰 바라보다 피식 웃었다.

"마력으로 눈동자의 색을 바꿀 수 있으나 검은 눈동자만큼은 바꿀 수 없다. 그 이유는 이민족은 마력을 가지지 못하기 때문이다."

카릴은 지그라에게 말했다.

"반대로 마력으로 검은 눈동자 역시 만들지 못한다. 검은색은 마력을 잡아먹는 색깔. 어떤 마법으로도 바꿀 수 없다."

"……검은 눈동자야말로 이민족이라는 증거."

지그라는 그 말을 들으며 나지막하게 대답했다.

"그 불변(不變)의 긍지를 가지고."

"검은 눈으로 살아라."

카릴의 말을 이어 지그라가 대답했다.

"기억하고 있군. 하긴, 고리타분한 규율까지 지키는 너라면 당연한 일이겠지만……"

그의 말에 카릴은 옅은 웃음을 지으며 말했다.

"난 다르다. 달라진 미래만큼 그 불변을 지키는 것이 아닌 내 손으로 깼으니까. 그리고 앞으로 다가올 운명 역시."

'……운명?'

벌어질 미래에 대하여 알 리 없는 지그라는 카릴의 말에 살짝 고개를 꺾었다. 하지만 그는 카릴이 그저 이민족의 미래에 대해 말하는 것이라 여겼다.

"그리고 믿기 어렵겠지만 나는 널 기억한다. 우린 제법 친했는데. 세 형제 모두 당신께 검을, 사냥법을 배웠었지."

카릴은 잠시 눈을 감았다. 과거, 대전사의 아들이자 미래에 검은 눈 일족을 이끌게 될 작은 주인은 비단 자신만이 아니었었다.

그의 위로 있던 두 명의 형들. 둘은 그가 보는 눈앞에서 죽었다.

끔찍했던 전장. 그 순간 사방을 둘러보아도 보이는 것은 일족의 시체뿐이었으니까.

"솔직히 살아 있을 거라고 생각하지 못했어. 그렇기에 검은 눈 일족이 내 부름에 답을 했다는 말에 놀라우면서도 반가웠다. 두 번 다시는 볼 수 없을 거라 생각했거든."

두 번 다시. 그 말은 카릴의 전생까지 통틀어서 하는 말이었다. 자신의 아버지와 형제들이 모두 죽었던 멸족의 위기를 맞이했던 전쟁이었기에 당연히 살아남은 자는 없을 것이라 여겼다.

단순한 추측만이 아니었다. 이후 신탁 전쟁이 일어나고 파렐에 의해 나타난 타락들로 인해 북부는 지옥으로 변했고 더 이상 이민족들에 대한 소식 역시 듣지 못했기 때문이다.

'타락들이 어째서 북부를 첫 전장으로 선택했는지 이제는 조금 알 것 같다. 우리야말로 신에게 반기를 들었던 자들의 후손이니까.'

그 싹을 잘라내기 위한 싸움이었다. 아이러니하게도 그런 신을 수호하기 위해 뽑힌 신탁의 10인을 이끄는 자가 이민족이었다.

'율라(Yula).'

신은 처음부터 끝까지 마치 자신들을 능욕하기 위해 신탁을 내리고 파렐을 소환한 것이 아닐까 하는 생각이 들었다. 정말로 그렇다면 치가 떨릴 정도로 지독하고 잔혹한 놀음이 아닐 수 없었다.

"게다가 북부의 이민족이라면 검은 눈 일족의 행동 대장을 모르는 게 더 이상한 일이겠지. 안 그래?"

"정말……. 소주(小主)님 이십니까."

"믿기 어렵다면 의심하는 지금 그대로 나를 보면 된다. 지금의 나는 자유군을 이끄는 카릴이니까."

담담한 카릴의 대답이었지만 여전히 지그라는 믿을 수 없다는 표정이었다.

"예전에 하시르에게 스승님에 대한 얘기를 했었다. 그리고 카릴의 이름을 빌려 쓴다고 말했지만 그러면 그런 걸 상관하지도 않겠지. 그래도 내 검은 눈을 보이는 것은 마력을 얻은 이후 처음이다."

카릴은 저택을 나서고 난 지금까지 자신의 태생에 대하여 비밀을 지켜왔다. 하시르나 밀리아나를 비롯해서 다른 사람들도 그저 그가 이민족일 수 있다는 추측만을 했을 뿐 확증은 없었다.

"……장로들의 반발이 심할 겁니다."

"예상하고 있다."

티렌 맥거번은 카릴의 태생이 대륙인들을 통합하는 데에 있어서 걸림돌이 될 거라 했다. 하지만 그의 생각과는 반대로 현재 카릴의 태생은 대륙인이 아닌 이민족을 한데 모으는 것에 있어서 장애물이 되었다.

"그것 역시 고리타분한 생각이야. 마력이 없는 자를 이단이라 칭하는 황제나 마력이 없는 것이 이민족의 긍지라 여기는 장로들이나 매한가지니까."

지그라의 말대로 장로들은 이민족을 이끄는 자가 마력을 가졌다는 것만으로 카릴을 인정하지 않을 수 있다.

"그렇기 때문에 내가 대전사의 칭호를 얻어야 하는 것이지."

물론 장로들도 어째서 이민족이 마력이 없는가에 대해서까지 알지 못할 것이다. 그저 내려오는 전통과 관습을 중요시 생각할 뿐. 하지만 신화 시대의 블레이더의 후예가 자신들이라는 것을 알고 있는 카릴은 그 전통의 긍지가 거짓이 아님을 알았다.

'신에 대적한 자들이 받은 패배의 증거.'

카릴은 지그라를 바라봤다.

"언제나 비밀을 밝히는 것은 득보다는 실이 될 수밖에 없다. 그럼에도 내 비밀을 네게 얘기한 것은 검은 눈 일족. 너희들이 내 검(劍)이 되리라 믿어 의심치 않기 때문이다."

카릴은 지그라를 바라보며 말했다.

"더 묻고 싶은 것은?"

"충분합니다. 일문일답 이상으로 많은 것을 알려주셨으니까요."

지그라는 카릴의 말에 고개를 저었다.

"나머지는 규율을 이루었을 때 듣겠습니다. 솔직히 너무 많이 변하셔서……. 과연 일족들이 믿을지 의문입니다."

외모에서부터 풍기는 기운까지. 그도 그럴 것이 용마력을 흡수한 뒤에 카릴의 육체는 일반적인 기준을 뛰어넘어 성장했고 언뜻 보기엔 충분히 성년식을 치를 나이 정도로까지 보였으니까.

"……살아 계셔서 감사드립니다."

이 한마디로 지그라의 생각을 카릴은 읽을 수 있었다. 그의 말을 듣고 카릴은 살짝 입술을 깨물었다.

"나 역시……."

주르륵-

그 순간 카릴은 황급히 고개를 돌렸다. 자신의 뺨을 타고 흐르는 한 방울의 눈물을 그에게 보이고 싶지 않았기 때문이었다.

얼마 만일까. 그가 눈물이라는 것을 흘려본 것이.

스스로도 당황스러웠다. 파렐이란 탑 안에서 억겁(億劫)의 시간을 보내며 그는 스스로 자신의 감정이 완전히 메말랐다고 생각했다. 실제로도 그렇게 살았다.

하지만 전생에서 올리번에 대한 분노와 원망의 눈물을 흘렸을지언정 그리움으로 인한 눈물은 처음이었다.

이런 감정의 충만함은 회귀 이후 형제들을 만나고 아버지를 만났을 때도 느끼지 못했던 기분이었다. 그들은 당연히 살아 있을 거라고 생각했지만 시간을 거슬러 올라간다 한들 더 이상 볼 수 없을 거라 생각했던 자신의 일족을 만났으니까.

카릴은 만감이 교차하는 듯한 표정으로 눈을 감고는 차마 고개를 돌리지 못한 채 그저 창밖을 바라보며 나지막하게 지그라에게 말했다.

"살아 있어줘서 고맙다."

콰앙-!!

튤리는 눈앞에 있는 적군을 바라보며 믿을 수 없다는 표정으로 책상을 내려쳤다.

"도대체 뭘 하고 있었던 거야!! 적이 앞마당까지 오는 동안 우리는 아무것도 모르고 있었냔 말이야!!"

연이은 패전 소식. 문 에테르의 성문이 열렸다는 보고를 받고 부리나케 수비군을 이끌고 달려왔을 때는 이미 이민족들은 자취를 감춘 상태였고 이어서 들리는 빈프레도 강에서의 패전. 튤리군은 황급히 회군을 하려 했으나 이대로 폐허가 된 상태의 문 에테르를 그냥 둘 수는 없었다.

결국 수비를 위해 병력을 나눌 수밖에 없었고 남은 병력을 빈프레도 강으로 옮기려는 찰나 요만이 무너졌다는 믿을 수 없는 보고에 그녀는 자신의 귀를 의심했다.

순식간에 공국령의 요충지들이 무너진 것이다.

빠득-

튤리는 이를 갈았다.

지금까지 자신의 계획은 완벽했다.

고작 며칠, 탄탄대로라 생각했던 내전의 결착을 지으려고 했던 그 짧은 며칠 사이에 상황은 완전히 달라지고 말았다.

'이민족들이 공국의 땅을 더럽히는 것도 모자라 내 계획을 완전히 엉망으로 만들어 버렸다.'

카릴 맥거번. 그 이름이 그녀의 귀에 보고되었을 때는 이미 늦어버린 뒤였다.

'이럴 줄 알았으면 독 같은 귀찮은 방법을 쓰지 않고 당장에 프란의 목을 베어버리는 건데……'

시간은 자신의 꼭두각시라고 생각했다. 이미 약에 중독되어 있는 프란은 그냥 둬도 자멸하고 말 테니까.

"도대체 무슨 일이 있었던 거지? 프란 녀석……. 약에 취했어도 이따위 똥칠을 하다니……!! 이민족을 끌어들여?"

코브에서 두 사람의 만남은 틀리도 알고 있었다. 그리고 카릴이 프란에게 제국의 눈을 돌리는 것을 조건으로 내전을 제안했다는 것 역시. 애초에 이 내전은 그녀와 프란이 합의하에 정권 통합을 위해 일으킨 일이었으니까.

그 말을 들었을 때 그녀는 코웃음을 쳤다.

'허풍이 아니었나……. 정말로 저자가 제국 황제의 목숨을 쥐고 있는 건가.'

하지만 그 결과가 적으로 돌아왔을 때 그녀는 돌이킬 수 없는 과오를 저질러 버렸음을 후회할 수밖에 없었다.

"적의 병력은?"

"아직 남은 전투가 끝나지 않았습니다. 전군이 집결한 상태는 아닙니다. 현재 적군의 수는 약 3만으로 보여집니다."

그녀의 부관이자 화이트 벙커의 수비를 맡고 있는 콕스 바틀러는 지휘봉을 들고 지도를 가리키며 말했다.

"현재 보니토스 경의 5천의 병력과 루이체 경의 1만 5천 병력 그리고 이민족 1만이 집결된 상태입니다만……. 현재 빈프레도 강 중류에서 7천의 병력 그리고 요만에서 4천의 병력이 화이트 벙커로 진격 중입니다."

"……무너지지 않은 곳은 프라우 햇뿐이라는 말이군."

가장 패색이 짙었던 전장이 그나마 뚫리지 않았다는 것은 불행 중 다행일지 모른다.

"……다른 공작들은?"

"윌메이 경과 자크소 경은 문 에테르가 함락당했을 때 그곳의 지원군으로 합류하였습니다만……. 이후 병력을 나눌 때 프라우 햇을 지원하시겠다고 하셨습니다."

콕스는 머뭇거리며 말했다.

"흥, 지원은 무슨. 지휘를 해야 할 공작 두 명이 함께 군사를 이끌고 가는 것부터 말이 안 되는 소리지. 놈들은 직접 문 에테르를 확인하려고 간 거겠지."

그의 예상대로 튤리는 입술을 씰룩였다.

"유일하게 뚫리지 않은 곳이니 살 방도를 찾으려고 그곳으로 갔겠지. 아마 지금쯤이면 프라우 햇을 통해 자신들의 영토로 도망이나 쳤겠지."

콕스는 아무런 대답을 하지 못했다.

"어차피 필요 없는 놈들이었어. 전력으로 비교한다면 상황은 절망적이지 않다."

화이트 벙커에 비룡 부대가 빠지긴 했지만 이곳에는 여전히

4만의 병력이 주둔하고 있었으니까. 전면전을 치르더라도 충분히 상대할 수 있었다.

"다만, 루이체. 그 아이를 내 편으로 만들지 못한 것이 아쉽군. 그녀는 어릴 때부터 프란을 따랐으니까. 하지만 솔직히 말해 그 정도까지 병력을 가지고 올 줄은 몰랐어."

다른 공작들과 달리 3만이란 대군을 이끌고 온 7공작의 막내를 떠올리며 그녀는 입맛을 다셨다.

공작가의 일곱 형제 중에 막내인 루이체는 조금 특별하고 특이한 존재였다. 그녀는 자신뿐만 아니라 다른 오빠들과 달리 유독 프란을 따랐었다.

과할 정도의 애정.

하지만 공국의 최고 권위를 가진 그들에게 있어서 그 정도는 문제가 될 일이 아니었다.

물론 그 모습을 바라보며 틀리만큼은 달랐다. 그저 동생을 죽일 하나의 핑계를 찾았을 뿐이었으니까.

'진실이 뭐든 상관없다. 프란을 잡고 나면 근친이든 뭐든 죄목을 뒤집어씌워 녀석을 죽인 뒤에 병력을 빼앗으려고 했는데……'

자신의 힘이 되었어야 할 병사들이 지금 자신을 향해 검을 드리우고 있었다.

'차라리 바보 같은 락히엘 대신에 루이체를 꼬드겼더라면……'

그녀는 고개를 저었다. 애초에 해왕과 수왕이 개입된 전투였다. 제아무리 은익 함대라 하더라도 두 마리의 귀왕들을 상대하는 것은 어불성설이었다. 게다가 패배의 대가로 락히엘은 화이트 벙커로 잘린 목만이 돌아오고 육신은 코브 앞바다에 잠들어 있으니 잘잘못을 따지는 것 자체가 무의미했다.

'아냐.'

그녀는 고개를 저었다.

'루이체에게 우든 클라우드에 대한 것까지 알리게 되면 이야기가 복잡해져.'

그녀의 병력이 아깝기는 하지만 그렇다고 쥐고 놓을 수 없을 정도는 아니었다. 피해가 있더라도 승리를 하는 것이 더 중요했으니까.

"가네스 경이 패할 줄은 예상치 못한 일이었습니다."

"그에 대한 소식은?"

"아직 없습니다. 상식적으로 5대 소드 마스터를 이길 자가 있을 것이라고는 생각할 수 없는 일이었으니까요. 하지만 분명 살아 계실 겁니다."

"상식적으로?"

틀리는 콕스 바틀러의 말에 냉소를 지으며 차가운 목소리로 말했다.

"이미 이 전장은 충분히 말이 안 되는 상황이야. 소드 마스터란 자리는 절대적인 것이 아니다. 그라도 패할 수 있다. 오히려 상식 밖은 저런 걸 말하는 거지."

그녀의 말에 모두가 창밖을 바라봤다.

[크르르르르르르……!!]

[카아아아악……!!]

성벽 너머로 보이는 드레이크들. 한때 자신들을 지켜줬던 든든한 수호신이 이제는 그들을 향해 이빨을 드리우고 있었기 때문이다.

"비룡 1부대가 전멸했다는 것도 믿을 수 없는 판국에 드레이크들이 프란의 손에 들어갔다. 좋아. 백번 양보해서 그것까지도 인정하지. 그런데 자네도 봤을 거 아닌가. 드레이크의 머리 위에 기수가 없다는 것을……!!"

튤리는 이를 악 깨물었다.

"워……! 워워!!"

"다들 뭣들 하나! 어서 자리로!!"

"그게……. 비룡들이 말을 듣지 않습니다."

그녀는 창밖에서 들리는 분주한 소리에 아래를 내려 봤다. 요란한 포효와 함께 마치 힘을 과시하듯 상공을 날고 있는 적군의 비룡들과 달리 화이트 벙커에 남아 있는 비룡 7부대의 드레이크들은 잔뜩 겁에 질린 듯 날개로 얼굴을 가리고 웅크리고 있었다. 기수들이 아무리 기를 쓰고 고삐를 잡아당겨도 녀석들은 움직일 생각을 하지 않고 있었다.

"……아무래도 비룡 7부대는 전력에서 제외시켜야 할 것 같습니다."

비룡 7부대의 지휘관은 튤리의 상태를 살피면서 조심스럽게 애기했다.

"도대체…… 저놈들이 무슨 술수를 벌인 거지."

지금의 사태는 단순히 비룡 1부대를 잃은 것으로 끝나는 것이 아니었다. 비룡 부대 하나로 적의 전력을 올라갔고 반면 자신들의 전력은 깎였다.

"빌어먹을 이민족들……. 마력도 없는 놈들이 괴상한 술법을 쓴 게 분명해. 빈프레도의 병력이 합류되기 전에 승부를 봐야 한다. 마이스터 부대는?"

"정비는 모두 끝났다고 합니다. 하지만 그들을 쓰게 되면……. 성 내의 주민들의 대피가 아직 끝나지 않아 운용하기 어려울 듯 보입니다."

"그게 무슨 헛소리야? 당장 출진 대기시켜."

"……네?"

"자네들 눈은 옹이구멍인 게냐! 골렘의 발에 밟혀 죽든, 화이트 벙커가 함락되어 죽든, 죽는 것은 매한가지야. 백성들의 목숨까지 신경 쓰면서 전쟁을 치를 수 있을 것 같아?!"

튤리의 일갈에 귀족들은 입을 다물었다.

"마이스터 부대의 준비가 끝났다는 것은 레볼의 정비도 끝났다는 말이겠지. 지금 당장 윈겔 하르트 불러와."

"네!!"

문 앞을 지키고 있던 병사가 그녀의 말에 경례를 하며 황급히 뛰어갔다.

콕스는 튤리의 말에 난감한 표정을 지었다.

"레볼은 화이트 벙커의 최후의 수단입니다. 그걸 움직이신 다는 것은······."

화이트 벙커의 거대한 동상처럼 서 있는 초대형 골렘인 레 볼은 아이러니하게도 그 크기 때문에 전투 반경 역시 어마어 마했다. 성 내부에서 골렘이 지나갈 길을 만드는 것도 일이었 지만 자칫 잘못하면 화이트 벙커까지 전투에 휘말릴 수 있다 는 말이었다.

"녀석들은 그걸 노리고 전선을 앞으로 당겼다. 전선이 성에 가까울수록 레볼을 쓸 수 없을 거라 여긴 것이지."

튤리는 지도를 가리켰다.

"가증스러운 놈들······."

"하오나······."

"그럼 다른 방법이라도 있나? 비룡은 움직이지 못하고 남은 병력으로 저들을 상대했다가는 빈프레도와 요만에서 올 병력 을 막지 못해!"

콕스 바틀러는 뭐라 말을 하려다가 입을 다물고 말았다. 그 녀의 말대로 골렘을 쓰는 것만이 유일한 방법이었으니까.

"설령 화이트 벙커가 폐허가 된다 한들 놈들을 살려두지 않 겠다."

"화이트 벙커에서 소형 골렘들이 전방에 배치되기 시작하였습니다."

하시르의 보고에 카릴은 고개를 끄덕였다.

"아무래도 골렘전으로 포문을 열겠군요."

"예상했던 일이야. 다른 전장에서 병력을 보충할 수 없는 상황에서 함부로 병력 싸움을 강행할 순 없을 테니까. 골렘은 부서져도 다시 수리할 수 있으니 가장 효율이 좋은 방어 수단이지."

"저런 거대한 골렘은 처음 봅니다. 정말 걸어 다니는 성이라는 말이 과언이 아니겠습니다."

처음 화이트 벙커에 도착했을 때 우뚝 솟아 있는 산처럼 거대한 골렘을 바라보며 이민족들은 모두 놀라지 않을 수 없었다. 표정 변화가 거의 없는 하시르조차 눈빛에서 당혹감이 있었으니까.

"약점이란 게 있긴 할까요? 검이 박히기나 할지 의문입니다."

붉은달의 파툰은 고개를 저으며 말했다.

그런 그의 말에 카릴은 대답 대신 앤섬을 바라봤다.

"약점이라……. 글쎄요. 실제로 십수 년 동안 레볼이 가동되는 것을 본 사람은 없습니다. 화이트 벙커의 수문장처럼 그저 서 있는 것만으로도 의미를 가졌으니까요. 전력을 제대로 아는 사람은 감독관인 윈겔뿐일 겁니다."

"현재로서는 전무하다란 말이군."

"붙어 보면 알겠지. 어떤 성벽이든 틈은 있는 법이니까. 차이점이라곤 단지 걸어 다닌다는 것뿐이니까."

파툰은 호기롭게 말했다.

"제게 명령을 내려주십시오. 붉은달이 가장 먼저 성벽을 오르겠습니다."

"무슨 소리. 네 입으로 말했잖아? 네 녀석들의 비실한 검이 박히기나 할지 모르겠다고. 이번에는 우리가 먼저다."

그의 말에 쿤타이가 질세라 대답했다. 기세등등한 젊은 족장들의 모습에 하시르와 릴리아나는 옅은 웃음을 지었다.

"일착(一着)은 저희가 하겠습니다."

그때였다. 거친 남자들의 목소리 사이로 들리는 여린 목소리. 모두의 시선이 아래를 향했다.

쿤타이의 허리에 올 것 같은 작은 체구의 소녀가 비장한 얼굴을 하고 있었다. 특유의 금발과 입고 있는 가죽 갑옷마저 버거워 보이는 가녀린 체구. 카릴은 처음 세상 물정 모르는 비올라를 만났을 때가 떠올랐다. 하지만 다른 점이 있다면 그녀는 훨씬 더 온실 속 화초를 보는 것 같았다.

"골렘을 상대로 싸워본 적은 있습니까."

"없습니다. 아군을 공격해 본 적도 없지요. 하지만 현재 저희 군이 가장 많은 숫자를 보유하고 있습니다. 골렘에게 타격을 줄 수 있는 군이라면 역시 저희들일 겁니다."

그녀는 다름 아닌 루레인 공작가의 막내인 7공작, 루이체 루레인이었다.

"무엇보다 프란 경을 저렇게 만든 튤리 경을 용서할 수 없습니다."

카릴은 루이체의 목소리가 떨리고 있다는 것을 알았다. 함께 온 프란은 의식을 잃은 채 이따금 신음을 내는 것으로 살아 있음을 보일 뿐이었다.

"루, 루이체……."

6공작인 보니토스는 창백한 얼굴로 그저 어린 동생을 바라볼 뿐이었다.

'오빠를 위해 언니에게 검을 드리우는 동생에다가 서슴없이 저런 말을 하는 동생에게 한마디도 못 하는 오빠라……. 서글프군.'

아이러니한 일이었지만 두 사람 모두 전쟁과는 그다지 어울리지 않는 인물들이었다. 카릴이 이후 가장 먼저 한 것은 프란이 쓰러졌다는 소식을 듣고 혼란스러워하는 두 사람을 한곳으로 모으는 일이었다.

프란의 독살. 그리고 그뿐만 아니라 중독성 있는 이 약을 유행처럼 번지게 만들어 귀족들을 자신의 발아래 두려고 했다는 이야기까지.

프란 본인의 상태만으로도 증거가 충분했으니 두 공작이 전의를 불태우는 것은 크게 이상한 일이 아니었다.

물론 그것이 나머지 두 공작을 이끌고 화이트 벙커를 치기 위한 카릴의 수단이라는 것을 이들이 알 리가 없었다.

"프란 경께서 기뻐하시겠군요. 자신을 위해 싸워줄 좋은 동생을 두어서 말입니다."

루이체의 얼굴이 붉어졌다.

"……저는 단지 공국을 위해 싸울 뿐입니다."

하지만 카릴은 그 말을 하는 그녀의 표정에서 묘함을 느꼈다. 루이체의 출정 이유가 그저 단순히 남매의 우정인지 아니면 남모를 연정이 숨어 있는지는 알 수 없었다. 그리고 알고 싶지도 않다.

단지 자신이 만들 미래를 위해 그것이 남매의 정이든 연인의 정이든 훌륭한 도구라면 그저 이용할 뿐이었다.

"공국을 위해서라면 더더욱 제가 말씀드린 대로 하셔야 할 겁니다. 곧 공작 저하께서 하셔야 할 중요한 일이 있으시지 않습니까."

카릴의 말에 그녀는 고개를 끄덕였다.

'뭐지?'

'무슨 계획이기에……'

하지만 그 둘을 제외하고 비밀인 듯 나머지 사람들은 알지 못해 의문 가득한 눈으로 그들을 바라봤다.

"그리고 걱정하지 마십시오. 이미 전쟁은 시작되었으니까요."

"……네?"

그의 말에 이번에는 루이체마저 놀란 듯 서로를 바라봤다.

두두두두두두두두두-!! 두두두두두-!!

요란한 북소리와 함께 성벽 높이만큼 커다란 골렘들이 하나둘 화이트 벙커를 빠져나오고 있었다.

쿵……!! 쿠우웅……!!

골렘들의 한쪽 팔에는 거대한 타워 실드가 장착되어 있었고 반대쪽에는 한쪽에는 철퇴라든지 검이라든지 다양한 무구들이 달려 있었다.

"마이스터!! 전투 준비!!"

선두에 선 골렘 안에서 지휘관의 외침이 들렸다.

열을 맞춰 서는 골렘들. 그들은 단순히 마법이나 연금술로 만들어진 것들이 아니었다. 특이하게도 골렘 안에는 조종사들이 직접 탑승해 있었다.

우우우웅……!!

조종석에 앉아 마력을 집중하자 골렘들이 빠르게 움직이기 시작했다.

그야말로 마도 공학의 집합체. 골렘 수십 기가 정렬하자 그것만으로도 전장을 압도하는 느낌이었다.

그때였다.

"뭐, 뭐지?!"

지휘관에 시야에 들어온 한 인영(人影). 하지만 정체를 알아차리기도 전에 흐릿한 잔상만을 남기고 사라졌다.

콰아아아아아앙-!!

강렬한 일격과 함께 골렘 안의 시야가 번쩍이면서 불꽃이 튀었다. 지휘관의 골렘이 충격으로 휘청거렸다.

"크윽?!"

그는 다급히 자세를 잡으려 노력했다. 하지만 그의 시야는 점차 직각으로 꺾이며 골렘이 바닥으로 쓰러졌다.

우우우우웅…….

놀랍게도 골렘의 무릎 관절 사이로 수십 다발의 화살이 박혀 있었다. 푸른 화살촉이 이따금 빛을 뿜어내며 떨렸다. 몇 번 더 화살촉이 번쩍이더니 골렘 외갑에 그려져 있는 방어 마법진이 무력화되며 사라졌다.

'이, 이게 어떻게…….'

다급하게 주위를 훑었다. 그러나 지휘관이 사태를 파악기도 전에 골렘의 가슴팍이 먼저 뜯겨 나갔다.

콰직……! 콰즈즈즉……!!

골렘 내부에 설치되어 있던 마경을 통해 보이던 조종석의 시야가 사라지고 대신 그 풍경이 육안으로 직접 들어왔다.

"……"

얼굴을 스치고 지나가는 북부의 차가운 공기. 그 냉기를 느낄 새도 없이 지휘관은 눈앞에 나타난 여인을 바라봤다.

"컥…… 커컥……!!"

그녀는 일말의 망설임도 없이 조종석에 앉아 있던 지휘관의 목을 움켜쥐고는 그대로 들어 올렸다.

"커거걱……!!"

지휘관은 믿을 수 없다는 눈빛으로 그녀를 바라보다 조여 오는 목을 붙잡고는 물장구를 치듯 발을 동동 굴렸다.

"아무래도 저희가 가장 늦었나 봅니다."

골렘의 무릎에 박힌 화살을 뽑으며 키누는 부서진 저 멀리 본진을 바라보며 말했다.

"무슨 소리야? 아직 시작 안 했잖아. 다들 저기서 구경이나 하고 있는데."

그의 말에 밀리아나는 코웃음을 쳤다.

우득-

그녀는 지휘관의 목을 잡고 있던 손에 힘을 주었다. 뼈가 부러지는 소리와 함께 부들부들 떨던 지휘관의 몸이 축 늘어졌다.

"싸움은 먼저 치는 놈이 이기는 거라고."

콰아아앙……!!

밀리아나는 있는 힘껏 발을 내려쳤다. 마력을 담은 일격이었다. 그러자 골렘의 갑주가 부서지면서 돌가루들이 사방으로 흩뿌려졌다.

수십 기의 골렘이 그녀를 둘러싸고 있음에도 순식간에 벌어진 일에 그들은 반격할 엄두조차 내지 못했다. 키누는 유유히 골렘 사이에서 허리춤에 달고 있던 뭔가를 꺼내었다.

골렘 안에 있던 조종사들은 그의 손에 들린 두 개의 잘린 목을 보자 그들은 경악을 금치 못했다.

"위…… 윌메이 경!!"

"자크소 공작까지 당하셨단 말인가……."

키누가 들고 있는 목은 다름 아닌 프라우 햇으로 도망친 두 명의 공작의 것이었다.

스릉-

밀리아나는 그런 그들을 향해 경고하듯 허리에 차고 있던 게일을 꺼내어 지휘관의 목을 잘라 다시 한번 그들의 앞에 들어 올렸다.

와아아아아아아-!! 와아아아아아-!!

그 순간 마치 신호라도 된 듯 저 멀리서 동시에 들려오는 병사들의 외침이 울렸다. 부서진 골렘 위에서 눈앞의 적은 별것 아니라는 듯 밀리아나는 저 멀리서 자신을 바라보고 있을 카릴을 향해 말했다.

"봤지? 우리가 일착(一着)이다."

[실드 정렬!!]

지휘관의 죽음 이후 놀란 나머지 멈춰 있던 골렘들의 조종석에 울리는 날카로운 외침.

[다들 뭣들 하나!! 정신 똑바로 차려!!]

우레 같은 노성에 조종사들은 몸을 움찔하며 자신도 골렘의 레버를 당겼다.

드르르륵-!!

골렘의 팔에 부착되어 있는 거대한 실드가 일렬로 세워지자 마치 또 하나의 성벽이 만들어진 것 같았다.

[마도 포격기 장전!!]

조종사들은 언제 그랬냐는 듯 그의 명령을 따라 분주하게 움직였다. 조종석 안에 장착되어 있는 통신구에서 들려오는 목소리의 주인은 다름 아닌 마이스터 부대의 대장이자 골렘 공학자인 윈겔 하르트였다.

우우우우웅⋯⋯!!

골렘의 양쪽 어깨에 부착되어 있는 포격기에 마력이 응축되자 포신이 붉게 변했다.

[발사!!]

윈겔 하르트의 명령과 동시에 조종사들이 일제히 레버를 당겼다.

콰가가가강⋯⋯!! 콰가가가강⋯⋯! 콰가가가강⋯⋯!!

열기의 골렘에서 쏟아지는 포격이 전방에 흙먼지를 자욱하게 일으키며 폭발했다.

"으악!!"

"아아아악!!"

달려오던 병사들의 비명이 여기저기에서 터져 나왔다.

[적의 수는 많지 않다! 골렘의 실드라면 소드 마스터라도 쉽게 당하지 않는다. 적을 몰아붙여!!]

"네! 알겠습니다!!"

지휘관의 죽음으로 싸늘하게 식었던 전의에 다시 불씨가 붙은 듯 조종사들이 소리쳤다.

[돌격진(突擊陣)으로!!]

명령이 떨어지자마자 골렘들이 바닥에 세워뒀던 방패를 뽑아 가슴을 가리고는 허리를 숙이며 달려가기 시작했다.

쿵-! 쿠웅-! 쿵!!

엄청난 돌격력으로 질주하는 골렘들은 발을 뗄 때마다 요란한 소리를 냈다. 레볼의 반의반도 되지 않는 골렘의 발걸음 소리가 이 정도니 화이트 벙커 안에 서 있는 초대형이 발을 뗀다면 과연 무슨 일이 일어날지 상상하기도 어려웠다.

[왼발, 왼발!! 발을 맞춰라! 사정거리를 유지!!]

지휘관을 대신해서 부관이 가장 선두에 서 골렘을 지휘했다. 삼각형 형태로 만들어진 골렘의 병진이 밀리아나의 병사들과 격돌했다.

콰아아앙-!!

골렘이 무기를 휘두르자 요란한 굉음과 함께 병사들이 사방으로 튕겨 나갔다.

[적들을 모두 뭉개 버려!!]

골렘의 등에서 터지는 시동석에서 뿜어져 나오는 화염과 함께 마이스터 부대가 달리기 시작했다.

[벌레 같은 놈들!!]

조종사의 광기 어린 외침처럼 몰아치기 시작하는 골렘들은 프란군을 유린하기 시작했다.

"으아악!!"

"피해!!"

여기저기에서 터져 나오는 폭음과 함께 말과 병사들이 뭉개진 살점들이 대지를 덮었다.

쾅가가강!! 쾅강!!

골렘이 들고 있던 검에 마나 블레이드가 생성되며 번쩍이는 전격이 사방으로 흘렀다. 검을 수직으로 내려찍자 마치 운석이 떨어진 것처럼 지면이 폭발했다.

"쿨럭…… 쿨럭……."

매캐한 열기에 제대로 눈도 뜰 수 없는 상황. 반 토막이 난 말의 시체 밑에서 살아남은 병사들이 기어 나왔다.

쿠그그그그……

갑자기 주변이 어두워졌다. 병사들이 고개를 들자 자신을 내려다보고 있는 골렘의 눈이 보였다.

그와 동시에 천천히 올라가는 팔. 거대한 검이 마치 단두대의 작두처럼 일직선으로 그들의 머리 위로 떨어졌다.

살아남은 병사들은 도망칠 엄두도 내지 못하고 그 자리에 굳어버리고 말았다.

"으, 으아아악!!"

비명과 함께 그들은 무의미하다는 것을 알면서도 자신도 모르게 머리를 감싼 채로 눈을 감고 말았다.

퉁-! 투퉁-!!

병사들을 압살하려는 골렘의 팔목을 뚫고 단단한 쇠사슬이 지면에 박혔다.

[……?!]

철컥-!! 하는 소리와 함께 쇠사슬 끝에 달려 있는 갈고리가 펼쳐지면서 박힌 화살이 골렘의 팔을 뒤로 잡아당겼다.

콰드드드득……!!

하지만 화살 한 발로는 골렘의 팔을 완벽하게 멈추지 못했다.

저그덕……. 저그덕…….

골렘이 힘을 주자 쇠사슬이 팽팽하게 당겨져 당장에라도 끊어질 듯 보였다. 하지만 그 순간 화살은 멈추지 않고 연속적으로 날아와 마치 올가미처럼 골렘의 어깨부터 손등까지 꿰뚫으며 붙잡았다.

"큭?!"

골렘 안의 조종사가 당황한 듯 레버를 당겼지만 오히려 박힌 화살의 힘에 골렘이 뒤로 휘청거렸다.

서걱-

무기를 들고 있던 팔이 대각선으로 비스듬하게 잘려 나가며 쿵-!! 하는 소리와 함께 주저앉아 있던 병사의 옆으로 떨어졌다.

콰아아앙-!!

중심을 잃은 골렘이 그대로 뒤로 넘어졌다.

"비켜."

키누 무카리는 부서진 골렘의 손목에서 화살을 뽑았다.

"가, 감사합니다!!"

주저앉아 있던 병사들이 황급히 일어나 달리기 시작했다.

"……."

마력을 흡수하는 속성을 가진 청린만이 골렘의 방어 마법을 뚫고 효과를 줄 수 있었다. 골렘의 갑주는 여기저기 긁힌 상처는 있었지만 이렇다 할 큰 피해를 입은 곳은 없었다.

"아무래도 병력을 빼는 게 좋을 듯싶습니다. 프란군들은 청린으로 된 무구가 아니라 골렘에게 타격을 주기 어려울 듯 보입니다."

키누는 쓰러진 골렘을 바라보며 말했다. 유일하게 타격을 줄 수 있는 그의 화살 역시 이제 얼마 남지 않아 보였다.

[네놈……!!]

쓰러진 골렘에서 외침이 들렸다. 부서진 팔 대신 반대쪽 방패를 들어 올려 키누를 찍어 누르려는 듯 일어섰다.

하지만 골렘이 기동하기 전에 키누가 먼저 뽑은 화살을 손에 쥐고서 골렘의 가슴 언저리에 그대로 박아 넣었다. 둥글게 박힌 6개의 화살 안쪽으로 골렘의 가슴팍을 보호하는 외장갑에 걸린 보호 마법이 해제되자 그 부분만 잿빛으로 변했다.

지직…… 지지직……!!

골렘이 몇 번 몸을 부르르 떨더니 관절 부위를 시작으로 여기저기에서 전격이 뿜어져 나왔다.

크그…… 크그그그…….

쓰러진 골렘이 키누를 향해 팔을 들어 올렸지만 마치 녹이 슨 것처럼 제대로 움직이지 않았다.

"보면 볼수록 신기하군요. 마도 공학의 결정체라 불리는 골렘이 이토록 청린에 취약할 줄이야."

삐걱거리는 골렘을 바라보며 키누 무카리는 낮은 목소리로 말했다.

"흡."

밀리아나는 기다렸다는 듯 두 자루의 세검을 그 안으로 찔러 넣었다.

"컥……!!"

마치 두부 자르듯이 매끈한 소리와 함께 검날을 돌리자 그 안에서 둔탁한 비명이 들렸다.

수욱-

검을 뽑자 검날에 붉은 피가 묻어 나왔다.

츠츠츠츠츠……

골렘의 심장에 빛나던 시동석이 빛을 잃는 것으로 조종사의 숨통이 끊어졌다는 것을 확인할 수 있었다.

"원래대로라면 청린은 대륙에서 몇 안 되는 무구에만 남아 있는 유물 중의 유물이니까. 네가 쓰고 있는 화살도 제국으로 가져가면 보물이 될걸."

"그럼 자유군은 유물급 무구를 두르고 있는 것과 같다고 해야겠군요."

"그렇게 만든 녀석이 대단한 거지. 공국은 그렇다 쳐도 제국은 나락 바위의 비전샘에 대해 알고 있으면서도 청린을 빼앗을 엄두를 내지 못했으니까."

밀리아나는 쓴웃음을 지었다.

황제의 수명. 3황자 간의 권력 다툼. 그리고 남부 전쟁에서의 실패로 인한 분란까지. 제국은 청린이라는 매력적인 무구를 손에 넣을 틈도 없이 몰아치는 상황에 허덕였다.

"그렇군요."

키누 무카리는 그녀의 말에 다시 한번 감탄을 금치 못했다. 공국 내전 역시 공작 간의 사전 협의가 있었다 하지만 불씨를 댕긴 것은 카릴과 프란의 만남이었으니까. 제국과 공국을 혼란스럽게 만들고 그사이 카릴은 자유군을 청린으로 무장시켰다.

휘익-

밀리아나는 만족스러운 듯 허공에 몇 번 검을 휘두르며 날에 묻은 피를 털어냈다. 골렘의 갑주에 핏방울이 방울방울 떨어졌다.

"하지만 그 말씀대로입니다. 자유군이 있었다면 모를까……. 여제의 말씀대로 골렘의 눈을 돌리는 미끼로 프란군을 진격시켰지만 피해가 너무 큽니다."

"아니. 우린 이대로 싸운다."

"……네?"

"키누, 듣기로는 야만족 중에 가장 먼저 카릴을 따른 자라고

하던데. 섬긴 지 얼마나 됐는데 아직도 녀석을 몰라?"

키누 무카리는 그녀의 말에 당혹스러움을 감추지 못했다.

"청린으로 된 무구를 장착하고 있는 이민족들이 투입되면 확실히 전황은 빠르게 우리 쪽으로 넘어가겠지. 하지만 그렇게 되면 내전이 끝난 뒤에도 공국의 백성들 사이에서 쓸데없는 말이 나올 게 분명해. 살아남은 공작들이 다른 생각을 품을지도 모르고."

"……."

"그새 정이라도 들었나? 너는 바다 건너의 이들까지 생각하고 있군. 그건 스스로 무능함을 보이는 행보에 불과해."

신랄한 그녀의 말에 키누는 결국 입을 다물고 말았다.

"네 주군이라는 작자가 어떤 인간인데. 전쟁을 그런 물렁한 생각으로 하고 있을 것 같아? 잘 봐, 우리가 진격을 하는 것을 보고도 아직 본진에서는 아무런 움직임이 없어."

"그건……."

키누 무카리는 뒤에 있는 막사를 바라봤다. 확실히 그녀의 말대로 전투가 시작된 지 꽤 시간이 지났음에도 불구하고 출진 준비를 위한 병사들의 움직임은 보이지 않았다.

"녀석은 이번 전투에서 이민족을 쓰지 않을 거야. 오직 프란 군을 가지고 싸우려는 거지."

"하지만 그렇게 되면 피해가 클 겁니다."

키누의 말에 밀리아나는 차갑게 웃었다.

"아군도 아닌 공국의 병사들일 뿐이야. 대신 승리를 얻는다. 지금처럼 병사들이 움직이며 방패가 되어주는 동안 지금처럼 한 마리씩 격퇴하면 충분해. 대신 브라운 앤트에서 데리고 온 5천의 프란군은 모두 죽겠지만."

"……."

5천의 목숨이 사라진다는 것을 너무나도 쉽게 말하는 밀리아나의 모습에 키누는 잠시 할 말을 잃었다.

"너는 확실히 전사보다 사냥꾼에 어울려. 골렘의 숫자는 이제 8기다. 내가 개입했다고는 하지만 고작 5천의 병사로 10기의 골렘을 잡는 거다. 실보다 득이 많지. 동료의 죽음에 대한 분노와 골렘에게서 승리했다는 고양은 저들에게 영웅심을 발휘하게 만들어줄 테고."

그녀는 저 뒤에 있는 본진을 가리키며 말했다.

"우리가 가능성을 보여주라는 거겠지. 화이트 벙커의 수문장을 상대로도 이길 수 있다는 용기를 말이야. 그게 지금 카릴이 원하는 거다."

아크와 게일, 두 자루의 세검을 허리에 차고서 그녀는 다음 타깃을 찾았다. 블레이더의 무구인 그녀의 검이 마치 그녀의 말에 대답을 하는 것처럼 검날이 가볍게 떨렸다.

"녀석이 가는 길은 야만족이 숭배하는 대수렵의 위업이나 이민족의 대전사의 칭호 같은 멋들어진 것이 아냐."

그녀가 자세를 잡았다.

"권좌(權座)란 피 웅덩이, 그 위에 세워지는 거니까."

그러고서 키누에게 다짐시키듯 차갑게 말했다.

"무딘 화살이라 하더라도 지금 같은 상황에서 골렘을 잡기 위해서는 네가 없으면 안 되겠지. 좋아. 병력을 숲 안쪽으로 이동시킨다."

밀리아나는 화이트 벙커 왼쪽, 침엽수림을 가리켰다.

"딱 한 번뿐이다. 네게 어울려 주는 것은."

"그게 무슨······."

키누 무카리는 살짝 인상을 찡그리면서 말했다.

"저들의 목숨을 조금이나마 더 살리고 싶다면 그 대신 네가 죽을 만큼 뛰어야 할 거야. 지금부터 전쟁이 아니라 사냥을 할 거니까."

그녀는 나지막하게 말했다.

"디곤이 드래곤과 인간 사이에서 태어난 하프(Half)라는 말은 너도 알겠지."

키누는 그녀의 말에 굳은 얼굴로 고개를 끄덕였다.

"그럼 어떻게 해서 인간과 드래곤 사이에서 우리가 태어날 수 있었을까. 종족을 뛰어넘는 사랑? 웃기는 소리지."

그녀는 천천히 마력을 끌어 올렸다. 마력혈에서부터 뿜어져 나오는 용마력은 그저 바라보는 것만으로도 온몸의 털이 솟는 기분이었다.

"과거 디곤의 선조들이 드래곤의 피를 직접 마셨기 때문이다. 마도 시대의 용 사냥꾼보다 훨씬 더 이전부터 우리 디곤이야말로 진짜 용잡이었다."

꿀꺽-

입꼬리를 올리며 말하는 밀리아나의 모습을 바라보며 키누는 자신도 모르게 마른침을 삼켰다.

"세상에서 가장 큰 종족을 잡던 자들의 후예다. 네게 진짜 사냥을 보여주겠다."

"주군의 말씀대로입니다. 밀리아나가 병력을 숲으로 옮기기 시작했습니다."

카릴은 그의 보고에 고개를 끄덕였다.

"우리도 시작한다."

그러고는 천천히 일어났다. 막사에 있는 사람들의 시선이 카릴에게 꽂혔다.

"밀리아나가 골렘 사냥에 나섰다면 우리도 질 수 없지. 더 큰 녀석을 잡겠다."

그는 옅은 미소를 지으며 저 멀리 화이트 벙커에 있는 거대한 레볼을 바라보며 말했다.

"거신 사냥을 시작한다."

-코어 시동석 전력 상승.

-마력 충전 수치 80%.

윈겔 하르트는 전신의 혈관 곳곳에 부착되어 있는 가느다란 거미줄 같은 마나 플러그에서 흘러나오는 마력을 바라보며 긴장된 얼굴로 고글을 썼다.

즈으으웅……!

그의 시야가 확장되는 것처럼 넓어지면서 세 개의 마경이 눈앞에 생성되었다.

-수치 안정화.

-레볼(Revol) 구동 준비 94%.

놀랍게도 눈앞에 홀로그램처럼 나타난 문자는 현재는 쓰지 않는 고대어였다.

"94%라……. 1시간 안으로는 끝나겠군"

그는 복잡하게 나열되어 있는 수치들을 읽어내면서 낮은 한숨을 내쉬었다. 수많은 유적을 탐사하고 거기서 발견한 글자들을 조합하는 일은 실로 윈겔 하르트라는 천재가 아니고서는 할 수 없는 일일 것이다.

"싸움은 딱 질색인데……."

하지만 전장에 나서야 할 그는 아직 전투가 시작된 것도 아닌데 긴장 가득한 목소리로 불안한 듯 다리를 떨었다.

"후우……."

다행이라면 다행일까. 조종석에 자신 혼자뿐이라는 사실에 윈겔은 낮은 한숨을 내쉬었다. 그의 모습은 화이트 벙커의 수문장이라 불리는 초대형 골렘인 레볼의 조종사답다는 생각이 전혀 들지 않았다.

"해야만 한다. 나 이외에는 없어."

그는 마치 주문을 외우듯이 계속해서 스스로를 다잡았고 있었다.

이유는 간단했다. 다른 골렘들과 달리 아이러니하게도 레볼을 조종할 수 있는 조종사는 기사가 아닌 윈겔, 오직 그만이 유일했기 때문이다.

삐-

-레볼(Revol) 구동 준비 95%.

정적만이 감도는 조종석 안. 레볼의 충전을 알리는 숫자만이 올라가며 곧 닥칠 전장의 시작을 그에게 알릴 뿐이었다.

쿠르르르르르르…….

마치 내전의 종결을 알리는 마지막 전투를 준비하는 것처럼 몰려오는 먹구름 속에서 하늘은 노성을 토해내듯 울었다.

툭…… 투툭…….

카릴의 머리 위로 차가운 눈이 떨어지기 시작했다.

쩌악-

그는 하늘을 잠시 바라보고는 얼음 발톱을 뽑아 가볍게 허공에 검을 그었다.

"흐음."

레볼 안의 윈겔의 모습과는 전혀 달리 그는 이제부터 유일무이한 거대 골렘을 상대해야 하는 상황임에도 불구하고 여유만만한 모습이었다.

"준비는?"

"갑옷을 바꿔 입힌 이민족들을 각각의 부대에 배치하였습니다. 지휘관급을 최우선적으로 죽이되 최대한 눈에 띄지 않도록 단단히 일러두긴 했습니다만……."

"워낙에 날뛰기 좋아하는 녀석들이니까."

카릴은 이해한다는 듯 입꼬리를 올리며 웃었다.

"하시르, 너는 지금부터 병력을 데리고 우측으로 가라. 중앙은 루이체에게 맡길 터이니."

"지휘가 가능할까요."

하시르는 막사에서 보았던 어린 소녀를 떠올리며 미심쩍은 듯 말했다.

"어차피 그녀는 상징에 불과해. 지휘는 앤섬에 의해서 이루어질 것이니까. 하지만 어린아이를 다루는 방법은 간단하지. 그저 주인공으로 만들어주면 되니까."

"호표 부족 중에 방패술이 뛰어난 자 서넛을 그녀의 호위로 붙여둬. 기사들의 반발이 있을지 모르니 거리를 두고."

"네."

"프란이 호전될 기미가 보이지 않는다면 그녀는 전쟁 이후에도 우리에게 아주 중요한 카드야. 만약 호위 기사들이 제 몫을 못 한다면 놈들을 방패로 내려쳐서라도 그녀부터 지켜."

카릴의 말에 그는 쓴웃음을 지었다.

"명심하겠습니다. 쿤타이를 그녀에게 붙여야겠군요. 제 몫을 다할 겁니다."

"좋아."

고개를 끄덕이며 카릴은 말을 이어갔다.

"밀리아나가 숲 안쪽의 골렘 부대를 정리한다 하더라도 숲으로 가지 않은 절반가량의 골렘들이 아직 남아 있다. 너도 알겠지만 골렘에게 타격을 줄 수 있는 자들은 우리 자유군뿐이다."

"물론입니다."

하시르는 허리를 숙였다.

"단 한 기의 골렘도 화이트 벙커로 돌아가지 못하도록 하겠습니다."

그는 망토에 달린 후드를 덮어쓰며 얼굴을 가렸다.

"용의 여제께서 친히 골렘을 잡는 사냥법을 알려주었으니 저희들도 가만히 있을 수 없지요. 하나 북부는 남부의 평탄한 사냥만 하는 대초원과는 다릅니다."

지금까지 냉정을 유지하던 하시르가 어째서인지 이번 전투에 호승심을 불태웠다. 마치 북부인으로서 남부인의 활약에 지고 싶지 않은 것처럼 보였다.

"눈이 내리는군."

카릴은 손바닥을 펼쳐 떨어지는 눈을 잡았다. 내리던 눈은 조금 전보다 거세지기 시작했다.

"네. 곧 눈보라가 몰려올 겁니다. 눈이 세찰수록 북부의 날씨와 더 가까워지겠죠. 이번에는 저희가 북부의 사냥을 보여드리겠습니다."

하시르의 말에 카릴은 만족스러운 듯 웃었다.

"저희가 골렘을 맡고 중앙의 루이체군으로 적군이 화이트 벙커에서 나오게 만드는 이유는 이제 알겠습니다. 하나…….
정말로 저 거신을 혼자서 상대하실 생각이십니까."

"물론."

카릴은 아무렇지 않게 대답했다.

"화이트 벙커는 튈리가 있는 본성 뒤쪽으로 대피소가 있다. 지금쯤이면 앞쪽은 모두 대피가 끝났을 거야. 빈 공터가 되긴 했지만 내신 그녀의 병력이 주둔해 있지."

카릴은 대범한 계획을 냈다. 처음 그의 계획을 들었을 때는 앤섬조차 자신의 귀를 의심했다.

-전장은 당연하겠지만 화이트 벙커의 앞마당이다. 하지만 너희들의 목적은 적군을 유인하는 데 있다. 진짜 전장에서 병사들을 빼내는 것이 첫 전투의 목적이기 때문이지.

-그 말씀은······.

-나는 화이트 벙커 안에서 레볼과 싸울 것이다.

-······!!

-그저 명령에 따라 싸우는 병사들이다. 그들 역시 백성들과 다를 바 없어. 오히려 앞마당인 전장이 그들에게 있어서 대피소가 되어줄 것이다.

카릴의 말에 그들은 할 말을 잃은 듯 보였다.

-레볼의 마력 충전 시간이 아직 남아 있습니다. 여제께서 골렘 부대를 유인한 지금 차라리 성을 공략하는 것이 더 옳다고 보입니다.

앤섬이 조심히 물었다. 모두가 그의 생각에 동의했다. 아무리 생각해도 레볼이 가동되기 전에 속전속결로 화이트 벙커를 점령하는 것이 가장 좋은 방법이라 생각했기 때문이었다. 하지만 카릴은 모두의 생각을 뒤엎고 오히려 레볼이 움직이기까지 기다렸다.

 -관객은 많을수록 좋겠지. 사람의 입은 날갯짓보다 빠르니까. 병사들 역시 나의 싸움을 기억하고 전할 관객들이니까. 모두가 지켜보는 앞에서 거신이 무너지는 모습을 보면 툴리가 느끼는 절망감이 더 커지겠지. 그것으로 우리의 힘을 적들에게 확실하게 각인시킬 것이다.

"저 거신과 성안에서 싸우게 된다면…… 피해가 클 겁니다. 적어도 화이트 벙커 절반이 날아간다고 봐야겠지요. 자칫 잘못하면 뒤에 있는 대피소까지 피해가 갈 겁니다."

하시르가 말했다.

"적군을 생각하시는 주군의 마음이라면 성안의 백성들도 걸림돌이 될 듯싶습니다."

카릴은 그런 그를 바라봤다.

"저 정도의 거대한 골렘이라면 움직임이나 반응속도도 느릴 터. 키누 무카리만큼은 되지 않겠지만 늑여우의 궁술도 그에 못지않습니다. 차라리 청린제 화살을 모두 녀석의 관절에 퍼붓는 것은……."

"아니, 쉽지 않아. 레볼의 기동력은 크기와는 상관없어. 충전이 끝난 레볼은 오히려 저기 있는 소형 골렘보다 훨씬 더 빠르다."

카릴은 옅은 미소를 지었다.

"윈켈은 마도 공학으로도 일가견이 있지만 사실 그보다 골렘 조종에 관해서는 더욱 천재거든. 아마 마이스터 부대의 모든 골렘 조종사들이 한꺼번에 덤벼도 그를 이길 수는 없을걸."

그의 말에 하시르는 더욱 이해가 가지 않는다는 표정을 지었다. 굳이 어려운 상대가 싸울 수 있는 상황을 만들어주는 이유를 모르겠다는 뜻이다.

"하시르. 너는 아직 내가 왜 적군을 전장으로 빼려고 하는지 제대로 모르는 것 같군."

"……네?"

"적군의 목숨을 살리기 위한 자비를 베풀기 위해 내가 무리하게 아군의 피해까지 감수하면서 이런 일을 벌인다고 생각해? 네가 봐 왔던 내가 그리 무른 사람이었나?"

"송구하옵니다."

하시르는 황급히 고개를 숙였다.

"네 말대로 레볼이 싸우는 동안 화이트 벙커는 많은 피해를 입을 거다. 녀석이 한 발을 움직일 때마다 수십의 목숨이 죽어 나가고 팔을 휘두를 때마다 수백의 피가 묻겠지. 하지만 그보다 더 중요한 것은 만약 저 골렘이 쓰러져 대피소를 덮친다면?"

카릴은 차갑게 말했다.

"수천에 가까운 대피소에 있는 백성들이 단번에 압살당할 것이다."

꿀꺽-

하시르는 그 광경을 상상도 하고 싶지 않은 듯 자신도 모르게 마른침을 삼켰다.

"그런 괴물로부터 절정의 순간 나는 화이트 벙커의 백성들을 구할 것이다. 그러기 위해 남겨놓은 자들이니까. 전의(戰意)가 있는 병사는 죽음을 무릅쓰고 싸울 수 있다. 하지만 그들은 다르지."

카릴의 눈빛이 빛났다.

"그렇기 때문에 나는 죽음의 공포를 백성들에게 느끼게 하고 골렘을 쓰러뜨린 압도적인 힘으로 적군의 전의를 꺼뜨릴 것이다."

하시르는 그의 말에 등골이 서늘한 기분이 들었다.

'모든 게 계획되어 있으셨구나.'

그는 자신이 쓸데없는 걱정을 했다는 것을 깨달았다. 골렘을 쓰러뜨릴 수 있는가의 문제가 아닌 골렘이 쓰러지는 방향까지 그의 머릿속에 이미 그려져 있었으니까.

"그러나 유적의 골렘입니다. 과거 드래곤도 사냥했다던 드워프가 만든 엔더러스와 동급, 아니, 그 이상의 힘을 가졌다고 알려져 있습니다."

"디곤 일족도 용을 잡았긴 마찬가지야."

"하오나……."

그는 뭐라 더 말을 하려다가 입을 다물고 말았다.

디곤 일족의 수는 수만 명. 한 마리의 용을 사냥하기 위해 얼마나 많은 숫자가 소모되었는지 알 수 없었다. 그런데 그런 적을 단신으로 잡겠다고 하는 카릴에게서 당연히 하시르는 불안하지 않을 수 없었다.

"뭐, 나 역시 곧 사냥해야 할지 모르는 상대긴 하지만……. 일단 상대가 드래곤이라면 다를지 모르지만 지금 쓰러뜨려야 하는 것은 용이 아니라 골렘이다."

하시르는 그게 무슨 차이가 있느냐는 듯한 눈빛으로 카릴을 바라봤다.

"저 안에서 골렘을 조종하는 자는 용의 심장을 가진 것도 아니고 바위의 심장을 가진 것도 아닌 그저 한 명의 인간일 뿐이거든."

우우우우우웅…… 우우웅…….

카릴은 저 멀리 성안에 우뚝 서 있는 골렘이 서서히 눈을 뜨기 시작하는 것을 바라봤다.

"수문장이 깨어난다."

얼음 발톱을 쥐고 있는 손에서 약한 땀이 맺혔다.

말과 달리 그 역시 조금은 긴장한 것일까.

당연한 일이었다. 회귀 이후 만난 가장 강력한 상대.

"레볼(Revol)."

걸어 다니는 성채, 혹은 거신 이라는 이명을 가진 거대한 골렘은 파렐이 나타난 신탁 전쟁에서 인류에게 불릴 새로운 명칭을 얻었다.

"아니, 타락멸살자(墮落滅殺者)."

수많은 인류를 잡아먹었던 타락을 뭉개 버렸던 가공할 만한 힘은 가히 드래곤 이상일 테니까.

'확실히 레볼의 힘은 대단하다. 전생의 나도 이기지 못했으니까. 지금의 나라면……. 글쎄, 아직은 호각(互角)이겠지.'

하지만 그럼에도 불구하고 카릴은 이 전투를 자신의 생각대로 움직일 수 있다는 확신이 있었다.

'윈겔 하르트. 애석하게도 당신은 공학자이지 기사가 아니야. 골렘 조종이 아무리 뛰어나도 제대로 싸울 수 없다면 무의미하지.'

카릴은 크게 심호흡을 했다.

'너는 싸움에 어울리지 않아. 누구보다 저 녀석을 잘 쓸 수 있는 사람은 따로 있지.'

그러고는 천천히 얼음 발톱을 한 바퀴 돌렸다.

마치.

자신을 가리키듯이.

►Chapter 6◄

 "1, 2분대!! 좌측의 부러진 나무를 모은다!! 3, 4분대는 반대
쪽 우측으로 돌아 적을 유인한다! 지시는 단 한 번뿐이다."

 숲 안에서 밀리아나의 외침이 울려 퍼졌다.

 쾅-!! 콰가가강-!!

 여기저기 골렘에서 뿜어져 나오는 화염에 폭음이 터져 나왔
고 두꺼운 나무들이 골렘의 발에 밟혀 우지끈하는 요란한 소
리와 함께 꺾여 나갔다.

 밀리아나는 뒤를 돌아봤다. 마이스터 부대의 10기의 골렘
중 지휘관 기체가 파괴되고 난 뒤 9기 중에 그녀의 부대를 따
라 숲 안으로 들어온 골렘의 수는 모두 4기였다.

 "쳇⋯⋯. 낚인 것은 절반뿐인가."

 5기는 전방을 향해 달려가고 있었다. 목표는 당연하게도 카

릴의 본진이었다. 그녀는 아쉬운 듯 혀를 한 번 차면서 고개를 돌렸다.

"나머지는 그에게 맡길 수밖에 없겠지. 곧 대규모 전투가 일어날 거다. 우리도 골렘 4기를 최대한 빨리 정리하고 본대에 합류한다.

"하나 훈련은 되어 있지만 급조된 전략을 얼마나 따라올 수 있을지……. 저들은 기사가 아닌 일반 병사들입니다."

키누 무카리는 밀리아나의 명령에 따라 부러진 나무들에 끈을 연결하여.

"디곤의 용사냥은 단순하다. 날 수 없도록 날개를 부러뜨리고 그다음에는 서 있지 못하도록 다리를 자른다. 그리고 이건 다른 동물들을 사냥하는 것과도 다르지 않지."

키누는 너무나 아무렇지 않게 말하는 그녀의 모습에 경탄을 금치 못했다. 말로는 간단했지만 실제로 드래곤을 잡는다면 숙련된 정예가 아니고선 불가능한 일이었다.

"하지만 네 말대로 저들은 일반 병사. 나의 단순한 전술도 따라가기 버겁겠지."

"그러시면……."

"날개를 꺾고 다리를 자르기 전에 더 쉽게 날뛰는 녀석을 잠재울 수 있는 방법을 써야지."

그녀는 키누를 향해 말했다.

"드래곤에게는 쓸 수 없겠지만 골렘은 다르지. 녀석에게는 날개가 없으니까."

그러고는 기다렸다는 듯 검을 들어 올렸다.

"불을 피워라!!"

그녀의 명령이 떨어지자마자 나무를 모았던 1, 2분대가 불을 집혔다.

화아아아악……!!

쌓여 있는 침엽수는 불이 닿자마자 순식간에 타들어 가기 시작했고 맹렬한 불길을 만들어냈다.

"운이 좋았어. 이곳에 싸락나무들이 자라는 숲이 있다니 말이야. 싸락나무잎은 불이 잘 붙는 잎이기도 하지만 그보다 중요한 것은 바로 저 짙은 연기지."

그녀의 말대로였다.

불을 붙인 지 얼마 되지도 않는데 어느새 잎에서 뿜어져 나오는 연기가 그들의 지척까지 바람을 타고 밀려오고 있었다.

"저 거대한 골렘도 결국 조종하는 자는 한낱 인간일 뿐이다. 시야가 가려지게 되면 움직임 역시 둔해지지."

"아……!!"

키누는 그제야 드래곤이 아닌 골렘이기에 쓸 수 있는 전략이라는 그녀의 말을 이해할 수 있었다.

확실히 연기로 인해 3, 4분대의 뒤를 쫓던 골렘들의 발걸음이 주춤해졌기 때문이다.

"또한 연기는 적의 시야를 가리는 것뿐만 아니라 아군의 눈도 가리게 해준다.”

그녀는 검으로 연기를 갈랐다. 검이 지나간 자리에 검풍이 일면서 연기가 솟구쳐 오르더니 그녀의 모습을 감추었다.

“전 병력!! 사선(斜線)에 있는 골렘을 공격하라!!”

와아아아아아-!! 와아아아-!!

병사들의 함성이 들렸다.

“이런 귀찮은 방법은 내 방식이 아니지만 일반 병사들이 골렘을 쓰러뜨리게 된다면 그 고양감은 이루 말할 수 없을 터. 당연하겠지만 그들의 공격은 골렘에게 통할 리 없지. 불을 피운 연기가 가지는 또 다른 의미를 이제 알겠지?”

키누는 그녀의 말에 소름이 돋는 기분이었다.

“연기를 이용해서 아군까지 속이려는 것이군요.”

그녀는 입꼬리를 올리며 고개를 끄덕였다.

“맞아. 이 연기 속이라면 우리들은 병사들의 눈에 띄지 않고 움직일 수 있다. 게다가 비궁족의 신궁이라면 저 커다란 과녁을 맞히는 데에 있어서 이런 연기 따위는 아무런 제약이 되지 않잖아?”

“맡겨주십시오.”

키누는 그녀의 말에 옅은 미소를 지으면서 화살을 뽑았다.

“전군!! 공격!!”

그녀는 명령을 내림과 동시에 휘청거리는 골렘을 향해 달려가 보이지 않는 속도로 검을 내질렀다.

"흡······!!"

키누 무카리는 숨을 참고 즉시 등에 메고 있던 활을 꺼내 화살을 당겼다.

쉬이익-!!

연기를 뚫고 회전하는 화살촉에 연기가 나선으로 휘몰아쳤다.

한 발, 두 발, 세 발, 네 발, 다섯 발. 분명 활시위를 당기는 것은 단 한 번뿐이었는데 연기 속으로 사라지는 화살은 모두 다섯 발이었다.

츠즈즈즉······.

푸른색의 활대가 파르르 떨렸다. 뱀의 이빨처럼 양 끝이 날카롭게 튀어나와 있었고 그 크기는 키누의 키와 거의 같을 정도의 대궁(大弓)이었다. 그가 사용하고 있는 활은 다름 아닌 카릴이 전에 엘프의 보고에서 가지고 온 것이었다.

황궁의 보물창고에 있는 바람독이라는 유물과도 비슷하게 생긴 이 활은 키누의 손에 들리게 되자 더욱 빛을 발했다. 엄청난 크기의 시위에 그는 다섯 발의 화살을 한꺼번에 겨누어 당겼다.

'경이롭군.'

화살을 쏟아 낸 키누는 자신의 궁술이나 활에 대해 경탄을 한 것이 아니었다.

카앙-! 캉! 카카캉-!

연기 속에서 번쩍이는 불꽃이 튀었다. 첫 충돌음 이후에 셀 수 없을 정도의 요란한 소리가 숲 안을 울렸다. 그 순간 키누 무카리는 눈앞의 펼쳐진 광경에 감탄을 금치 못했다. 숲 안의 그 어떤 병사들도 밀리아나의 공격을 알 수 없었다.

"골렘이 쓰러졌다!!"

"모두 돌격!!"

숲의 나무들이 부서지는 소리와 함께 골렘이 충격과 함께 뒤로 나자빠졌다. 키누의 화살이 다리의 관절을 부순 것도 주요했지만 그보다 밀리아나의 일격으로 골렘이 쓰러진 것에 그는 놀랄 따름이었다. 연기 속에서 그녀의 공격을 본 사람은 오직 그뿐이었으니까.

병사들은 호기롭게 연기 속으로 창을 찔러 넣었다.

캉-! 카강- 카앙-!!

여전히 쇠가 부딪히는 소리가 사방에서 들렸다. 하지만 어느새 밀리아나는 손가락을 들어 두 번째 목표를 가리켰다.

툭-

"……"

그녀는 키누를 스치듯 지나치며 골렘에서 다시 뽑아낸 화살을 앞에 떨어뜨렸다. 이미 첫 굉음 이후 전투는 끝났던 것이다. 병사들은 안전하게 보이지 않는 연기 속에서 쓰러진 골렘에게 그저 창날을 드리우고 있을 뿐.

카앙-! 캉! 카카캉-!

"키누, 아무래도 우리는 진짜 전투를 알리는 봉화를 피운 것에 불과했던 것 같다."

밀리아나는 두 자루의 마나 블레이드를 뽑아내며 두 번째 쓰러진 골렘의 가슴 갑주에 검을 찔러 넣었다.

서걱-

갑주가 부서지는 소리도 없이 날카롭고 가는 그녀의 검날은 골렘의 갑주 사이의 틈을 비집고 들어갔다.

주륵- 주르륵-

마치 피처럼 검은 기름이 골렘의 몸에서 흘러나왔다. 그녀의 말에 키누는 고개를 들었다.

쿠우웅…… 쿠우우웅……. 쿠그그그그그그…….

조금 전 마이스터의 소형 골렘 부대의 질주와는 전혀 다른 웅장하고 강렬한 떨림이 느껴졌다.

"시작되었군."

그 순간 태양이 사라졌다. 아니, 사라진 것처럼 느껴졌다. 남은 불빛이라고는 침엽수림을 태우는 화염뿐이었으니까.

키누 무카리는 할 말을 잃은 듯 굳은 얼굴로 그 자리에 서 있었다.

등에서 주르륵 흘러내리는 땀방울. 구릉의 주인이라 불리는 샌드 서펀트를 마주했을 때도 이런 기분은 아니었다.

"저, 저런…… 걸 어떻게……."

"이길 수 있을까……?"

첫 번째 골렘을 파괴하며 환호성을 질렀던 병사들이 불안한 듯 여기저기에서 웅성거렸다.

"정말 괴물이군."

밀리아나는 눈앞에 있는 거대한 골렘을 바라봤다. 마이스터 부대의 소형 골렘을 일격에 무력화시킨 그녀임에도 불구하고 레볼을 본 순간 전력을 다하더라도 무리라는 것을 싸워보지 않아도 직감했다.

소드 마스터를 뛰어넘는 위용. 압도적인 존재감은 확실히 화이트 벙커의 수문장이라 불릴 만했다.

"하지만 잡으면 그야말로 영웅이지."

그녀는 키누 무카리와는 다른 의미로 소름이 돋는 듯 몸을 떨었다.

와아아아아-!!

저 멀리 반대쪽 산맥에서 들려오는 환호성. 밀리아나는 만환(卍環)으로 빛나는 눈으로 그곳을 바라보더니 중얼거렸다.

"왜 그가 기다렸는지 알겠군. 빈프레도 중류에서부터 올라온 병력도 곧 합류한다. 이 세기의 결전을 지켜볼 관객이 더욱 늘어날 거야."

가증스럽다는 웃음일까 아니면 역시나라는 뜻일까.

"결국 또 당했어. 우리의 전투는 그의 전투를 돋보이게 만들 들러리에 불과했군."

밀리아나는 웃었다.

'하지만 오늘 쓰러진 거신 위에 그가 서 있는 모습이 만천하

에 알려지게 되겠지.'

두근-

부정할 수 없었다.

'그 모습을 보고 싶다.'

그녀는 상기된 얼굴로 고개를 들었다.

'오늘의 전투는 분명 역사에 길이 남겠지.'

요동치는 심장을 간신히 진정시키며 그녀는 세 번째 골렘을 향해 달려갔다. 전무후무할 대격전의 시작을 두 눈으로 지켜보기 위해서.

"다시 봐도 엄청난 크기로군."

카릴은 화이트 벙커의 성벽에 서서 눈을 빛내는 거대한 골렘을 바라봤다.

쿠르르르르…….

레볼이 고개를 돌리자 마치 맹수가 포효하는 것처럼 으르렁거리는 소리가 들렸다.

"다행히 아직 전투 1태세인가."

카릴은 레볼을 살펴보며 낮은 목소리로 중얼거렸다.

레볼의 전투 형태는 모두 3가지였다. 기본 형태인 1태세 이후 다수의 적을 상대할 수 있도록 마도 포격기를 장착한 2태세와 대형 타락을 잡기 위해 개발된 3태세까지.

만약, 무장 2태세가 완성되어 윈켈이 카릴이 아닌 그 뒤에 병사들을 노렸다면 아군의 피해도 심각했을 것이다. 그럼에도 불구하고 눈앞의 골렘을 바라보며 카릴은 서늘한 기운이 느껴졌다.

쫘악-

'운이 좋군. 1년만 더 늦었더라면 싸우기 버거웠을지도 모르니까.'

카릴은 다시 한번 얼음 발톱을 쥔 손에 힘을 주었다.

'뭐, 1년 뒤라면 공국은 지도상에 사라졌겠지만.'

그는 쓴웃음을 지었다.

[운이 좋다고? 잘도 저런 강적을 두고 그런 말이 나오는구나. 이 정도 크기의 대형 골렘은 오랜만에 보는군. 신화 시대에도 몇 기 없었는데 말이야. 이걸 인간이 만들었다니 실로 놀랍군.]

'신화 시대 때는 레볼과 같은 골렘이 더 있었나?'

[물론, 그 당시에는 드워프들이 골렘을 만들었으니까. 드워프들은 각각의 가문을 대표하는 골렘들을 가지고 있었지. 그 중에서도 뮤르가(家)의 골렘은 정령왕에 근접한 힘을 가졌으니. 우리도 인정하는 바였고.]

'그렇군. 저 레볼도 그 엔더러스의 설계도를 기반으로 해서 만든 거니까. 이 정도까지 구현을 했다는 것만으로도 대단한

일이지.'

카릴은 그렇게 생각하면서 입맛을 다셨다.

'레볼은 확실히 엄청난 물건이지. 하지만 윈겔 하르트 당신과 나라면 그 이상의 골렘을 만들 수 있을지도 몰라.'

전생에는 이루지 못한 위업(偉業). 카릴은 헤임(Heim)으로 향하던 길에서 얻었던 미완성의 골렘 설계도를 떠올렸다.

아스칼론(Ascalon). 회귀 이후 신탁 전쟁을 준비하는 카릴의 또 다른 계획을 완성하기 위해서라도 윈겔 하르트란 남자가 그에게 필요했다.

콰직-!! 콰그그그그극-!!

불규칙하게 떨어지는 번개 다발이 카릴를 덮쳤다. 그가 서 있던 성벽에서 굉음이 터져 나왔고 단숨에 도심을 질주하는 골렘을 바라보며 그는 경탄을 금치 못했다.

족히 20미터는 될 것 같은 압도적인 크기. 온몸에 두꺼운 갑주를 두르고 있는 녀석의 양팔에는 거대한 도끼와 방패가 들려 있었다.

[……]

레볼이 들고 있는 도끼의 날엔 여전히 번뜩이는 전격이 남아 사방으로 흩뿌려지고 있었다.

단 일격으로 화이트 벙커의 내벽이 와르르 무너졌다. 오금이 저릴 정도의 위력에 성 밖에서 전투를 벌이던 병사들은 적아의 구분 없이 모두 경악에 찬 얼굴로 레볼의 등장을 바라봤다.

이미 승부가 난 것처럼 정적이 흐르는 전장. 하지만 번개를 머금은 거신의 공격은 멈추지 않고 연달아서 이어졌다.

펑!! 퍼퍼펑-!!

광장에 있는 분수대가 충격에 폭발하면서 물이 솟구쳐 올랐다. 보이지 않는 힘에 솟아오른 물이 흩뿌려지듯 퍼지며 거리 안으로 떨어졌다.

"으악……!!"

"아아아악……!!"

레볼의 번개가 뿌려진 물에 닿자 마치 그물처럼 물방울 사이로 번지며 바닥에 떨어졌다. 부서진 바닥에 고인 물구덩이들 위로 전격을 머금은 방울들이 닿자 콰드드드득……!! 하는 요란한 소리와 함께 마력이 사방으로 뿜어지며 무너진 성벽 아래에 있던 병사들을 덮쳤다.

감전이 된 듯 비명과 함께 병사들이 몸을 부르르 떨면서 바닥을 기었다. 그들의 몸에 시커먼 연기가 피어올랐고 갑옷 속은 연기보다 더 시커멓게 타들어 갔다.

레볼에서 뿜어져 나오는 응축된 마나 블레이드는 소드 마스터보다 더 강렬한 것이었기에 닿는 것만으로 숯이 되는 것처럼 수백의 병사를 일순간에 몰살시켰다.

와아아아아아-!! 와아아아-!!

아군을 집어삼키는 위용에 틀리군은 다리에 힘이 풀린 듯 주저앉았고 프란군은 환호성을 질렀다.

"도, 도망쳐!!"

"피해!!"

자칫 잘못하면 자신들도 레볼의 제물이 될지 모른다는 생각에 살아남은 병사들은 겁에 질린 듯 다급하게 소리치며 흩어지기 시작했다. 순식간에 상황이 뒤집어졌다.

[크윽!]

윈켈 하르트는 자신의 발아래에 있는 시체들을 바라보며 인상을 찡그렸다. 자신의 실수로 이렇게 많은 자가 죽었다. 이미 숨이 끊어진 시체인데도 불구하고 그들을 밟는 것조차 버거운 듯 조금 전과 달리 레볼의 움직임에 제약이 걸렸다.

[……!!]

그러나 그것도 잠시. 주춤하던 레볼이 화들짝 놀란 듯 뒤로 물러섰다. 녀석이 발을 뗄 때마다 건물들이 와르르 무너졌고 시커먼 흙먼지가 피어올랐다. 발아래에 붉은 핏덩이들이 풍선이 터지듯 터져 나왔다.

"아아악!!"

"아악!!"

병사의 비명을 들으면서 윈켈은 자신도 모르게 눈을 질끈 감았다.

"역시 너는 전투에 어울리지 않아."

낮은 목소리가 들렸다.

탁-! 타탁-!

다른 사람들의 눈에는 보이지 않았지만 조금 전 낙뢰가 떨어진 곳에 있었던 카릴이 어느새 레볼의 아래에서 질주하며 골렘의 다리 사이를 튕기듯 지그재그로 뛰어오르며 올라섰다.

파앗-!!

레볼의 허리 부분 장작 되어 있는 갑옷을 밟고 뛰어오르자 순식간에 카릴이 녀석의 정면으로 올라섰다.

후우우웅-!!

그 순간 레볼이 카릴을 향해 횡으로 도끼를 그었다. 거대한 도끼날이 공간을 베며 날카로운 파공음을 터뜨렸다.

콰아아아앙……!!

날에서 뿜어져 나오는 전격이 공중에서 산화하듯 사방으로 터져 나가며 연기를 뿜어냈다.

"크윽?!"

"아악……!"

엄청난 굉음에 주변의 전장에 있던 병사들은 귀를 막으며 주저앉았다.

ㅊㅈㅈㅈㅈㅈㅈ……

달궈진 도끼 위로 쏟아지는 눈보라가 닿자 새하얀 김이 서리기 시작했다.

[말도 안 돼…….]

도망치던 병사들도 놀란 눈으로 그 광경을 바라봤다. 레볼에 탑승해 있는 윈겔 역시 증기 사이를 주시하며 할 말을 잃은 듯 입술을 파르르 떨었다.

"전장에서 죽음은 뗄 수 없는 끈인 것을. 그게 두려워 엉거주춤하고 있다니. 그야말로 돼지 목에 진주로군."

놀랍게도 수평으로 놓인 도끼날을 밟고 서 있는 카릴의 모습이 윈젤의 시야에 들어왔다. 두 동강이 나도 모자랄 위력이었지만 눈앞의 카릴은 아무렇지 않은 듯 평온한 얼굴이었다.

꿀꺽-

그는 마른침을 삼켰다.

"윈젤, 이 전투가 끝나면 골렘을 어떻게 쓰는 건지 네게 가르쳐 주지. 그러니……."

조종석 안에서 카릴의 모습이 확대되며 잡히자 윈젤의 눈에 그의 입꼬리가 차갑게 올라가는 것이 선명하게 보였다.

"거신(巨神), 내가 받아 가겠다."

지이이이이잉-! 철커-!!

도끼를 잡고 있는 레볼의 팔목에서 건틀렛처럼 생긴 갑주가 돌아가며 네 방향으로 분리되자 각각의 모서리에서 연기가 뿜어져 나왔다.

츠으으으……!!

연기가 사라짐과 동시에 분출구에서 뜨거운 불길이 숏구치며 동시에 마법진이 생성되었다. 추가적으로 마법진에서 화염이 뿜어져 나오자 추진력을 받자 레볼이 카릴이 밟고 있는 도끼를 있는 힘껏 돌렸다.

카릴이 공중으로 뛰어올라 그 상태로 한 바퀴 공중에서 몸을 틀어 바닥에 착지하자 레볼의 도끼가 수직으로 방향을 틀며 그의 머리 위로 떨어졌다.

쾅아아아아앙-!!

하늘이 잘려 나가는 것 같은 거대한 폭음과 함께 레볼의 도끼가 바닥을 내려쳤다. 주변의 건물들이 풍압을 이기지 못하고 부서지며 사방으로 터져 나갔다.

잔해들이 마치 탄환처럼 여기저기 박히면서 주변의 건물들마저 동시에 부서졌다. 도끼가 박힌 곳에 반경 수십 미터에 달하는 거대한 구멍이 생겨났고 바닥이 완전히 뒤집혀져 흙바닥이 보였고 여기저기 박혀 있는 나무뿌리가 훤히 드러났다.

우지끈-!!

거리를 장식했던 나무들은 골렘의 발에 밟혀 부서졌고 순식간에 화이트 벙커의 입구 쪽은 폐허를 연상케 했다.

하지만 이제 겨우 전투의 시작이라는 것을 생각했을 때 과연 얼마나 더 많은 피해가 있을 것인지 사람들은 두려운 눈빛으로 골렘을 바라봤다.

"끝났나……?"

"저런 걸맞고 살아 있을 리가 없지."

저 멀리 대피소에 숨을 죽이며 숨어 있는 사람들은 떨리는 목소리로 말했다. 아직 뒤덮인 먼지 때문에 제대로 볼 수 없었지만 마치 모래 폭풍처럼 솟구친 분진만으로도 레볼의 위력을 실감할 수 있었다.

푸스스스스스……

솟구쳤던 먼지가 눈보라와 섞이면서 서서히 가라앉았다.

콰앙……!!

순간, 도끼를 내려친 레볼의 몸이 휘청거리며 조금 전 바닥을 찍었던 팔이 위로 튕겨져 나갔다.

거대한 기둥 같은 레볼이 뒤로 물러나자 가라앉기 시작했던 흙먼지가 다시 소용돌이처럼 돌더니 골렘의 크기만큼이나 높게 솟아올랐다.

파앙-!!

솟구친 흙먼지를 뚫고 카릴이 튀어 올랐다. 먼지바람이 마치 꼬리처럼 그의 뒤를 따라 궤적을 그렸다. 카릴이 레볼이 했던 것처럼 있는 힘껏 얼음 발톱을 횡으로 그었다. 그의 검은 골렘의 도끼에 비한다면 마치 이쑤시개처럼 작고 연약해 보였다.

"흡……!"

얼음 발톱이 비전력을 흡수하자 보랏빛의 아케인 블레이드가 레볼의 전격을 뚫고 밀려들어 왔다.

크까가가가각-!!

놀랍게도 카릴의 검이 격돌하는 순간 두 무기가 맞닿은 경계에서 폭발과도 같은 불꽃이 터져 나왔고 검날과 도끼날이 서로 맞물리며 갈렸다.

"말도 안 돼……"

대피소의 사람들은 눈 앞에 펼쳐지는 광경을 믿을 수가 없었다. 조금씩 힘의 균형이 무너지고 있었다. 고작 골렘의 새끼 손가락만 한 작은 인간이 자신의 수십 배가 되는 거신을 밀어붙였다.

[제길……!!]

윈겔 하르트는 이를 악물었다. 조종석 안에 생성된 시야를 밝혀주는 마경(魔鏡)의 테두리에 경고를 알리는 붉은 띠가 반짝였다. 팔목에 부착되어 있는 추진 장치에 마력을 끌어모았지만 골렘의 힘에도 불구하고 카릴은 밀리지 않았다.

드르륵-!!

윈겔이 레버를 당겼다. 조종석 뒤편에 마력 충전기에서 치익-! 하는 소리와 함께 반대쪽 팔을 들어 마치 무기처럼 방패를 휘둘렀다. 번쩍 들어 올린 방패가 위에서 아래로 운석처럼 떨어졌다.

요란한 진동과 함께 그 여파로 무너진 도로와 잔해들이 마치 무중력 상태가 된 것처럼 위로 솟구쳐 올랐다.

"꺄아악!!"

"으악?!"

사람들은 귀를 틀어막고 주저앉으면서도 카릴의 행방을 찾기 위해 이리저리 고개를 돌렸다. 하지만 그들은 카릴의 모습을 찾을 수 없었다.

마치 시간이 멈춘 것처럼 카릴의 주위가 정적을 이루었다.

파밧-! 팟-!

고작 수초도 되지 않을 찰나의 순간에 공중에 떠 있던 잔해들을 밟고 지그재그로 튀어 오르는 카릴의 발걸음 소리가 들렸다.

육안으로는 쫓을 수 없는 엄청난 속도. 카릴이 잔해들을 징검다리 밟듯이 뛰어오르며 자세를 잡았다.

2번째 외뿔 자세(Unicorn Posture).

일점 공격의 2번째를 취하는 순간 그의 검날에서 강렬한 마력이 응축되었다.

6클래스의 반열에 오르고 난 뒤. 카릴은 이전보다 훨씬 더 섬세하게 마력을 다룰 수 있게 되었다. 하지만 여전히 스스로 불만인 점은 그 마력을 아직도 검에 의존해서 쓸 수밖에 없다는 것이었다.

그도 그럴 것이 7클래스의 반열의 대마법사들이 넘지 못한 경지를 마력도 없는 상태에서 검 하나로 도달했던 그였으니까.

단일의 마법을 마력이 담긴 그의 검과 비교한다는 것은 어불성설의 일이었기 때문이었다. 과거 마도 시대의 대마도사인 카이에 에시르는 단 하나의 속성만을 쓸 수 있었기에 마력 중축이란 방법으로 자신의 마도(魔道)를 관철시켰다.

하지만 카릴은 그와 달리 모든 속성을 쓸 수 있는 용마력을 가졌다.

'마력 합성(魔力合成).'

하나의 속성이 아닌 각기 다른 속성의 응집. 카릴은 얼음 발톱에서 뿜어져 나오는 아케인 블레이드를 바라보며 언젠가 자신만이 할 수 있는 새로운 마법학을 만들겠다고 생각했다.

카릴의 눈매가 가늘게 변했다.

콰가가각-!!

검날을 따라 나선으로 회전하던 그의 아케인 블레이드가 검극에서 송곳처럼 뿜어져 나왔다.

[큭?!]

조종석에서 윈겔 하르트가 황급히 조종관을 당기자 레볼이 팔을 들어 엑스자로 교차하며 자신의 앞을 막았다.

스캉!!

일직선으로 떨어지는 카릴과 레볼이 격돌하였다.

탁!

타탁!! 타타탁!!

카릴이 레볼을 지나쳐 바닥에 착지하자 그 속도를 이기지 못하고 그대로 앞으로 주르륵 미끄러졌다. 그는 속도를 줄이기 위해 가볍게 발을 구르며 뛰어올랐다. 왼발을 축으로 발목을 꺾으며 간신히 멈춰 섰을 때 카릴의 머리 위가 어둡게 변했다.

레볼이 무서운 속도로 몸을 틀어 주먹을 수직으로 떨어뜨렸다.

팔등에 장착되어 있는 거대한 방패가 마치 파리채마냥 카릴을 압살하기 위해 쏟아졌다.

쾅악!!

카릴이 검을 들어 그의 공격을 막으려고 했지만 그보다 레볼의 방패가 훨씬 더 빠르게 그를 향해 떨어졌다.

"조, 조심……!!"

"위험해!!"

그 광경을 사람들이 다급한 목소리로 소리쳤다.

퉁-

하지만 당장에라도 카릴을 찍어 눌러 버릴 것 같았던 거대한 방패가 바닥에 격돌한 것 치고는 너무나도 허무한 소리가 들렸다.

"……어?"

"뭐, 뭐지?!"

눈을 질끈 감았던 사람들은 어리둥절한 표정으로 레볼을 바라봤다. 카릴을 찾던 사람들이 레볼과 그의 모습을 보고는 입을 다물지 못했다.

카릴의 머리 위에 멈춘 방패에 날카로운 금이 가더니 두 동강이 나면서 그의 옆으로 떨어져 지면에 박혔다.

쿠웅-!!

카릴이 자신의 옆 바닥에 꽂혀 있는 거대한 반쪽 방패를 발로 툭 치자 쓰러지면서 듯한 요란한 소리를 냈다. 자신의 반대쪽에 박혀 있는 또 다른 방패 조각을 툭툭 건드리며 그가 말했다.

"조종사의 부족함인지 아니면 기술의 한계인지는 모르겠지만 무기에는 마나 블레이드를 쓸 수 있어도 방패는 불가능한가 보군. 이렇게 쉽게 잘려 나가다니 말이야."

그는 반 토막이 난 반대쪽 방패도 밀었다.

쿠우웅……!!

양쪽으로 비석처럼 박혀 있던 잘려 나간 방패들이 바닥에 쓰러지자 카릴은 고개를 들어 나지막한 목소리로 말했다.

"이런 방패 따위 경지에 오른 자에게는 그저 종잇장에 불과하지."

그의 인영이 흐릿하게 사라졌다.

[……!!]

비틀거리던 레볼이 주춤하며 뒤로 물러서자 방패를 들고 있던 골렘의 팔이 깨끗하게 잘려 바닥으로 떨어졌다.

[큭?!]

잘려 나간 관절의 부품들을 통해 검은 기름이 마치 피처럼 줄줄 흘러나오기 시작했다.

"어…… 어어……."

그 모습을 지켜보며 대피소의 시민들뿐만 아니라 공국관에 있던 귀족들은 그 광경에 입을 다물지 못했다. 그리고 그건 화이트 벙커의 관저에서 전투를 지켜보던 귀족들 역시 마찬가지였다.

"뭐, 저런……."

"괴물이 다 있지?"

누군가 자신도 모르게 내뱉은 한 마디에 틀리가 날카롭게 쏘아봤다. 젊은 귀족은 화들짝 놀라며 입을 막았지만 그녀조차도 그의 말을 부정할 수 없었다. 굳이 다른 것이 있다면 그녀의 눈엔 단순히 괴물이 아닌 자신의 계획을 완전히 짓밟아 버릴 악마로 보인다는 것뿐이었다.

츠으으으 으아아아아아악-!!

카릴이 뛰어올라 뒤를 돌며 얼음 발톱의 검면으로 레볼의 가슴팍을 있는 힘껏 두들겼다. 엄청난 소리와 함께 거대한 레볼의 몸이 주르륵 밀려났다. 팔 한쪽이 잘려 나가 균형을 잃은 녀석이 크게 휘청거렸다.

4번째 여울 자세(Riffle Posture).

그의 검이 쉴 새 없이 레볼의 관절을 노렸다. 수십 번의 날카로운 찌르기가 이어지고 검날을 다시 한번 세워 궤도를 바꾸며 검격을 터뜨렸다.

무색기검(無色氣劍) 4식(式).

쿵!! 쿠쿵……!! 쿠캉!!

얼음 발톱의 날이 쇄도해 들어갈 때마다 거대한 거신의 상체가 크게 휘청거리며 흔들렸고 강렬한 충격을 버티지 못하겠다는 듯 레볼은 더더욱 뒷걸음질 쳤다.

콰직-!

거대한 동상이 골렘의 발아래 밟혀 부서졌다.

[……!!]

윈겔 하르트는 황급히 뒤를 돌아보았다. 산산이 부서진 동상의 머리가 튤리의 얼굴과 똑같았다. 뒤로 밀리던 레볼이 어느새 화이트 벙커의 절반을 지나 튤리가 있는 성까지 도달한 것이었다.

"함성을 질러라."

그 모습을 보며 밀리아나는 바라보며 기다렸다는 듯 검을 들어 올리며 외쳤다.

와아아아아-!! 와아아-!!

조금 전과 달리 이번에는 프란군의 병사들이 그녀의 명령에 있는 힘껏 환호성을 질렀다. 화이트 벙커를 포위하고 있는 병사들의 외침이 마치 성을 집어삼킬 것처럼 떠들썩하게 들렸다.

투드드득…….

레볼의 갑주에 금이 가고 엉망이 되어 잔해들이 바닥으로 떨어졌다.

철컥-!!

윈겔이 덜렁거리는 가슴 갑옷을 뜯어 버리자 레볼의 가슴에서 커다란 코어가 회전하기 시작했다.

콰쾅!! 콰콰콰쾅!!

코어의 앞에서 마치 음속폭음이 생기는 것처럼 공기가 커다란 고리 형태로 터지며 날카로운 빛이 카릴을 향해 쏘아졌다. 건물의 잔해들이 레볼의 파동에 휩쓸려 소용돌이를 일으키며 날아갔다.

우당탕탕……!! 카그그극……!!

빛무리에 닿은 바닥이 다시 한번 부서지면서 돌덩이들이 시뻘겋게 달아올랐다. 카릴은 자신을 향해 쏟아지는 화염을 바라보며 차분히 자세를 잡았다.

일도양단(一刀兩斷).

위에서 아래로 얼음 발톱을 긋는 순간 한 템포 늦게 레볼의 가슴에서 쏟아진 빛무리가 양쪽으로 갈라지며 녀석의 가슴에 콰즉! 하는 소리와 함께 커다란 상처가 났다.

그야말로 섬격(殲擊).

지직…… 지지직……!!

레볼의 허리가 반으로 꺾이며 잘려 나간 옆구리에서 파즈즉! 스파크가 일어났다.

끄드드드드……!!

거대한 골렘의 몸이 서서히 뒤로 넘어지기 시작했다.

"으아아악!!"

"아악!!"

"도, 도망쳐!!"

레볼의 뒤, 성에 있던 귀족들을 향해 무너지는 골렘의 모습에 비명을 질렀다. 홀 안은 아비규환이라 해도 과언이 아닐 정도로 혼란스러웠지만 이미 도망치는 것은 불가능했다. 몇몇 귀족들이 간신히 문고리를 돌려 문을 열었지만 어느새 골렘이 건물을 부수기 직전이었다.

"꺄아아아아!!"

"으, 으아악!"

사람들이 주저앉으며 머리를 감싸며 소리쳤다.

그때였다.

"뭐, 뭐지……?"

"……어?"

당연히 죽을 거라고 생각했던 그들은 자신들을 덮칠 고통이 느껴지지 않자 감았던 눈을 조심스럽게 떴다.

"사…… 살았다?"

홀을 가득 채운 어둠. 그 어둠이 바로 자신들을 덮칠 레볼에 의해 만들어진 그림자라는 것을 알고 있는 귀족들은 당장에라도 쓰러질 것 같은 레볼의 뒷모습을 바라보며 나지막하게 중얼거렸다.

끄드……끄드드득…….

놀랍게도 쓰러지기 바로 직전. 거대한 레볼을 붙잡고 있는 사람은 다름 아닌 카릴이었다.

툴썩-

"살았어……."

틀리는 다리에 힘이 풀린 듯 당장에라도 쓰러질 듯 비틀거리며 탁자를 붙잡았다.

"누가?"

그 순간 어둠을 틈타 그녀의 목에 차가운 검날이 닿았다.

"……!!"

단검을 잡은 손이 조금 더 가까이 당겨지자 튤리의 목에 붉은 핏방울이 주르륵 흘러 검날을 타고 떨어졌다.

"주군께서는……."

꿀꺽-

검날에 베인 상처의 고통을 느끼기도 전에 튤리는 전신을 엄습하는 공포에 자신도 모르게 마른침을 삼켰다.

"널 살려주신다 한 적 없다."

단검의 검날에 비치는 어둠 속의 검은 눈이 차갑게 그녀를 향해 말했다.

"누, 누구냐!!"

튤리는 다급한 목소리로 외쳤다.

레볼과 카릴의 격전에 눈이 팔려 화이트 벙커가 뚫리는 것조차 몰랐던 것일까?

아니다. 비록 전방에 성벽이 무너지기는 했지만 프란군 역시 둘의 전투 때문에 화이트 벙커로 들어올 엄두를 내지 못했다. 하지만 그런 위험을 무릅쓰고 성안으로 잠입한 자들이 있었던 것이다.

꿀꺽-

그녀는 전신을 휘감는 긴장감에 자신도 모르게 마른침을 삼켰다.

'도대체 언제…….'

습격을 받았다는 보고도 없었고 복도에서 전투 소리도 들리지 않았다. 당연한 일이지만 창문이 깨지거나 한 흔적도 없었다. 그야말로 어둠 속에서 튀어나온 것 같은 검은 눈 일족의 등장에 그녀는 당혹스러울 수밖에 없었다.

"허튼짓하지 마."

튤리가 눈동자를 돌리자 그녀의 목에 닿아 있는 검날이 조금 더 깊게 파고들었다.

"크흑……?!"

아찔한 통증과 함께 그녀는 피부를 뚫고 검날이 박힐 때마다 자신의 마력이 사라지는 것을 느꼈다.

"저하!!"

콰아아아아아앙-!!

복도에서 들려오는 묵직한 외침과 함께 거대한 할버드가 두 사람을 덮쳤다.

"……!!"

지그라는 자신을 향해 쇄도하는 도끼날을 바라보며 황급히 뒤로 물러났다.

놀랍게도 둘 사이를 갈라놓은 사람은.

"가네스 경!!"

요만에서 소식이 끊긴 공국의 소드 마스터였다. 튤리는 반가워 마지않는 목소리로 부서진 갑주를 입고 거대한 낫과 같은 할버드를 들고 있는 그를 향해 소리쳤다.

"송구하옵니다. 요만이 무너지고 나서……. 겨우 목숨을 부지하여 이렇게 돌아왔습니다."

지그라에게서 눈을 떼지 않고 경계를 하면서 가네스가 말했다. 그의 몰골은 여기저기 상처와 함께 갑옷도 부서진 채였기에 누가 보더라도 격전에서 간신히 살아 돌아온 듯 보였다. 사죄를 하는 그와 달리 튤리는 천군만마를 얻은 것처럼 얼굴에 미소를 띠며 소리쳤다.

"무슨 그런 말을……. 자네가 없었더라면 내 목숨은 이미 끝났을 거야. 상벌은 나중의 문제다. 공국의 소드 마스터로서 화이트 벙커를 위협하는 저 벌레들을 모두 잡아주게!"

튤리는 목에서 흘러나오는 피를 막기 위해 손으로 누르면서 소리쳤다. 그녀의 언성이 높아질 때마다 핏물이 좀 더 짙게 흘러내렸다.

"프란, 그 멍청한 놈이 모든 걸 망쳤어!! 이민족을 데리고 오다니! 그놈이 공국을 더럽히고 있게 놔둘 수 없어!"

그녀의 외침에 가네스는 고개를 끄덕였다.

쾅아아앙-!!

가네스가 할버드에 마력을 있는 힘껏 응축시키자 그의 날에서 번뜩이는 전격이 흩어지며 날카로운 날이 벽에 박혔다.

"……."

단 일격으로 와르르 무너지자 조금 전 튤리를 습격했던 지그라가 황급히 몸을 숙이며 어둠 속으로 도망쳤다.

"아직 더 있을지 모릅니다. 모두 대피소로 피하는 것이 좋을 듯싶습니다. 제 병사들을 성 주위에 배치해 두었습니다. 그들이 호위를 맡을 겁니다."

지그라가 도망치자 가네스가 손짓을 했다. 그러자 복도에서 그와 같은 갑옷을 입은 병사들이 달려와 경례를 했다.

"여, 여기!!"

"나 먼저다!!"

"자자, 어서 가게!"

귀족들은 기다렸다는 듯 앞다투어 뛰쳐나왔다. 당장에라도 쓰러질 것 같은 골렘의 뒷모습을 보며 이곳에 있고 싶은 사람은 없었다. 그들은 병사를 따라 대피하기 시작했다.

"저하."

홀 안에 귀족들이 사라지고 튤리와 콕스 두 사람만이 남았다.

"가시지요."

콕스 바틀러는 가네스에게 고개를 숙이며 인사를 하고는 튤리를 이끌었다.

"더글라스와 레디오스."

그때였다. 건물을 나서려던 두 사람을 지켜보던 가네스가 그들의 등 뒤에서 입을 열었다.

"이 두 사람을 아십니까."

그 순간 튤리의 걸음이 멈추었다.

"공국의 귀족이라 생각했는데 처음 들어보는 이름입니다. 이들이 내전과 관련이 있는 자들이라는 것이 사실입니까?"

"그, 그게 무슨……."

담담한 가네스와 달리 그녀의 얼굴은 딱딱하게 굳어졌다. 그에게서 그 이름들이 나올 일이 있을 것이라고는 단 한 번도 상상한 적도 없었기 때문이었다.

그 둘이 누구인가. 바로 카릴이 아조르에서부터 찾았던 우든 클라우드의 일원들의 이름이었다.

현재 캄마는 그중 한 명인 레디오스와 접촉을 했었고 노움 국과 우든 클라우드가 관계를 가지고 있다는 것을 알게 된 이후 칼 맥이 그들과 접촉하기 위해 공국에 남은 상태였다.

하지만 이 모든 일련의 사태는 극비. 우든 클라우드에서도 최상위인 뿌리들만이 알고 있는 일이었다.

'……이게 무슨 뭣 같은 경우지? 어째서 그가 그 둘을 알고 있는 거냐고!'

튤리는 빠르게 머리를 굴리기 시작했다.

"게다가 듣기로 그들이 프란 경에게 약을 먹였다고 하더군요. 혹여 저하의 사람들입니까."

선택의 여지는 두 가지였다. 자신의 사람이라는 것을 인정하는 것과 부정하는 것. 이미 둘의 존재는 엎질러진 물.

그녀는 어떤 선택이 자신에게 유리한지 찾기 위해 노력했다. 그도 그럴 것이 이들의 존재는 공국의 충신이라 한들 알지 못하는 일이었다. 심지어 7공작 중에서도 이 사실을 모두 알지 못하니 말이다.

"정말…… 이 내전이 우든 클라우드에 의한 것입니까? 그들이 지엄한 공작을 독살하려 한 것이 사실입니까!"

'제기랄…….'

튤리는 입술을 꽉 깨물었다. 상황이 너무 좋지 않았다. 평시도 아닌 하필이면 급박한 전시 상황에서 이런 일이 터지다니 말이다. 그에게 설명할 시간이 너무 부족했다.

"하나 가네스 경. 공국의 소드 마스터인 자네도 알지 않은가. 우든 클라우드가 공작가와 오랜 인연이 있다는 것을. 그리고 그들이 공국을 위해 존재한다는 것을."

"제가 충성을 맹세한 것은 공국과 공작가이지 우든 클라우드가 아닙니다."

튤리의 회유에도 불구하고 가네스는 확고했다.

"그리고 최소한 공작의 전쟁은 명예로워야 합니다. 그리해야 나머지 공작들과 귀족들이 새로운 주인을 인정할 테니까요."

고리타분할 정도로 정론을 얘기했지만 그의 말에 어떠한 반박도 하지 못했다. 튤리의 볼이 미세하게 떨렸다. 지금도 그녀의 머릿속은 어떻게 해야 가네스의 마음을 돌릴 수 있는지 바쁘게 굴러가고 있을 것이다.

"그들 중의 한 명인 더글라스가 잡혔습니다."

"……뭐?"

"대범하게도 국경을 건너 이스트리아 삼국으로 도망치려고 했더군요. 은익 함대를 통해서 말이죠. 하지만 코브에서 그리 빠르게 락히엘 경이 패전을 할 줄은 몰랐습니다. 붙잡힌 그가 말하더군요."

가네스가 천천히 목소리에 힘을 주었다.

"저하께서 우든 클라우드에 공국을 바치기로 약조하였다고. 그렇기 때문에 프란 경에게 약을 먹인 거라고."

"무, 무슨 소리를 하는 겐가. 내가 왜?!"

"저 역시 그리 생각합니다."

굳은 얼굴로 소리치는 그녀를 향해 가네스는 고개를 끄덕였다.

"그럼 뭐가 문제냐고!! 그 머저리 새끼도 인정을 했던 일이야!! 이건 모두 짜고 치는 전쟁이라고! 애당초 이렇게 크게 벌일 일이 아니었어!!"

틀리는 미친 듯이 소리쳤다.

"가네스! 아무리 경이라도 저하의 명령을 어긴다면 불경죄를 면하지 못할 것이다!"

"알고 있네, 콕스 경. 자네도 우든 클라우드라는 걸. 창왕께서 내게 말씀하시길 공국에서 가장 견제해야 하는 것이 우든 클라우드라고 했네."

"……뭐?"

"지금 저하께서는 선대가 세워온 공국을 망치려고 하고 있어. 그리고 자네 역시. 신하 된 도리로서 나는 공국을 지킬 의

무가 있어. 자네의 목을 베어서라도 말이지."

"닥쳐라!!"

콕스는 구겨진 얼굴로 소리쳤다.

"연극은 거기까지면 됩니다. 가네스 경. 이로써 확실해졌으
니까요."

문밖에서 병사 한 명이 걸어 들어왔다. 얼굴을 가리고 있던
투구를 벗자 홀 안에 있던 튤리와 콕스는 놀란 얼굴로 그를 바
라봤다.

"언니, 아니, 튤리. 당신이 우든 클라우드에 공국을 팔아 버
리려고 했다는 것을요."

"……뭐?"

"다행입니다. 이제 내가…… 오라버니의 복수를 할 수 있으
니까요."

튤리는 인상을 찡그리며 마치 못 볼 사람을 본 것 같은 표정
을 지었다.

"……루이체? 네가 어째서."

그저 어린아이에 불과하다고 생각했던 그녀가 직접 전장에
나서다니……. 튤리로서는 믿을 수가 없는 일이었다.

"변명할 생각은 하지 않으시는 게 좋을 겁니다. 우든 클라
우드가 공국의 비밀 단체라 알려져 있으나 실상은 그렇지 않
지요. 그들의 정체가 뭐죠? 또한 목적은요? 공작인 저와 보니
토스 오빠는 그들을 만나본 적도 없습니다."

"무슨 헛소리를……."

틀리의 얼굴이 일그러졌다.

"하지만 이번 일로 인해 확실하게 알게 되었습니다. 이 전쟁이 그들의 손에 놀아난 것이었고 그런 미치광이들에게 가족을 판 틀리 경을 저는 용서 하지 않겠습니다!!"

"……이런 미친!!"

그녀는 황당함을 넘어 어처구니가 없어 할 말을 잃은 표정이었다.

"이따금 들려오는 소문에 저흰 불안했습니다. 혹여 해협 건너 제국의 황제가 교단에 빠져 있는 것처럼 나라를 지켜야 할 공작들이 우든 클라우드라는 불손한 자들에게 속은 것은 아닐지 말입니다."

'이런……. 머저리 같은……!!'

그녀의 말에 틀리의 얼굴이 구겨졌다. 두 사람이 우든 클라우드에 대해서 모르는 것은 당연한 일이었다. 공국의 7공작 중 가장 어린 두 사람이었기에 그들은 당연하게도 둘 모두 변방의 영토를 물려받았다.

최소한의 형제애. 나라와는 상관없이 그저 자신의 땅에 안주하며 조용히 살기를 바랐기 때문이었다.

하지만 오히려 그것이 화근이었다. 공작임에도 불구하고 그 둘은 우든 클라우드에 대해 전혀 알지 못했기에 뜬구름 잡는 상상만으로 짐작할 수밖에 없었다.

루이체의 얼굴을 보니 튤리 자신뿐만 아니라 프란도 우든 클라우드 소속이라는 것을 까맣게 모르는 것 같았다.

'그저 흘러가는 대로 조용히 살면 될 것을……!'

그녀는 아차 싶은 생각에 어깨를 부르르 떨었다.

루이체에게 진실을 알려줄 사람이 없었다. 자신의 독에 의해 프란은 정상적인 상태가 아니었으며 락히엘은 그들을 배신했으니 저들의 진형에 남은 공작이라고는 세상 물정을 모르는 순진한 두 사람뿐이었다.

'하지만 누가 그런 헛소리를 저들에게 말한 거지?'

완벽하게 속은 것이다. 내막을 모르는 이 둘은 공작이기 때문에 우든 클라우드를 공국 내전의 흑막이라 여겨 더욱 처단해야 할 적이라 생각하고 있었다.

'그래도 이상해. 멍청한 이놈들은 그렇다 처도 가네스까지……. 누구의 말을 듣고 이런 짓을 벌이는 거지?'

공국의 충신. 설령 자신이 정말로 우든 클라우드에 공국을 고스란히 바친다 하더라도 검을 드리우는 일은 상상도 하지 못할 일이었다.

'프란의 명령인가? 아니야 그가 그럴 리 없다. 그럼 앤섬……? 아무리 녀석이라도 자신보다 상관인 가네스를 움직일 순 없어.'

튤리는 고개를 저었다. 답은 이미 나와 있었고 그녀도 알고 있었기 때문이었다.

콰앙-!!

카릴이 마력을 담은 일격을 내려치자 비틀거리며 기울어지던 레볼이 무릎을 꿇었다. 골렘의 다리를 밟고 뛰어오른 그는 가슴팍에 있는 갑주 위에 손을 얹고는 낮은 목소리로 뭔가를 읊조렸다.

[……!!]

그 순간 조종석에 앉아 있던 윈겔 하르트는 경악을 금치 못했다.

[어…… 어떻게 시동어를?]

그의 물음에 대답 대신 묘한 웃음과 함께 카릴이 손을 뻗자 갑주의 문이 열리며 두 사람의 시선이 교차되었다.

"궁금해? 이 전쟁이 끝나면 알려주지."

카릴은 그 말을 끝으로 손날로 윈겔의 목을 힘껏 내려치자 강렬한 충격에 그가 의식을 잃고 쓰러졌다.

툭-

그러고서 작동이 멈춘 골렘의 어깨를 밟고 부서진 건물의 창문으로 뛰어들었다.

"카릴……!!"

튤리는 씹어 먹듯 이를 갈며 그의 이름을 외쳤다. 하지만 한껏 즐거운 광경을 구경하는 것처럼 카릴은 만면에 웃음을 가득 띠고서 말했다.

"내 말이 맞지? 공국의 진짜 공적은 프란이 아니라 튤리다.

그녀는 수많은 백성이 살고 있는 이 나라를 팔아먹으려고 했어."

"……."

"프란 경은 그들에게 속았던 거다. 하나 진정 나라를 위해 싸웠던 그는 추악한 중독이라는 방법으로 폐인이 되었지."

그의 말에 가네스는 고개를 떨구었다.

"정의를 구현할 때입니다, 루이체."

기다렸다는 듯 카릴은 그녀를 바라보며 말했다.

"설마…… 가네스……!! 자네가 화이트 벙커의 문을 열어준 것이더냐!!"

그제야 튤리는 모든 것이 이해가 갔다. 어떻게 이민족이 들키지 않고 성안으로 잠입할 수 있었는지부터 루이체가 이곳에 있는 이유까지 말이다.

"도대체 어떻게 저들을 구워삶은 것인지 모르겠지만……. 내가 이대로 물러날 것 같으냐!!"

"구워삶긴. 그보다 더 쉬운 길이 있는데."

튤리는 악에 받친 듯 이를 갈며 카릴을 향해 말했다.

"그리고 방법이야 너도 잘 알 텐데. 네가 썼던 방법이니까."

"……뭐?"

"소드 마스터에겐 그다지 잘 효과가 없을 테지만 다행히 우리 쪽에 독 전문가가 있어서 말이야. 꽤나 공을 들였지."

카릴은 성큼성큼 걸어가 들리지 않을 작은 목소리로 그녀의 귓가에 속삭였다. 그러고는 작은 알약 하나를 보여주었다.

"……!!"

그녀의 눈이 튀어나올 정도로 크게 떠지면서 너무 놀란 나머지 엉덩방아를 찧으며 뒤로 넘어지고 말았다. 카릴이 보여 준 알약은 다름 아닌 자신이 프란에게 줬던 암폐(暗蔽)였기 때문이었다.

"튤리."

그는 엉거주춤하고 있는 그녀의 어깨를 가볍게 툭툭 치면서 말했다.

"독이란 이렇게 쓰는 거야."

▶Chapter 7◀

Chapter 14

"감히······!! 여기가 어디라고!!"

콕스 바틀러는 날카로운 외침과 함께 허리에 차고 있던 검을 뽑았다. 우락부락하고 건장한 체구만큼이나 뛰어난 그의 실력을 공국의 사람들이라면 모를 리 없었다.

과거 공국 총사령관의 직위까지 올랐던 인물이니만큼 그의 실력 역시 무시하지 못할 수준임엔 틀림없었다.

서걱-

단말마의 비명조차 들리지 않았다. 콕스 바틀러가 반쯤 검을 뽑았을 때 놀랍게도 노성을 지르던 그 표정 그대로 그의 머리가 바닥으로 떨어졌다.

카릴은 아무렇지 않게 얼음 발톱을 검집 안으로 집어넣었다. 그가 검을 뽑았다는 것조차 아무도 알아차리지 못할 정도의 섬광 같은 속도였다.

"……!!"

모두의 시선이 그의 주검에 꽂혔다. 하지만 놀라는 사람은 단 한 명뿐이었다. 튤리를 제외한 나머지 사람들은 그 결과가 당연하다는 듯 담담한 표정을 지었다.

아무리 그가 뛰어나다 하더라도 비룡 1부대의 단장과 공국의 유일한 소드 마스터에 비한다면 결국 보잘것없는 실력에 불과했으니까. 게다가 초대형 골렘인 레볼마저 단신으로 상대했다. 공국이 건립되고 지금까지 오랜 역사 속에서 누구도 이루지 못했던 업적을 카릴이란 소년이 고작 몇 개월 만에 하나하나 만들어간 것이다.

"으…… 으아아악!!"

하지만 그 업적의 놀라움 대신 튤리는 유일한 아군이었던 콕스를 잃었다는 것에 겁에 질린 듯 비명을 질렀다.

"언니, 이제 자신의 잘못을 인정하고 백성들에게 진심으로 사죄하세요. 우든 클라우드는 공국에게 독이 될 존재입니다."

"너는…… 계속 무슨 헛소리를 지껄이고 있는 게냐!! 너야말로 프란이 그 꼴이 되어 같이 머리가 이상해지기라도 한 게냐? 도대체 말이 되는 소리를 하라고!!"

튤리는 눈에 독기를 품으며 루이체의 멱살을 잡았다. 하지만 그러면서도 도망칠 방도를 찾는 듯 그녀는 뒤에 있는 문을 바라봤다.

"도망쳐도 좋아. 하지만 그 문을 나가는 순간 타협은 없다. 대신 너의 목이 성문에 걸리는 미래만이 기다리겠지."

"언니, 잘못을 인정하세요. 전쟁은 패배하였습니다."

"미친년……."

튤리의 입에서 결국 공작으로서는 어울리지 않는 단어가 튀어나오고 말았다.

"설마…… 네놈, 루이체에게까지 무슨 짓을 한 건 아니겠지? 아무것도 모르는 순진한 아이를 꼬드긴 게 분명할 터."

카릴은 그녀의 물음에 피식 웃었다. 차갑게 입꼬리를 올리는 그 모습에 튤리는 오금이 저리는 기분이었다.

"아이를 다루는 것쯤은 쉬운 일이야. 안 그래?"

그런 튤리를 향해 카릴이 말했다.

"……설마 그녀에게까지 약을 먹인 건 아니겠지?"

"글쎄, 약을 먹었을 수도 있고 아닐 수도 있지. 혹은 네가 쓴 것과는 비교도 할 수 없는 것일 수도 있고. 뭐, 아닐 수도 있고."

애매한 그의 대답은 자신을 놀리는 것 같이 들렸다.

"감히……!! 그랬다가는 내가 널 가만두지 않겠다!!"

으르렁거리듯 말하는 튤리였지만 카릴은 그런 그녀의 분노가 아무런 감흥이 오지 않는다는 듯 담담하게 말했다.

"네 주제나 생각해. 지금 당장 목이 떨어져도 아무도 널 구해줄 사람 없으니까."

얼음장처럼 차가운 그 한마디에 튤리는 현실로 돌아온 듯 자신도 모르게 마른침을 꿀꺽 삼켰다.

"고상한 척하지 마. 어린애를 이용하는 건 너희도 마찬가지 아냐?"

"……뭐?"

꽈드드득—

카릴이 튤리의 손목을 움켜쥐었다.

"큭?!"

그녀는 고통에 한쪽 눈썹을 찡그리며 자신도 모르게 눈물을 찔끔거렸다.

"라엘."

그의 말을 듣는 순간 튤리는 얼굴이 굳어졌다. 카릴은 내전 내내 잊지 않았다. 단순히 공국을 얻는 것뿐만 아니라 이로 인해 궁극적으로 찾아야 할 숙적의 존재를 말이다.

"네가 어떻게 그 이름을……."

믿을 수 없는 일들의 연속이었다. 화이트 벙커의 레볼이 쓰러진 것은 이제 별것 아닌 것처럼 느껴질 정도로 말이다.

가네스가 우든 클라우드의 일원을 알고 있는 것도 모자라 극비 중의 극비인 그 이름이 카릴에게서 나왔으니 말이다.

"설마…… 가네스 경에게 둘의 이름을 말한 것도 너란 말이냐."

카릴은 그녀의 말에 어깨를 가볍게 으쓱했다. 마치 자신이 아니면 당연히 누구겠냐는 의미였다.

"그것만이 아니지. 우든 클라우드가 노움국과 접촉을 했다는 것과 선혈 동굴에 쓸데없는 짓을 하는 중이라는 것까지 말이야."

그는 그녀의 어깨를 가볍게 두들겼다.

"라바트 길드가 누구의 것인지 알고 있잖아? 너희는 나를 이용하려 했지만 사람 잘못 건드린 거지. 상대를 봐가면서 손을 써야지. 감당할 수 없는 존재는 들쑤시는 게 아냐."

카릴은 그녀에게 말했다.

"우든 클라우드는 망한다. 내가 그렇게 만들 거야."

"미친놈. 그게 가능할 거라 보나?"

"응."

너무나도 당당하게 대답하는 그의 모습에 튤리는 할 말을 잃은 듯한 얼굴이었다.

"하지만 그건 나중의 문제지. 지금 당장 중요한 것은 네 목이 저놈처럼 바닥에 구를지 아니면 붙어 있을지니까."

그는 다시 한번 튤리에게 말했다.

"잘 들어. 네게 살 기회를 주마. 네놈들이 꼬드기고 있는 그 여자애를 내 앞으로 데려와. 그게 네 목이 붙어 있게 할 유일한 방법이니까."

꿀꺽-

튤리는 다시 한번 마른침을 삼키며 눈빛이 떨렸다.

"불안한 얼굴이군. 라엘이란 아이는 너조차 감당할 수 없는 윗선의 일이라는 건가? 그렇다면 답이 나오는군."

"……뭐?"

"네가 프란에게 그랬던 것처럼 과연 우든 클라우드가 네게 공국을 줄 것이 확실한 일일까? 아니면 너 역시 그저 이용당한 인형 중 하나일 수도 있단 말이지."

"웃기는 소리."

하지만 조금 전까지 당혹스러워하는 모습이었던 그녀가 카릴의 말에 코웃음을 쳤다.

'반응을 봐서는 확실히 윗선에 닿아 있는 것 같군. 그녀를 이용하면 라엘에 대한 단서를 확실히 잡을 수 있겠어.'

평상시대로라면 그런 맹랑한 반응을 가만히 놔둘 리 없을 카릴이었지만 이번만큼은 달랐다. 건방진 그 모습에서 확신을 가질 수 있었기 때문이었다.

"웃기는지 아닌지는 나중에 보면 알겠지. 하지만 현실을 직시해야 할 거야."

콰아아아앙-!!

창밖으로 뜨거운 화염이 솟구쳐 오르면서 화이트 벙커의 성벽 여기저기에서 폭음이 들리기 시작했다.

와아아아아아-! 와아아아-!!

그와 동시에 성문을 뚫고 들어오는 병사들이 함성이 튤리의 귀에까지 들렸다. 여전히 병장기가 부딪히는 소리가 요란하게 들렸지만 들리는 외침만으로도 승기가 어디로 기울었는지 충분히 알 수 있었다.

같은 3만의 병사라 할지라도 누가 이끌고 어떤 상황이냐에 따라 승부는 너무나도 쉽게 결정지어졌다.

[크르르르르르!!]

[카아아악!!]

지금까지 잠자코 있었던 드레이크들이 레볼이 쓰러짐과 동시에 하늘을 뒤덮기 시작했다. 수비군들에게 있어서 유일한 믿음의 방패였던 골렘이 무너졌을 때 이미 전의를 상실했던 그들이었기에 상공의 비룡들을 본 순간 저마다 무기를 내려놓고 항복을 했다.

"투항하는 자는 살려주겠다! 너희들은 명령에 의해 움직였을 뿐, 적이 아니다! 새로운 주인을 맞이할 준비를 하라!!"

밀리아나의 외침이 들렸다.

"하나 반항하는 자에게는 오직 죽음만이 있을 뿐이다!!"

마력이 실린 그녀의 목소리가 화이트 벙커 안에 쩌렁쩌렁하게 울렸다.

"이미 너희는 전쟁에서 패배했다. 차라리 프란이 승리했다면 모를까. 그것도 아닌 제3자인 내가 개입하게 되었지. 과연 이런 상황에서 우든 클라우드가 위험을 무릅쓰고 너를 구해 줄까? 난 반대일 거 같은데."

카릴은 튤리를 바라봤다.

"넌 가지치기 당할 거다. 아니, 뿌리니까 제거라고 해야 할까? 뭐가 되었든 예외는 없어. 그들에게 있어서 네가 뿌리라 할지라도 예외 없는 일이지. 뿌리가 하나만이 아니니까. 그리고 네 실책은 아마 목숨으로 갚아야 할 거야."

"……."

틀린 말은 아니었다. 카릴은 마치 그녀보다 더 많이 우든 클라우드의 방식에 대해서 알고 있는 것처럼 보였다. 그도 그럴 것이 전생에 그는 수많은 비밀 조직의 일원들 잡아왔었다. 끝내 그들의 수장을 잡지는 못했지만, 치가 떨릴 만큼 그들의 발상과 행동을 겪었으니까.

"생각할 시간을 주지. 하지만 주어지는 시간은 단 하루뿐이야. 네가 우든 클라우드에 충성을 맹세한다면 그 마음을 높이 사 나는 죽음을 선물할 테니."

그의 말에 그녀의 얼굴이 굳어졌다.

"과연 우든 클라우드가 네 충성에 감명을 받을지는 모르겠지만 말이야."

"으…… 으으윽……!!"

구겨지는 그녀의 얼굴을 바라보며 루이체가 말했다.

"설마 언니를 살려주시겠다는 말씀이십니까? 그녀가 미치광이들에게 빠져 프란 경에게 한 짓을 생각해 보세요! 게다가 그로 인해 많은 백성이 피해를 입었습니다!!"

"걱정 마십시오, 루이체 경. 그녀의 죄목은 화이트 벙커의 모든 사람이 볼 수 있는 단상 위에서 집행될 것이니까요. 하나."

카릴은 여전히 못마땅한 표정으로 자신을 바라보는 루이체를 향해 말했다.

"그렇다면 먼저 루이체 경께서 이 전쟁의 종결을 알리시는 것이 우선일 듯싶군요. 프란의 목숨도 중요하지만 그만큼 백성의 목숨도 중히 여기신다면 말이죠."

"……네?"

"지금도 많은 자가 죽어가고 있지 않습니까. 공국의 주인으로서 조금은 더 넓은 마음을 가지셔야 할 겁니다."

루이체는 카릴의 말에 얼굴을 살짝 붉혔다. 단 한 번도 주인이라는 단어가 자신에게 이어질 것이라는 생각을 해본 적이 없었으니까.

"하루만 유예 기간을 주십시오. 어쨌든 튤리는 공국의 1인자였습니다. 패배자일지라도 그 정도의 배려는 받을 자격이 있습니다."

"……알겠습니다."

그녀는 고개를 끄덕였다. 그러고는 허리에서 검을 뽑으며 무너진 홀의 끝으로 올라갔다.

여전히 병사들은 싸우고 있었다. 아니, 일방적인 학살일지도 모른다. 전의를 잃은 화이트 벙커의 수비군들은 순식간에 밀려오는 프란군에게 반항조차 하지 못했다.

"모두 멈추거라!!"

가녀린 목소리가 있는 힘껏 소리쳤다. 어린 그 목소리가 폭음 속의 전쟁에 들릴 리 없을 텐데 그녀의 외침이 끝나자마자 모두가 그 자리에서 우두커니 고개를 돌렸다.

루이체조차 깜짝 놀란 듯 뒤를 돌아봤다. 카릴이 계속하라고 손짓을 했다. 그가 마력으로 그녀의 목소리를 메아리치게 만들고 있었던 것이다.

"나 7공작 루이체가 전쟁의 종결을 알린다!! 모두 무기를 내려놓거라!!"

루이체는 고양된 표정으로 소리쳤다.

"서로 검을 맞대고 있는 그대들은 불과 얼마 전까지만 하더라도 같은 곳을 향해 검을 나란히 했던 사이다. 이제 더 이상이 잔혹한 싸움을 계속할 필요가 없다. 우리의 승리, 아니, 그누가 승리를 한 것이 아니다. 우리는 이제 이 싸움으로 희생된 자들에 대해 슬픔을 감내해야 할 시간만이 남은 것이다."

그녀의 목소리가 심금을 울렸다. 수만의 병사들이 무너진홀에 서 있는 그녀를 바라보고 있었고 본인 스스로도 감정이복받치는 듯 그녀의 눈에 눈물이 그렁그렁했다.

"그러니 모두…… 다시 공국을 지키자."

루이체의 말이 끝남과 동시에 카릴은 손을 들었다. 저 멀리서 밀리아나가 그것을 확인하고는 병사들에게 눈짓을 주었다.

와아아아아아아-!! 와아아아아아-!!

기다렸다는 듯 병사들이 함성을 지르기 시작했다. 이미 전의를 상실한 화이트 벙커의 병사들은 당연하게도 무릎을 꿇었고전쟁에 승리한 프란군들의 사기는 더욱더 찌를 듯 올라갔다.

'말도 안 돼……!! 틀리 경이 패하시다니!'

'이럴 때가 아니다. 여기에 있다가는 언제라도 목이 달아날 판이야. 당장 도망쳐야…….'

대피로 아래로 도망쳤던 귀족들은 루이체의 목소리가 들리자 다급히 몸을 움직였다.

카릴은 그런 그들의 모습을 바라보고는 몸을 돌렸다. 그는 가벼운 발걸음으로 레볼의 위로 올라갔다. 그러고는 조종석에 쓰러진 윈겔을 둘러메고는 천천히 레볼을 밀었다.

끼이이이익…….

그가 마력을 끌어올리자 거대한 기둥이 쓰러지는 것처럼 서서히 레볼이 넘어지기 시작했다.

콰가가강! 콰강! 콰가가가가강!!

쓰러지는 레볼이 틀리의 성을 완전히 무너뜨리며 그 뒤에 있는 귀족들을 덮쳤다.

"꺄악!!"

"으아아악……!!

도망치던 귀족들이 거대한 레볼에 깔리며 요란한 굉음과 함께 들려오던 비명이 삽시간에 침묵했다. 살아남은 귀족은 없었다.

[크르르!!]

[카아아아-!!]

흙먼지가 피어오르고 상공에서 드레이크들이 날개를 퍼덕

거리며 날아올랐다.

"지그라."

카릴인 이름을 불렀다.

"족장들을 집결시켜라."

그는 윈겔을 벽에 기대어놓고는 조용히 홀을 빠져나가며 옷을 여미었다. 북부의 차가운 바람이 그의 몸을 휘감고 지나가자 뜨거웠던 열기가 조금은 가라앉는 기분이었다.

"이제 준비가 끝났다."

화이트 벙커의 밤. 폐허에 가깝게 부서진 성이었지만 오늘 하루만큼은 여기저기에서 웃음소리가 들렸다.

"어째서 그 꼬마가 종결의 외침을 한 거지?"

"그녀는 공국의 공작이야. 그리고 승리군에 있었던 자 중에 프란을 제외하고 가장 많은 군사를 보유하고 있으니까. 프란이 의식 불명인 상황에서 당연히 그녀가 외쳐야지."

하지만 창밖의 소란스러움과 달리 방 안의 공기는 차가웠다. 카릴은 뜨거운 술을 한 모금 마시면서 말했다.

"병사들 수십만을 데리고 와도 당신 한 명보다 못하다는 걸 이미 이곳에 있는 모두가 알고 있어."

그의 뒤에 있는 사람은 다름 아닌 밀리아나. 그리고 그녀의 말에 동의한다는 듯 고개를 끄덕이는 사람은 하시르와 키누 무카리였다. 그들의 뒤에 서 있는 릴리아나, 쿤타이, 파툰 역시 마찬가지의 얼굴이었다.

"하시르, 내가 너희들에게 뭐라 했었지?"

"전쟁을 길게 끌 생각 없다 하셨습니다."

"맞아. 공국의 군사력은 나중에 내게 있어 필요하다. 불필요하게 그들을 죽일 필요가 없어. 솔직히 시간을 맞추기 위해서 강철 함대를 다리로 사용한 것도 아까운 일이었지."

카릴은 어깨를 가볍게 으쓱했다.

"이 정도가 좋아. 실질적으로 이번 전투에서 병사들의 피해는 별로 없었으니까. 이미 레볼이 쓰러진 뒤에 벌어진 것이라 전의를 상실한 상태였으니 말이야."

"하지만 아무것도 모르는 꼬마 아이에게 공국을 갖다 바친 꼴이 되었어."

밀리아나의 말에 카릴은 피식 웃었다.

"너는 아직 모르는 게 당연하겠지."

카릴은 릴리아나를 바라봤다. 그의 눈빛의 의미를 알아차렸는지 그녀가 고개를 끄덕였다.

"밀리아나, 걱정 마라. 공국은 우리의 것이 될 거야. 내가 전쟁을 길게 끌지 않겠다고 한 것은 내 계획은 전쟁이 끝난 뒤에야 진짜 시작이기 때문이다."

"……뭐?"

"술잔을 들어라."

카릴은 빈 잔에 술을 다시 채워 넣었다.

"오늘 밤이 끝나기 전에 공국은 이 승리를 느낄 새도 없이 비극을 맞이할 것이니 기쁨보다 애도의 술을 마셔야겠지."

"그 비극을 네가 만들어놓은 것인데도?"

밀리아나의 말에 카릴은 옅은 미소를 지으며 술을 들이켰다.

"물론, 이 승리는 공국의 것이지 나의 것이 아니니까. 오늘 밤이 끝나고 새로운 해가 뜰 때 나는 나의 승리를 쟁취할 것이다."

그의 말을 들으며 모두가 잔 속의 술을 단숨에 마셨다.

"그때 나는 승리의 술을 마실 것이다."

카릴은 술잔에 술을 한 번 더 따르며 누군가에게 건넸다.

"후회는 없는가. 이 모든 게 네 계획인데."

모두의 시선이 옮겨졌다. 놀랍게도 이민족들 사이에 홀로 서 있는 이 남자는 카릴이 건넨 술잔을 받으며 굳은 얼굴로 말했다.

"없습니다."

가네스에게 약을 쓴 것도, 루이체의 마음을 이용한 것도 모두 한 사람의 머릿속에서 나온 것. 다름 아닌 앤섬 하워드였다.

"머리도 심장도 모두 차갑게 해라."

카릴은 그런 그를 바라보며 천천히 고개를 끄덕였다.

"우리는 이제 곧 대격변(大激變)을 마주하게 될 것이니 너의 차가움이 공국을 지킬 것이다."

"그를 얼마나 신용하지?"

어두운 밤공기를 뚫고 들려오는 나지막한 여인의 목소리에 카릴은 들고 있던 술병을 가볍게 흔들었다.

"술이 없군."

"말 돌리지 마. 그리고 성년식도 치르지 않은 주제에 애늙은 이처럼 술은 왜 그렇게 잘 마시는 거야?"

밀리아나는 아직 열다섯밖에 되지 않은 그를 볼 때마다 그의 나이가 의심스러워졌다. 성인이라고 해도 믿을 만큼의 외모이기 때문도 있었지만 성인식을 치르기 전에 성인들보다 훨씬 더 큰 아이들은 많았다.

하지만 단순히 육체적인 면이 아니라 행동거지 하나하나가 마치 자신보다 더 어른 같아 보이는 카릴을 볼 때마다 묘한 기분이었다.

"전에도 말했는데. 이민족들은 훨씬 이전부터 이것보다 더 독한 술을 마신다고. 야만족들도 마찬가지 아냐?"

"대부분 그런 아이들은 술을 마시고 오만상을 찌푸리지. 누구처럼 술맛을 아는 표정을 짓지 않는다고."

밀리아나는 그렇게 말하면서 남은 술잔을 비웠다.

"앤섬 하워드. 프란이 쓰러지고 난 뒤 너를 모시기로 했다고

하던데 잘도 툴리와 똑같이 약을 쓸 생각을 했더군. 내 눈엔 뛰어난 군사보다 강한 자에게 붙는 박쥐 같은 자로 보이는데."

"내가 허락한 일이야."

하지만 밀리아나는 못마땅한 듯 어깨를 으쓱했다.

앤섬에 대한 그녀의 평가 역시 충분히 그럴 수 있었다. 그녀의 눈엔 그저 주인을 갈아탄 충의 없는 신하로 보였다.

"앤섬 하워드, 가네스 아벨란트 그리고 윈겔 하르트. 내가 공국을 얻고자 할 때 빼놓지 않으려던 세 명이야. 네 말대로 그들 중에는 독이 있을 수도 있지."

카릴은 그런 그녀를 바라보며 말했다.

"하지만 그 독도 모두 쓸데가 있기 때문에 지금 내게는 필요해. 적어도 그 정도 독에 당할 위인은 아니거든. 내가."

자신감 넘치는 그의 말에 밀리아나는 못 말린다는 표정으로 피식 웃었다.

"새삼스럽지만 잔나비 녀석들의 독은 정말 강하군. 소드 마스터조차 취하게 만들 정도니 말이야."

그녀의 말에 카릴은 쓴웃음을 지었다.

"비단 독 때문만은 아냐. 너도 알다시피 소드 마스터의 경지는 쉽게 볼 게 아니잖아. 그의 마력이라면 잔나비 부족의 독기 정도야 몰아낼 수 있어."

"그럼?"

"가네스, 그 스스로 선택한 일이야."

요만의 성벽이 무너지고 카릴은 그를 생포했을 당시 한 가지 제안을 했다.

"공국의 충신 중에 우든 클라우드의 존재를 못마땅하게 생각하는 자들은 많아. 창왕이라 불리는 또 한 명의 소드 마스터가 자신의 자리를 버리고 물러난 이유도 그 때문이지."

"흐음……."

"내가 그에게 쓴 독은 프란의 것처럼 환각을 보이거나 뇌를 망가뜨리는 것이 아니야. 그저 조금 더 본능에 충실하게 만드는 약이지. 이민족들이 전투 직전에 먹기도 하는걸."

"흐음. 그렇다 해도 너답지 않아. 소드 마스터는 확실히 탐이 나는 인재이긴 하지만……. 약을 써서까지 네 편으로 끌어들이는 것은 말이지."

카릴은 그녀의 말에 굳은 얼굴로 말했다.

"나다운 게 뭐지?"

"……응?"

"나는 그를 내 사람으로 만들겠다고 한 적 없는데? 나는 사람을 실력으로만 평가하지 않아. 네 물음처럼 앤섬을 믿고 가네스를 믿지 않는 이유기도 하지. 나는 단지 그의 미래를 조금 바꿨을 뿐이야."

하지만 밀리아나는 그의 말이 무슨 뜻인지 이해가 가지 않는 표정이었다. 그럴 수밖에 없다.

조금 전 그가 미래를 바꿨다고 하는 의미는 현생이 아닌 전생의 그를 알기 때문에 할 수 있는 말이었으니까.

'낙인(烙印)'.

전생의 가네스 아벨란트는 내전이 끝난 후 평생을 따라다닐 이명을 얻었다.

'언젠가 그는 배신하게 된다.'

하지만 그가 누구를 배신하는지를 아는 사람은 오직 카릴 뿐이었다. 튤리의 사람인 그가 낙인이라는 이명을 얻으면서까지 배신하게 되는 대상.

'그의 배신은 이번 내전 때문에 생긴 것이 아니라 내전을 통해서 얻게 된 것이다.'

가네스 아벨란트가 내전을 겪고 알게 된 것? 그것은 다름 아닌 우든 클라우드였다.

'가증스러운 그놈들은 프란을 속이고 튤리에게 그를 죽이게 했다. 하지만 내전의 결말은 거기서 끝이 아니다. 놈들은 다시 한번 자신들이 이용했던 튤리마저 버린다. 가네스 아벨란트. 그가 바로 튤리를 죽이는 범인이니까.'

카릴은 많은 생각을 했었다. 그가 전생에서 가네스와 일전을 벌였던 이유가 바로 우든 클라우드의 척결 과정에서 일어난 전투였기 때문이다. 즉, 가네스 아벨란트는 우든 클라우드를 위해 싸우게 되는 미래를 가진 자라는 말이다.

공국 내전이 끝난 뒤에도 우든 클라우드가 사라지지 않는 한 배신의 가능성을 품고 있는 가네스를 두고 카릴은 그를 살려둘지 말지에 대해 선택을 해야 했다.

"약을 쓰는 것이 정당하지 않다는 것은 나도 알고 있다. 하지만 내게도 검을 드리울지 모르는 배신자를 그냥 두는 것보다 약이라는 일종의 보험을 두는 것이 조금은 나을지도 모르니까."

"……배신자?"

밀리아나의 물음에 카릴은 탁장에서 새로운 술병을 꺼내 따르며 생각했다.

'죽이기엔 가네스의 실력이 아깝다. 신탁 전쟁에서 소드 마스터 한 명이 할 수 있는 일은 상상 이상으로 많으니까.'

카릴은 선택을 해야 한다. 모두를 살릴 수 없다는 것을 항상 되뇌는 그에게 있어 당연하게도 누군가를 포기할 수밖에 없다는 것 역시 항상 생각하고 있는 일이었으니까.

가네스의 마음을 얻고 진실 된 충신으로 만든다?

확실히 그런 선택지도 있을지 모른다. 하지만 같은 공국인이라 하더라도 그는 앤섬 하워드와 다르다. 어떤 시점에서 배신을 결심하고 어떤 이유에서 튤리를 죽이게 되는지 알 수 없었다. 그뿐만 아니라 앤섬은 하워드가(家)의 사람들과 제도의 백성들이라는 인질을 둘 수 있지만 가네스는 그와 연결된 이들조차 없기 때문이었다.

'아직은 믿을 수 있는 자라는 확신이 없는 상태. 하지만 죽이기엔 아까운 실력.'

이번 역시 자신의 제안을 받아들인 것이 앤섬과 같이 공국의 미래를 위한 배신인지 아니면 자신의 안위를 위한 것인지 알 수 없기 때문이었다. 하나 최소한 약을 쓰는 대신 카릴은 적어도 앞으로 그가 얻을 낙인만큼은 지워주었다.

대신 튤리를 죽이고 얻게 될 이명이기에 그는 튤리를 죽일 다른 대안도 찾아야 했다.

바로 루이체 루레인.

'냉정하게 말해 그녀는 버려도 되는 카드지. 현실적으로 봐도 그녀가 할 수 있는 일은 전무하다고 봐야 하니까.'

가네스와 루이체. 두 사람을 놓고 천칭의 무게를 재었을 때 어느 쪽으로 기우는지는 눈으로 보지 않아도 알 수 있는 일이었다.

"하지만 놀랄 일이야"

밀리아나는 카릴을 바라보며 말했다.

"가네스는 약 때문에 그렇다 쳐도 루이체 그 여자애는 약을 먹지 않은 맨정신으로 잘도 자신의 언니를 죽이려고 하니 말이지. 알고 있었던 거야? 그녀가 프란을 마음속에 두고 있다는 걸?"

"그녀에 대해서 앤섬이 내게 이야기를 해줬거든. 프란의 옆에 있었으니 다른 사람들보다 잘 알고 있었지. 공작가(家)의 비밀을 말이야"

그의 말에 밀리아나는 고개를 저었다.

"귀족들의 세계는 시간이 지나도 이해가 안 가는군. 오히려 너무 풍족해서 쓸데없는 마음이 생기는 걸까."

"뭐, 아니더라도 다른 방법은 많으니까. 밑져야 본전이라 생각했을 뿐이야."

카릴은 그녀의 말에 쓴웃음을 지었다. 확실히 자신이 서 있는 자리가 높으면 높을수록 욕심이라는 것이 더욱 짙어지기 때문일까.

그녀의 말대로 대륙의 삼강(三强)이라 할 수 있는 제국, 공국 그리고 이스트리아 삼국들은 모두 조용할 날이 없었다.

"실로 전란(戰亂)의 시대로군."

제국은 황좌를 두고 형제만이 아닌 황제까지 다툼을 일삼고 있고 그 영향으로 3황자가 희생되었다. 공국은 형제들끼리 검을 겨누고 있었으며 이스트리아 삼국은 이미 전쟁 중이었다. 만약 비올라가 없었다면 이스트리아 삼국은 이미 멸망하고 제국에 삼켜졌을 것이다.

"전란(戰亂)? 대의가 없는 전쟁은 그저 사리사욕에 불과해. 공국의 7형제 중 살아남은 사람이 몇이나 돼? 적어도 우린 형제의 목에 칼을 들이대지 않아."

대륙의 북쪽과 남쪽. 이민족과 야만족들을 제외하면 대륙 모든 곳에서 지금 전쟁이 일어나고 있었다.

'굳이 예외라고 한다면 동방국 정도겠지.'

카릴은 아조르에서 에이단과 헤어진 후 어느새 몇 달이 지났다는 것을 떠올렸다.

'지금쯤이면 동방국 주인인 사이몬 코덴을 만나 시험을 치르고 있겠지.'

과연 그가 어디까지 도달할지 조금은 궁금했다.

'실망시키지 마라, 에이단.'

공국 내전이 끝나고 타투르로 돌아갔을 때 카릴은 그가 자신을 기다리고 있을 것이라는 걸 믿어 의심치 않았다.

똑- 똑- 똑-

생각에 잠겨 있던 카릴의 눈을 뜨게 만드는 문소리가 들렸다.

'왔군.'

카릴은 뒤를 돌아봤다. 그의 앞에 서 있는 사람은 고작 하루도 지나지 않았는데 초췌해진 얼굴로 고개를 숙이고 두 팔이 묶인 채로 서 있는 튤리 루레인이었다.

"얘기하겠다."

그녀는 떨리는 입술로 카릴에게 말했다. 기껏해야 한나절 정도뿐이었는데 그녀는 꽤나 온순해져 있었다.

'공국에 태어나서 공국에서 자라 공국의 모든 것을 알고 있다고 생각했겠지만 그녀가 보고 자란 것은 그저 보기 좋은 것들뿐이었을 테니까. 처음이겠지.'

창살 밖에서 안을 바라보는 것과 창살 안에서 밖을 바라보는 것이 얼마나 다른지를 알게 된 것. 당연한 일이지만 카릴이 선택을 해야 했던 것처럼 그녀 역시 결정을 내려야 했다. 살

수 있는 확률이 가장 높은 것이 무엇인지 말이다.

"우든 클라우드에 대해서 알고 있는 것을 모두 말하지. 대신…… 그들에게 날 보호해 줄 수 있나?"

카릴은 그 말에 입꼬리를 올렸다.

"물론. 사실을 얘기한다면 나는 무슨 일이 있어도 우든 클라우드에게서 널 보호할 것이다."

튤리의 눈동자가 떨렸다.

"라엘. 어째서 그 아이를 찾는지는 모르겠지만……. 지금쯤 당신이 찾고 있는 그녀는 교단에 있을 것이다."

"……교단?"

"그래. 교단의 성지인 헤임(Heim). 자세한 것은 모르지만 분명히 그곳에 있다."

'운명의 장난인가.'

카릴은 쓴웃음을 지었다. 그토록 찾으려 노력했건만 얼굴조차 알 수 없었던 라엘이 지금 교단에 있을 줄이야.

교단의 성지인 헤임에는 지금 맥거번가의 다섯째인 제이크가 인질로 잡혀 있으며 그를 비롯해서 카릴이 보낸 란돌과 마르트가 그곳에 있을 것이다.

'어차피 헤임으로 가야 했다.'

단순히 제이크를 구하려는 이유가 아니라 그를 빌미로 교단을 조사하기 위함이었다. 그런데 그곳에 그토록 찾던 라엘까지 있다면 그야말로 일석이조가 아닐 수 없었다.

"좋아. 그렇다면 그 녀석의 정체는 뭐지? 듣기로 인간이 아니라고 하던데. 우든 클라우드는 그 아이를 데리고 뭘 하려고 하는 거지?"

안티홈에서 라엘이 네피림과 엘프의 혼혈이라는 것을 나인 다르혼에게 들었다.

네피림과 엘프. 이 두 종족은 신의 후예라 불리는 종족들이었다. 당연하게도 교단과 밀접한 관계를 가지고 있을 것임을 예상하고 있었고 이번에 그녀가 교단에 있다는 것을 듣고 이제 확신을 가질 수 있게 되었을 뿐이다.

카릴의 말에 튤리는 살짝 눈을 동그랗게 떴다.

"……그런 것까지 알고 있는 건가. 도무지 끝을 알 수 없군. 프란이 아니더라도 우리의 계획은 실패했겠어."

"당연한 얘기를 하는군. 내가 관여한 이상 내전의 결과는 이미 정해진 일이었어."

튤리는 힘없이 웃었다.

"그녀에 대해서는 나도 잘 모른다. 태생이 무엇인지 어디서 찾은 것인지도 말이야. 하지만 그녀가 교단에서 길러졌다고 알고 있다."

"흐음……."

카릴은 전생에서 라엘이 우든 클라우드가 사라지고 난 뒤 그들을 어떻게 블루 로어라는 광신교의 형태로 부활시킬 수 있었는지 알 것 같았다.

'이미 교단의 방식을 알고 있었기에 광신도들을 만들어내는 것도 가능했던 거야.'

카릴은 눈빛을 빛냈다.

"다만 한 가지 내가 아는 것은 그녀를 처음 발견한 사람이 타이란 슈테안이라는 것이다."

"……타이란? 제국의 황제를 말하는 건가?"

"그렇다."

그녀의 말에 카릴은 마치 둔기로 머리를 맞은 듯한 기분이었다. 생각지도 못한 인물의 언급에 그는 자리를 박차고 일어섰다.

"설마…… 황제도 우든 클라우드와 관계가 있단 말인 거냐?"

그의 물음에 튤리는 고개를 저었다.

"아니. 그는 그저 교단의 신봉자 중 하나에 불과하지. 단지 그 교단이 우든 클라우드와 관계가 깊다는 것뿐. 황제는 자신이 발견한 아종(亞種)의 아이를 교단에 의탁했고 우리는 교단을 통해 그녀를 길렀을 뿐이다."

"목적은?"

그녀는 고개를 저었다.

'확실히 더 윗선이 있는 모양이로군. 하긴 그러니 자신의 안전을 보호받길 원하는 것이겠지.'

카릴은 궁금했다. 공국의 1공작의 목숨마저 쥐락펴락할 수 있는 자가 과연 누구일지 말이다.

"그런데 변수가 생겼지. 우리의 생각대로였다면 황제는 이미 이승의 사람이 아니었어야 해."

그녀는 카릴을 바라봤다.

"황도(皇都)에서의 소란은 알고 있다. 그리고 당신이 프란에게 제안을 했던 것도. 솔직히 상상도 못 했어. 제국과 공국. 내로라하는 자들이 있는 강대국들의 일들이 당신 하나로 틀어질 줄이야."

"우든 클라우드가 황제를 죽이려고 했다고?"

"그렇다. 황제의 권력은 교단만으로 좌지우지할 수 없으니까. 그는 교단을 믿지만 우든 클라우드의 입장에선 걸림돌이기 때문이지."

"그렇군."

'타이란 슈테안은 교단과 관련이 있을 뿐 우든 클라우드와는 관계가 없다, 라……'

빠득-

카릴은 자신도 모르게 이를 갈았다.

'그리고 그의 암살이 우든 클라우드가 벌인 일이라는 말은……'

그의 얼굴이 딱딱하게 굳어지자 그 안에 있는 튤리와 밀리아나는 잔뜩 긴장된 얼굴로 그를 바라봤다.

'독을 먹인 자가 우든 클라우드와 관련이 있다는 뜻.'

그에게서 뿜어져 나오는 살기가 숨을 쉬지 못할 정도로 방안을 가득 채웠다.

'언제부터였지? 도대체……. 두 번을 봐오는 너인데도 나는 네 가면에 놀라지 않을 수 없구나.'

꽈드드득-!!

너무나도 충격적인 사실에 카릴은 자신도 모르게 주먹을 쥔 손에 힘이 들어갔다.

독살의 범인은 오직 그만이 알고 있었으니까.

'올리번……!!

카릴의 눈빛에 살기가 드리웠다.

'네가 우든 클라우드와 한패였던 것이냐.'

"카릴……."

밀리아나가 끓어오르는 그의 마력을 간신히 진정시켰다. 소드 마스터인 그녀가 이 정도인데 실력이 한참 모자라는 튤리는 거의 혼절을 하기 일보 직전이었다.

"헉…… 허헉……."

카릴의 기세가 누그러지자 그제야 튤리는 거친 숨을 내쉬고는 다리에 힘이 풀린 듯 주저앉았다.

'우든 클라우드가 제국과 관련이 있다는 것으로 끝나는 게 아니다.'

하지만 지친 기색이 역력한 튤리 따위는 안중에도 없다는 듯 카릴은 여전히 깊은 고민에 빠져 있었다.

'녀석들은 마굴에서 마계의 식물까지 재배하고 있다. 이 말은 어쩌면 교단까지도 마족과 연결되어 있을지 모른다는 뜻.'

교단, 우든 클라우드, 마계 그리고 제국까지.

어쩌면 절호의 기회였다. 4개의 얽히고설킨 관계는 복잡해 보이지만 이번 기회를 놓치지 않고 풀어낸다면 그들을 일망타진할 수 있을지도 모르는 일이었으니까.

'하지만……'

카릴은 살짝 인상을 찡그렸다.

'정말 라엘이란 여자애가 블루 로어의 주인인 게 맞긴 한 건가? 우든 클라우드가 사라지고 난 뒤 그들의 뒤를 이은 자들이라고 전생에 기억되지만 올리번이 놈들과 한패라면 오히려 그 녀석이 더 높은 위치에 있는 것일지도 모른다.'

혼란스러웠다. 카릴은 신탁의 10인과 더불어 제국의 기사들과 함께 신탁을 받들며 타락을 섬기는 광신도들을 토벌했었다. 전생의 그는 그 전투가 신을 위한 성전(聖戰)이라 여겼으며 끝끝내 블루 로어를 처단하지 못한 것이 하나의 과업으로 남아 있었다.

그렇기 때문에 회귀 이후 신탁 전쟁을 준비하는 과정에서 가장 우선으로 처리해야 할 것이 우든 클라우드라 생각했다.

왜냐면 그 당시 그의 눈에는 올리번 슈테안이야말로 오롯이 신을 위해 싸우는 유일한 인간이었으니까.

하지만 반대였다. 신탁을 받고 수행한 제국의 황제가 사실은 타락을 숭배하는 우든 클라우드와 한패였다?

'진실인지 거짓인지 확인을 해야 할 일이겠지만……'

그 무엇이 되든 충격적인 일이다.

물론 더 이상 올리번을 믿는 것은 아니었다.

'녀석에 대한 믿음은 내가 놈의 가슴에 검을 박아 넣었던 그 날 끝났으니까.'

그러나 카릴은 친우의 숨통을 끊었던 그 날, 그 직전까지도 최소한 올리번은 신의 편이었다는 것은 인정하는 바였다.

'녀석이 마지막으로 행한 것은 바로 신탁 전쟁의 종결을 위해 신의 사도들의 목숨을 율라에게 바치는 것이었으니까.'

카릴은 눈을 감았다. 시간을 거슬러 오기 위해 파렐을 오르던 억겁의 시간 동안 그는 단 한 번도 그 날의 일을 잊은 적이 없었다. 지금도 이렇게 눈만 감으면 생생하게 전생(前生)의 마지막이 떠올랐으니까.

"이대로 죽을 수 없다. 그러기엔 내 동료들, 아니, 내게 죽은 내 동료들이 무덤에서 통곡할 테니까!!"

그날의 뜨거웠던 열기가 느껴졌다.

신탁 전쟁 10년. 카릴은 자신의 외침을 기억했다. 그리고 그 앞에 서 있던 전생의 유일한 친우이자 자신이 믿고 따랐던 황제, 올리번의 얼굴까지.

"나 역시 마음이 아프다."

올리번은 말했다. 그 역시 흙먼지와 땀으로 엉망이 된 모습이었다. 그가 들고 있는 검 역시 수많은 타락을 베었다.

그랬던 그 검이 지금 자신과 자신의 동료들을 겨누고 있었다.

"마음이 아파? 개소리하지 마."

카릴은 자신의 옆에 너부러져 있는 동료들의 시체를 바라보며 그런 가증스러운 소리가 나오느냐 표정으로 노려봤다.

이상한 일이었다.

밀리아나, 세리카 로레, 이스라필……. 모두가 내로라하는 능력자임에도 불구하고 어째서 그들이 이토록 허무하게 죽은 걸까.

"도대체 무슨 짓을 한 거지? 약이라도 탄 건가? 아니면 이조차도 신의 힘으로 벌인 짓인가?"

"……."

"너는 누구보다 신탁을 받들었던 숭고한 사제니까. 동료의 목숨 따위 신의 명령에 비한다면 깃털처럼 가벼운 것이겠지. 말해봐. 타락과의 전쟁이 끝나려 하니 이제 신이 우리의 목숨까지 원하는 것이냔 말이다!!"

하지만 여전히 올리번은 아무런 말을 하지 않았다.

그저 카릴을 바라볼 뿐이었다.

"너는 잘못 생각했어. 너 혼자만이 신을 위해 싸운 숭고한 사도라고 생각하지 마라. 목숨? 그래, 원한다면 줄 수 있다. 하지만 적어도 너는 빌어먹을 신이 우리의 목숨을 원했다면 최소한 전장에서 죽을 수 있도록 했어야 한다. 네놈의 손에 죽는 더러운 결말이 아니라!!"

카릴의 외침에도 불구하고 여전히 올리번은 차갑게 그를 바라봤다.

수십, 수백…… 수천, 수만…….

횟수를 세어 보기도 힘들 정도로 많이 되뇌었던 결말의 장면.

푸욱-!!

자신의 검이 올리번의 가슴을 관통했다. 그리고 부들거리는 녀석의 입에서 흘러나오는 거짓된 말을 기억한다.

"내 친우(親友)여……. 어째서 우리가 이렇게 되어버린 것인가."

"……."

죽음의 앞에서까지 끝끝내 가면을 벗지 않았던 녀석의 얼굴을 기억한다.

'올리번. 적어도 나는 네가 신탁을 이행하는 과정에서 숭고한 자라고 생각했다. 하지만…… 그마저도 아니었던 거냐.'

처음부터 올리번은 신이 아닌 파렐에서 튀어나온 추악한 타락이란 괴물을 받드는 블루 로어의 광신도들과 같은 자였다면?

'마지막 우리를 죽이려 했던 것이 신명을 받드는 행위가 아닐 수도 있다는 것인가…….'

머릿속이 복잡했다. 도대체 어디서부터 진실이고 어디까지가 거짓인지 알 수가 없었다.

만약, 정말 타락과의 싸움부터 신탁의 10인을 죽였던 올리번의 행동이 모두 우든 클라우드와 연관이 있던 것이라면 인류가 녀석의 손바닥 안에서 놀아난 것과 진배없었다.

마치, 지금의 공국 내전이 튤리와 프란의 짜고 치는 연극과 같은 것처럼 올리번은 애초에 신탁을 이행할 생각이 없다는 새로운 가능성이 생기기 때문이다.

'하지만 우든 클라우드는 그런 튤리조차 결국 가네스에게 낙인이라는 이명을 얻게 만들면서 그녀를 배신하게 만들고 제거했다.'

공국의 공작부터 제국의 황제까지……. 도대체 우든 클라우드라는 존재는 파헤치면 파헤칠수록 그 끝을 알 수가 없을 정도로 깊었다.

"튤리."

"네, 네?!"

조금 전 카릴에게서 느꼈던 기세에 눌린 것일까. 튤리는 그의 부름에 화들짝 놀라며 대답했다.

"네놈들의 목적은 뭐지?"

카릴의 물음에 그녀는 고개를 갸웃거렸다.

'미래에 라엘이 그들을 이끈다 할 지라도 지금의 우두머리는 다른 놈이겠지. 현시점에서는 라엘보다 튤리가 더 많은 정보를 알고 있을 가능성이 높아.'

그는 기대하는 눈으로 튤리를 바라봤다.

"우든 클라우드는 공국의 귀족 중에서도 선별된 자들만이 알고 있다. 대륙의 역사만큼이나 오래되고 숨겨진 너희들이 뒤편에서 무엇을 하고자 하는 것이냔 말이야."

그의 물음에 어쩐지 그녀는 모두가 궁금해하는 그 비밀이 오히려 대수롭지 않은 것인 양 대답했다.

"신을 받드는 것."

"······뭐?"

카릴은 그녀를 바라보며 무슨 헛소리냐는 듯한 눈빛으로 바라봤다.

"신탁(神託)의 이행을 위한 준비. 그리고 그 신탁을 수행하는 것. 그것이 우든 클라우드의 존재 의의이자 우리의 목적······ 입니다."

튤리는 힘겹게 말했다.

"미친놈들."

카릴은 그녀의 설명에 대한 짧은 감상을 내뱉었다.

"말을 하려면 똑바로 해. 신이 아니라 악마를 숭배하는 것이겠지. 교단이 버젓이 존재하는데 네놈들이 신을 숭배한다고? 너희들이야말로 진짜 이단이지."

하지만 그의 신랄한 말에도 불구하고 튤리는 묘한 미소를 지을 뿐이었다. 조금 전까지만 하더라도 숨도 제대로 못 쉬던 그녀가 처음으로 반항 아닌 반항을 한 것이었다.

"뭐, 알겠다. 이미 녀석들에게 빠져 있는 네가 제대로 된 판단을 할 수 있을 리가 없겠지."

카릴은 건방진 그녀의 목을 당장에라도 벨 듯 바라봤지만 의외로 그의 손은 검에 가지 않았다.

"하나하나 잡아 족치면 놈 중의 하나는 제대로 된 녀석이 있을 테니까."

그는 날카롭게 말했다. 오히려 뜬구름 같았던 숙원의 실마리가 조금은 풀리는 듯한 기분으로 다음에 노려야 할 목표의 명단을 세우고 있었다.

'올리번이 되었든 교단이 되었든 혹은 황제가 되었든 결국 모두 제국에 있다.'

고민할 것 없이 카릴은 처음 계획대로 자신의 다음 행보가 변하지 않았음을 상기시켰다.

"이제 돌아가도 좋다. 듣고 싶은 것은 모두 들었으니까."

"약속은…… 지키는 것이겠지요?"

"물론."

"……알겠습니다."

튤리는 다시 한번 그의 대답을 듣고는 굳은 얼굴로 고개를 끄덕이고는 방을 나섰다.

"공국 녀석들, 이놈이고 저놈이고 제대로 된 놈들이 없군. 정말 튤리를 살려줄 거야?"

문이 닫히고 나자 밀리아나는 카릴에게 물었다.

"그럼. 나는 그녀를 우든 클라우드로부터 지켜주겠다고 약속했으니까."

카릴의 대답에 밀리아나는 살짝 인상을 찡그렸다.

"그녀는 공국의 1공작이야. 아직도 그녀를 따르는 귀족들이 많아. 이대로 보낸다면 화근이 될 거야."

그녀의 물음에 카릴은 차갑게 웃었다.

"그렇겠지."

"남아 있는 공작이라고는 보니토스와 루이체뿐이지. 하지만 딱 보니 보니토스 그 샌님이 공국을 통치할 것 같지는 않고 루이체 그 여자애는 프란의 옆에 붙어 있겠지."

밀리아나의 말대로 남아 있는 자 중에 튤리만큼 강한 리더십을 가진 사람은 없었다. 비록 패하기는 했지만 자연스럽게 귀족들은 다시금 그녀의 아래로 뭉칠 것이다.

하지만 카릴은 그 말에 묘한 웃음을 지었다.

"난 그녀를 우든 클라우드로부터 보호하겠다고는 했지만 동생에게서 지켜주겠다는 말을 하진 않았어."

"……뭐?"

밀리아나는 그 말에 자신도 모르게 가볍게 어깨를 떨었다.

"루이체. 내가 그녀에게 제안을 했거든. 폐인이 되어 회복을 하려면 시간이 걸리긴 하겠지만 잔나비 부족의 해독약을 쓰면 프란이 의식을 찾을 수 있을지도 모른다고 말이지."

"설마……"

그녀는 카릴을 바라봤다.

"나는 그에 상응하는 대가를 알아서 가져오라 했다. 눈치가 없는 아이는 아니니까."

카릴은 문을 가리키며 말했다.

"마침 감옥이 있는 지하로 내려가는 복도의 끝에 루이체가 머무는 방이 있고 말이지."

"하…… 하하……."

밀리아나는 그 말에 자신도 모르게 낮은 탄성을 자아내고 말았다. 모든 것이 그의 계획대로였으니까.

거미줄처럼 촘촘하게 적을 옭아매고 있는 그의 머릿속에는 도망이란 단어 자체가 불가능해 보였다.

"잔인하군. 의식을 차린다 하더라도 이미 뇌가 엉망이 되어 버린 프란이 루이체를 알아보기나 할 수 있을까? 그저 프란의 껍데기를 하고 있는 바보가 앉아 있을 뿐일 텐데."

밀리아나는 쓴웃음을 지었다.

"하긴, 당신이 그런 친절한 설명을 그녀에게 했을 리 없겠지만 말이야."

이제 곧 어스름이 걷히고 동이 트려 하던 아침이 올 것이다. 그리고 새벽닭이 울기 시작하는 그때가 되면 카릴은 보고를 받게 될 것이다.

튤리 루레인의 죽음.

그다지 놀랍지 않은 이야기다.

"후우……."

카릴은 그제야 술기운이 조금 올라오는 듯 피곤한 기색으로 낮은 한숨을 내쉬었다.

'이제 남은 것은…….'

하지만 그의 눈빛만큼은 사그라지지 않았다.

마지막 적이 남아 있으니까.

제국(帝國).

다음 날 승리로 떠들썩했던 화이트 벙커는 어제와 전혀 다른 침묵이 도시 안을 가득 채웠다.

튤리 루레인의 죽음. 하지만 의외로 거리의 사람들의 반응은 생각보다 담담했다.

그도 그럴 것이 전쟁의 문외한인 그들이라 할지라도 패자의 말로가 어떤 것인지는 알고 있었으니까.

백성들에게 있어서 공국의 주인이 누가 되는지에 대한 정통성이 중요한 것이 아니라 자신들의 삶이 과연 편안하게 이어질 수 있느냐가 더 중요했으니까.

뿌우우우우-

화이트 벙커에서 부고를 알리는 나팔 소리가 울리자 전쟁의 피해가 아직 복구되지도 않은 성안에서 행렬이 이어졌다. 작동을 멈춘 골렘, 레볼이 마치 그녀의 죽음을 내려다보는 것처럼 성벽 아래에 무릎을 꿇고 서 있었다.

공국의 1공작을 비롯해 총 4명의 장례가 동시에 치러지는 이례적인 날이었음에도 그 뒤를 따르는 행렬은 초라하기 그지없었다. 장례식에 루이체의 얼굴은 보이지 않았으며 6공작인 보니토스만이 행렬의 선두에서 장례를 진행하고 있었다.

"나는 조금 이해가 가지 않는군. 아무리 프란에 대한 감정이 깊다 한들 형제의 장례식에까지 얼굴을 보이지 않다니 말이야. 야만족도 철천지원수라 할지라도 사자(死者)에게만큼은 자비를 베푸는데 말이지."

밀리아나는 창밖에서 장례식을 바라보며 말했다. 단 한순간에 가족이 무너지는 것을 보며 귀족의 삶이 마음에 들지 않는다는 표정이었다.

"공작가의 막내인 루이체는 고작 열여섯에 불과해. 온실 속의 화초처럼 자란 아이에게 가족을 죽이는 것은 충격이 큰일이니까."

"그 일을 시킨 게 누군데? 고작 열다섯의 소년이 엄청난 짓을 벌였잖아."

카릴을 밀리아나의 말에 피식 웃었다.

"하지만 정말 단순한 연정으로 자신의 언니를 죽였을 거라고 생각해?"

"……뭐?"

카릴은 그녀에게 물었다.

"프란을 저렇게 만든 것은 튤리지만 루이체의 눈엔 나 역시 프란이 가진 것을 빼앗으려는 자야. 하지만 그녀는 튤리와 힘을 합친 게 아니라 나에게 굴복했지."

"그거야…… 튤리가 프란을 망쳐 버렸으니까?"

"성인도 되지 않은 나이의 사랑은 기껏해야 열꽃 같은 것이지. 고난과 역경을 이겨내고 쟁취하는 주인공이 되고 싶지만 의외로 현실은 냉혹하거든."

그에게서 사랑이라는 감정에 대한 감상을 들을 일이 있을 거라고 생각하지 못했던 밀리아나였지만 차가운 그 대답에 살짝 얼굴을 찡그렸다.

"활활 타오르던 감정은 또 쉽게 사그라지니까. 나는 조금 경각심을 일깨워 줬을 뿐이야. 튤리의 죽음에 대한 대가가 단순히 프란의 회복만은 아니거든."

"그럼?"

"루이체 본인의 목숨. 하나의 목숨으로 둘을 살릴 수 있으니 이득이겠지. 자신이 살고 싶다면 튤리를 죽이라고 했지. 패배의 대가라기보다는 승자의 보상이라고 해야겠지. 그녀는 내전에서 승리했으니까. 적어도 살 기회는 줘야지."

밀리아나는 그 말에 살짝 인상을 찡그렸다.

"……그건 협박 아냐?"

루이체의 행방은 보지 않아도 뻔히 알 수 있었다.

지금쯤 죄책감에 시달려 괴로워하고 있을 것이 틀림없었다. 그녀는 냉정해서 자리에 나타나지 않은 것이 아니라 반대로 자신의 손으로 죽인 언니의 마지막을 지켜볼 만큼 모질지 못한 마음을 가졌던 것이다.

"수백 년간 공국을 통치하던 공작가가 한순간에 무너졌군. 루이체, 그 애도 제정신은 아닐 테니 말이야."

"원한다면 편안한 죽음까지는 내가 줄 수 있지. 허수아비 왕은 보니토스 하나로 충분하니까. 정치와는 전혀 거리가 먼 그는 알아서 내게 공국을 넘길 테지."

왕위의 정당성. 타투르, 대초원과 남부의 5대 일가 그리고 디곤과 북부의 이민족들까지. 냉정하다 못해 냉혹하다고 할 수 있을 정도로 카릴은 공국을 흡수하는 과정에서 지금까지와는 다른 방법을 썼다.

하지만 돌이켜보면 그동안 그가 흡수한 사람들은 이민족과 야만족뿐이라 해도 과언이 아니었다. 분명 타투르에도 대륙인들이 살기는 했지만 그들은 제국과 공국에서 도망친 이주민들이었다. 또한 이스트리아 삼국의 경우는 비올라만이 그를 삼국의 진짜 주인이라 여길 뿐 아직 그가 모습을 드러내지는 않았다.

즉, 제대로 대륙의 왕국을 함락시킨 것은 이번이 처음이라 할 수 있었다.

카릴은 많은 생각을 했었다.

강대국을 무너뜨리는 것. 과연 어떤 방식으로 해야 등 뒤에 위험을 두지 않을 수 있는가에 대해서 말이다.

귀족(貴族). 애초에 그들은 태생적으로 힘과 권력을 가지고 평생을 살아온 자들이다. 그런 그들을 과연 야만족들처럼 압도적인 무위와 힘으로 숭배를 받을 수 있을까?

아니다. 하나 방법은 있다. 고금(古今)의 진리처럼 수많은 정복자가 썼던 방법은 지금도 통용되고 있으니까.

적의 우두머리를 없애 반란의 싹을 제거하는 것. 아이러니하게도 이것은 검은 눈 일족의 규율과도 일맥상통했다.

"어리다고 해서 열꽃 같은 감정이다, 라……. 어떻게 확신하지? 당신 역시 어리기는 마찬가진데. 마치 오랜 세월을 살아온 사람처럼 말하네."

카릴은 밀리아나의 말에 옅은 미소를 지었다.

"하지만 아무리 오래 산 노인이라 할지라도 사랑에 대해 안다고 할 수는 없지."

"내 말이 너무 잔인하다고 생각해? 하지만 결정은 그들 스스로 내린 것일 뿐이다."

"내가 잔인하다고 생각한 건 사랑에 대한 감상이 아니야."

"그럼?"

"조금 전에 보니토스 하나라고 했지? 그 말은 지금 보이지 않는 루이체가 방에 웅크려 울고 있는 게 아닐지도 모른다는 생각이 들어서지."

밀리아나는 카릴의 말을 흘려듣지 않았다. 그녀의 눈썰미에 그는 다시 한번 웃었다.

"그는 이번 내전에서 가장 얽히지 않은 인물이니까. 자신의 영지에서 책만 보던 자야. 그러니 공국을 맡기기에 적합하지. 알아서 내게 나라를 바칠 테니까. 그의 그릇으론 이 나라를 유지하지 못해. 저 장례가 그의 마지막 귀족으로서의 임무가 될 거야."

그때였다. 밀리아나가 뭐라 말을 더 이으려는 찰나 그녀는 황급히 등 뒤에서 느껴지는 기운에 고개를 돌렸다.

"검은 눈 일족이 주군을 뵙습니다."

"자네 입에서 날 만나겠다는 말이 나오다니. 검은 눈 일족의 규율을 지키고서 오겠다고 하지 않았나? 그런데 어쩌지. 튤리의 목은 다른 자가 취했는데. 너는 뭘 가져왔지?"

지그라는 무릎을 꿇고서 카릴에게 작은 상자 두 개를 바쳤다.

"보시는 바와 같이."

그의 대답에 밀리아나는 자신도 모르게 등골이 오싹한 기분이 들었다.

"설마……."

상자 안에 무엇이 들어 있는지는 보지 않아도 알 수 있었다. 떨리는 눈으로 상자를 열고 그 안을 들여다본 밀리아나는 여러 감정이 섞인 표정으로 낮은 한숨을 내쉬었다.

"결국 이렇게 되는 건가."

그녀는 낮게 말했다.

"루이체의 행방에 대해서 물을 필요가 없게 되었군. 그녀가 방에 틀어박혀 있는 게 아니라는 게 확실해졌으니."

상자 안에 들어 있는 두 개의 목. 그건 다름 아닌 루이체와 프란의 것이었기 때문이었다.

"카릴, 나는 지금까지 당신이 해왔던 모든 일에 대해서 단한 번도 의심하거나 못마땅하게 생각했던 적 없어. 그리고 지금도 마찬가지로 믿어. 하지만 이번엔 썩 유쾌하지 않군."

밀리아나는 상자의 뚜껑을 닫으며 말했다.

"둘을 죽인 것이 마음에 들지 않는 것 같군."

"물론이야."

"하나 모든 죽음에는 이유가 있다."

그녀를 바라보며 카릴은 대답했다.

"내게 있어서 공국에서 필요했던 것은 두 가지였다. 첫째로 튤리와 프란을 처리하는 것. 하지만 내 손이 아니라 그들 스스로 자멸을 해야 했다. 그래야만 공국의 백성들에게 있어서 우리가 침략자로 보이지 않을 테니까. 그러기 위해서 루이체를 속여야 했지."

"그거야 당연히……."

"그리고 둘째."

카릴이 목소리에 힘을 주었다.

"우든 클라우드."

"……?!"

"놈들을 잡기 위해서 루이체와 프란의 죽음이 필요하다. 이건 첫 번째와 별개의 문제야. 왜냐면 또 다른 전쟁이니까. 그들은 새로운 전쟁의 희생된 것이지."

그러고는 창밖을 바라봤다.

"전쟁이 끝났다? 실없는 소리. 내 전쟁은 여전히 진행 중이야. 놈들을 뿌리 뽑지 못했으니."

탁-

카릴이 창문을 열고 아래로 뛰어내렸다. 말릴 틈도 없이 그가 장례식이 거행되고 있는 한복판에 내려섰다.

웅성웅성.

갑자기 나타난 그의 등장에 거리에 있는 사람들이 수군거리기 시작했다. 행렬의 맨 앞에 있던 보니토스만이 새파랗게 안색이 질려 어쩔 줄을 몰라 했다.

"비통한 전쟁이었다. 공국을 수호해야 할 공작가에서 서로 가족에게 검을 겨눈 내전이었으니. 나는 프란 경을 도와 이 전쟁을 끝맺기 위해 왔다."

그의 목소리가 울렸다.

"나는 타투르의 주인이자 남부와 북부의 통치자인 카릴이다."

화이트 벙커의 사람들이라면 카릴을 모를 수가 없었다. 그가 레볼을 쓰러뜨리는 것을 모두가 보았으니 말이다.

"저 사람이……."

"그 제국에 소문이 자자한 그?"

"황제 앞에서 살아 돌아왔다던데…… 어쩐지……."

수군거림을 들으며 카릴은 천천히 그들을 한번 훑었다.

"북부의 시험도 치르지 않으면서 잘도 저런 소리를 하는군."

밀리아나는 카릴의 모습에 헛웃음을 지었고 그런 그녀를 바라보며 지그라는 입꼬리를 올렸다.

"이 전쟁으로 우리는 많은 자를 잃었다. 희생된 병사들, 죄 없는 백성들까지. 전쟁을 일으킨 공작들을 원망스러울 수도 있다."

그의 말에 보니토스의 낯빛이 어두워졌다.

"하나 이것은 단순히 공작가의 문제가 아니다. 이 전쟁의 흑막에는 우든 클라우드라는 단체가 있으며 그들이 튤리 경을 꼬드겨 전쟁을 일으킨 것이다."

웅성웅성.

카릴의 말에 사람들이 더욱 소란스러워졌다.

"프란 경은 그것을 알게 되었고 나는 그를 도와 이 전쟁을 승리로 이끌었다. 하나, 이미 우든 클라우드의 마수는 프란군에게까지 뻗쳐 있었다."

탈칵-

카릴이 상자를 열었다.

"프란 경은 이미 그들의 독에 중독되어 있는 상태였고 이 전쟁의 승리를 보지도 못한 채 살해당했다. 또한, 그들은 패배의 복수로 그를 도운 루이체 경의 목까지 잘랐다."

보니토스는 그 말에 자신의 목을 움켜쥐고는 말했다.

"그, 그럼 저는······. 저는 어찌 되는 겁니까?"

당장에라도 울음을 터뜨릴 것 같은 그 모습에서 공국의 주인으로서의 위엄은 찾아볼 수가 없었다.

"거짓말!! 독살을 당했다면 어째서 두 분의 주검이 훼손되어 있는 것입니까!"

뒤에 있던 귀족 중 한 명이 소리쳤다. 겁에 잔뜩 질린 보니토스와는 달리 제법 강단이 있는 인물인 듯싶었다.

"프란 경의 시신은 크게 훼손되어 있었고 약으로 인해 사지가 썩어 들어가고 있었다. 최소한의 보존을 위해서 어쩔 수 없는 선택을 한 것이다."

하지만 카릴은 기다렸다는 듯 그 귀족을 가리키며 말했다.

"그리고 안심하지 마라. 그대들이 먹었던 약 중에 우든 클라우드가 뿌린 독이 있을 수 있으니."

꿀꺽-

그의 말에 귀족들의 낯빛이 어두워졌다. 프란이 먹은 약이 수도에서 유행처럼 번졌던 것을 다들 알고 있었기 때문이다.

"공국은 변해야 한다. 귀족들의 안일한 향락에 나라가 몰락하는 것도 모르고 서로에게 검을 겨누고 있으니······. 이 전쟁으로 희생된 자들이 그대들을 본다면 원통할 것이다!"

툭- 툭- 투툭-

카릴의 말이 끝남과 동시에 빗방울이 조금씩 떨어지기 시작했다. 사람들은 젖어가는 것에 굴하지 않고 소리치는 그의 모습에서 어쩐지 묘한 압도감을 느꼈다.

"결국……. 이 전쟁은 승자가 없는 희생만이 남은 전쟁이 되었다. 나는 프란 경의 유지를 따라 지금부터 우든 클라우드와의 전쟁을 이 자리에서 선포하겠다!!"

웅성웅성.

사람들은 어떻게 해야 할지 몰라 서로를 바라보며 웅성거릴 뿐이었다.

"내가 그들을 처단하고 루레인 가의 비통함을 풀리라!!"

와아아아아아아-!! 와아아아-!!

거리 곳곳에서 함성이 들렸고 그 외침은 마치 불길처럼 번져 화이트 벙커에 있는 모든 백성이 카릴의 말에 환호성을 지르기 시작했다.

"바람잡이들을 심어두었습니다. 대중의 마음을 움직이는 것은 생각보다 쉽죠."

가슴이 떨리는 광경이었다.

밀리아나는 그 모습을 보며 눈빛이 흔들렸고 조금 전 자신에게 말을 꺼낸 남자를 바라봤다. 앤섬 하워드였다.

"이것도 네 생각인가? 결국은 거짓말로 선동하는 것일 뿐이잖아. 책상머리에 앉아 있는 것들이 말하는 책략이라는 것이 나와는 영 맞지 않아."

밀리아나는 그를 바라보며 쯧- 하고 혀를 차면서 말했다.

"제 생각이 아닙니다. 카릴 님의 것이지요."

"……뭐?"

"마음에 들지 않으십니까? 하지만 제게는 달리 보입니다. 카릴 님은 그렇게 냉정하신 분이 아닙니다. 때로는 아픈 진실보다 거짓이 위로가 될 때도 있는 법이니까요."

"무슨 뜻이야?"

"그저 자랑할 거리도 못 되는 일이라 하셨습니다. 카릴 님께서는 자신이 짊어져야 할 무게일 뿐이라 말씀하셨으니까요."

앤섬 하워드는 기억을 떠올리듯 눈을 감았다. 어쩐 일인지 이민족인 지그라가 대륙인인 앤섬의 말을 이해한다는 듯 고개를 끄덕였다.

그날 밤.

"루이체 님, 준비가 끝났습니다."

붉은 피가 카펫을 적시고 넋을 잃은 듯한 표정으로 서 있는 그녀를 향해 앤섬은 말했다.

창그랑-

그녀는 들고 있던 검을 떨어뜨렸다. 그 앞에는 쓰러진 틀리의 시체가 있었다. 카릴의 명령대로 그녀가 틀리를 죽인 것이다.

"카릴 님께서 선택의 기회를 주셨습니다. 이대로 프란 저하와 함께 아무도 모르는 곳으로 가시기 바랍니다."

"아직도 오라버니를 저하라 부르십니까?"

"송구하옵니다."

루이체는 쓴웃음을 지으며 말했다.

"저희는 어떻게 됩니까?"

"아마……. 튤리 경의 장례식 때 두 분의 죽음을 카릴 님께서 알리실 겁니다. 가짜 시신은 이미 준비되어 있습니다."

"보니토스 오라버니께서 충격이 크시겠어요. 그는 심신이 연약한 사람이니까요. 장례를 치르는 것만으로도 버거울 겁니다."

그녀는 침대에 누워 있는 프란을 잠시 바라보곤 낮은 한숨을 내쉬었다.

"자신의 앞길도 찾지 못하는 제가 배부른 소리를 했네요. 패자의 목숨을 빼앗지 않은 것만으로도 감사히 여겨야겠지요. 이렇게 될 것이라 생각했습니다."

"송구하옵니다……."

앤섬은 그 말 말고는 할 수 있는 말이 없다는 것에 살짝 입술을 깨물었다.

"이것이 앤섬 경의 배려라는 것을 알고 있습니다. 그러지 않았다면 진즉에 저희들의 목도 날아갔을 테죠."

"카릴 님의 허락이 없었다면 불가능 한 일이었습니다."

루이체는 그의 대답에 쓴웃음을 지었다. 앤섬은 비록 자신의 주군을 버리게 되었으나 프란에 대한 마지막 충정으로 그를 살리기 위해 비책을 내놓았다. 그리고 의외로 카릴은 그의 제안을 수락했다.

전생의 프란은 이번 내전으로 인해 목숨을 잃게 된다. 이번 생엔 목숨을 부지했지만 어쩌면 차라리 죽는 것이 더 나을지도 모르는 삶. 카릴은 그의 삶이 변한 것에 자신도 최소한의 책임을 져야 한다 생각한 것일지 모른다.

"나중에 일이 모두 끝나면 보니토스 경에게만은 진실을 전해주세요. 오라버니께서는 당장에라도 옥좌를 내려놓을 겁니다. 평생을 서로 견제하며 싸웠던 형제들입니다. 죽은 듯 조용히 여생을 마감하는 것도 나쁘지 않겠네요."

그녀는 여전히 정신을 차리지 못하는 프란의 뺨을 쓰다듬었다.

"만약……. 제가 프란군을 이끌고 그와 싸웠다면 이길 수 있었을까요?"

앤섬은 그녀의 물음에 고개를 저었다.

"불가합니다. 언젠가 되었든 공국은 무너졌을 겁니다."

그리고 그 말에 루이체 역시 동의하지 않을 수 없었다.

"역시 그러하겠죠."

카릴의 뒤를 따르는 이민족과 비룡들 그리고 골렘조차 무너뜨리는 위용. 어느 것 하나 이길 수 있는 것이 없었다.

"하지만 앤섬, 틀렸어요."

긴 한숨이 흘러나왔다.

"일말의 여지없이 루레인가는 끝났습니다."

그녀는 동이 터 오는 새벽의 창문을 바라보며 말했다.

"하나 공국은 끝나지 않았습니다. 이번에야말로 진정한 왕을 모실 수 있길 바랍니다."

루이체는 어쩐지 후련하다는 듯 옅은 미소를 지으며 말했다.

to be continued

崑崙 곤륜패선

覇仙

윤신현 신무협 장편소설
WISHBOOKS ORIENTAL FANTASY STORY

선대의 안배로 인해 시공간의 진에 갇힌
곤륜의 도사 벽우진.

"……뭐야? 왜 이렇게 되어 있어?"

겨우겨우 탈출해서 나온 그의 눈에 보이는 것은!

"정말, 정말 멸문했다고? 나의 사문이? 천하의 곤륜파가?"

강자존의 세상, 강호.
무너진 곤륜을 재건하기 위해 패선이 돌아왔다!

곤륜패선(崑崙覇仙)

'이왕 할 거면 과거보다 더 나은 곤륜파를 만들어야지.'

마왕성 플레이어

트레샤 퓨전 판타지 장편소설
WISHBOOKS FUSION FANTASY STORY

신들의 전장, 하멜.

집으로 돌아가기 위한 마지막 싸움.
믿었던 동료가 배신했다!

[영혼 이식의 대상을 선택해 주십시오.]

뒤바뀐 운명. 최약의 마왕. 그리고…….

"이번에는 좀 다를 거다!"

**어둠 속에 날카로운 칼날을 감춘,
마왕성 플레이어의 차가운 복수가 시작된다.**

만 년 만에 귀환한 플레이어

나비계곡 퓨전 판타지 장편소설
WISHBOOKS FUSION FANTASY STORY

어느 날, 갑작스럽게 떨어진 지옥.
가진 것은 살고 싶다는 갈망과 포식의 권능뿐.

일천의 지옥부터 구천의 지옥까지.
수십만의 악마를 잡아먹고 일곱 대공마저 무릎 꿇렸다.

"어째서 돌아가려 하십니까?"
"김치찌개가… 김치찌개가 먹고 싶다고."

먹을 것도, 즐길 것도 없다.
있는 거라고는 황량한 대지와 끔찍한 악마뿐!

"난 돌아갈 거야."

「만 년 만에 귀환한 플레이어」